Kappa Novels

KOBUNSHA

長編刑事小説

灰《はい》夜《や》 新宿鮫《しんじゅくざめ》Ⅶ

大沢在昌《おおさわありまさ》

KOBUNSHA

カッパ・ノベルス

本文のイラストレーション　レオ澤鬼

1

寒い。鮫島《さめじま》が目を開けたとき、まず感じたのはそのことだった。全身が、顔の表面から手足の指先に至るまで、ひどく冷えきっていた。着ている洋服はじっとりと湿り、吹きつける風の冷たさとあいまって、さらに体温を奪っている。

ついで襲ってきたのが、吐き気を伴った頭痛だ。割れるほど痛むわけではないが、頭の芯に直接、大きな重たい杭《くい》をふりおろされたような鈍痛があった。口と鼻の奥にも、酸っぱいような、奇妙な味がある。

手が枯れ草に触れた。悪臭が鼻にさしこむ。嗅いだことのある臭いだ。大量の排泄物と飼料の入り混じった臭い。

動物園か。

ゆっくりと体を起こした。とたんに今まで感じていた寒気と痛みが現実化し、激しくなって襲いかかった。

濃い闇の中にいる。ようやくそれを察知した。濃い闇は悪臭を放ち、寒さと痛みはじっとしていられないほどだった。事実、歯の根が合わず、がちがちと音をたてた。

深呼吸しようとして咳こんだ。咳こむ声がより現実に鮫島をひき戻した。

立ちあがった。足がもつれ、闇の中にのばした手が、固く冷たい網目に触れた。金属音が響き、鮫島はかろうじてバランスを保った。網目のひとつひとつは一センチ四方もない。指先もだせないほど、目が詰まっている。そして固く、わずかに――一、二センチは――揺らせるが、それ以上はぴくともしない。

どこかで同じような音がした。金属が触れあう音だ。反射的にでかけた声をこらえ、鮫島は耳をすませた。

寒い。足踏みした。裸足《はだし》であることに気づいた。靴下ははいているが、靴はない。地面は冷んやりとしたコンクリートで、その上に枯れ草のようなものが散らばっている。

手が上着を探った。ライターがあった筈だ。消えていた。煙草も、財布もない。そして警察手帳もなくなっている。

鮫島は再び息を呑んだ。なぜだ、何が起こったのだ。

冷たい風が吹きつけた。離れたところで、トタン板がこすれる音がした。鮫島は爪先立ちし、手をのばした。指先に何も触れない。

腕時計を見た。なかった。さらにいえば、ベルトもネクタイも消えていた。

ネクタイを結んでいた筈だ。法事にでたのだから。法事。その言葉が胸に浮かんだことで思いだした。ここは東京ではない。自分は飛行機に乗って、この土地にやってきたのだ。今いるのが、それと同じ土地ならば。

羽田からジェット旅客機で一時間五十分。空港からレンタカーで約一時間。

床を蹴り、ジャンプした。指先がトタン板らしき波状の金属板につきあたり、がらん、という音をたてた。

今度は周囲を指先で探った。右へ一歩半、網目にぶつかる。反対方向に三歩、四歩めでつきあたる。幅は二メートルと少しだ。

前へでた。すぐにぶつかった。指先で網目に触れながらその場で向きをかえ、踏みだした。二歩と少し、左右と同じ金属の網目に指先を遮《さえぎ》られた。

立ち止まった。動物園と最初に感じた自分の勘はまちがっていなかった。

そこは屋外に作られた檻の中だった。四方の壁は細かい網目の金属フェンスで、屋根はトタン板。そして身を切るように冷たい風がときおり吹きつけてくる。

だが動物の鳴き声は聞こえない。動物はいないか、いても鮫島のいる檻からは離れた地点におかれている。鮫島がいる檻は、現在使われていないものだ。

そこに考えが至ると、前後左右のフェンスに、鮫島は両掌を押しあて、激しく押した。

わずかに動いたのは、一面のフェンスだけだった。最初に指先が触れた側だ。あとの三面はびくともしなかった。おそらくその面が扉なのだろう。だが指先すらだせない網目では、とうてい脱出はおぼつかない。

閉じこめられている。

誰が、何のために。

寒さとおかれている事態の異常さに、頭が麻痺していた。

声をだそう。

まだだ。

衝動と、それを抑えようという理性がせめぎあった。

何があったかを思いだすのだ。誰に会い、何を話し、ここで目覚める直前までどこにいたかを思いだせ。

寒さと戦うために奥歯をぐっとかみしめた。身震いし、両手を握りしめた。闇の中に目をこらし、鮫島は記憶をたぐることにした。

2

空港から市街地までの距離は、約四十キロだった。羽田で飛行機に乗りこんだときから、レンタカーを借りようと鮫島は決めていた。国産の千八百ccセダンを借り、出発したのが午前十時二十分だった。市街地までは高速道路が通じている。三十分もあれば、到着できるだろう。宮本《みやもと》の七回忌は、正午から始まると聞かされていた。法事のおこなわれる寺は、市北西部の高台にある。そこまで最寄りのインターチェンジからはほぼ一本道の筈だ。

市の東側に広がる湾にそって、南北に発展した都市だった。明治以降、多くの政治家を輩出したことでも知られている。宮本はこの土地で生まれ、高校を卒業するまで育った。そして東京の大学に進学し、国家公務員上級試験に合格して、警察庁を志望したのだ。

宮本と知りあったのは、警察大学校だった。小柄だが、鼻柱の強い正義漢という印象がある。負けん気が強く、誰よりもがんばり屋だった。ひきかえ鮫島は、考えていることをあまり表にださないタイプで、周囲から変わり者と見られ、孤立していた。

鮫島はもともと人づきあいが苦手だったわけではない。変わり者と思われたのは、同期キャリア組の考え方にどこか違和感をもち、彼らとの〝討論〟に進んで参加しなかったからだ。

国家公務員上級試験に合格し、警察庁に入庁するのは、まちがいなくエリートである。同じ警察官とはいえ、全国二十三万人の中に、キャリア警察官はわずか五百人しか存在しない。いずれ「頭をとる」存在であることは、いわずもがなだ。

それを誇りに思うのはいい。誇りをもつことで責任を自覚し、これからの警察官人生に自分のすべてを賭《と》す心がまえが生まれる――警察庁長官の訓示にもそういう言葉があった。

しかし鮫島がとまどったのは、自らをエリートと見なし、残る二十二万以上の警察官を導く役割を果たさねばならないと考える、キャリア組独特の発想だった。

頭脳はわずか五百人。残るはすべて手足。

どれほど現場捜査に通暁《つうぎよう》し、人生経験を積んだ存在であろうと、そこに職人的価値は認めても、学ぶものはなしと考える。つまり、職人は必要だが、それはあくまでも手足としてであって、手足の思考が頭脳に干渉してはならない、という一方通行の論理だ。

一方通行である理由は、頭脳の役割は天下国家を動かすことであって、義理や人情の介在する余地は認められない、とするものだ。

むろんそれは、若いがゆえの肥大した自意識が生むうぬぼれである。義理人情は警察社会にも存在し、ときには他の組織以上に歪《いび》つで身びいきな形で問題化することすらある。

公務員上級試験に合格し、わずか二十四歳で警部補、警察大学校卒業後は自動的に警部を拝命するという、階級社会を異常なスピードで駆けあがることを約束された若者の集団には、もはや国家を運営するという巨大な使命感が何よりも強く存在していた。

自分たちはちがうのだ。

ことあるごとにその意識が言動のはしばしに表われる。過酷な難関をクリアしたことの誇りが、未経験な残りの人生すべての過信へと直結している。

今、何者であるかを誇るのはよい。しかし未来はまだ霧の中にある。なのに、現在はまだ警察大学校にいる身分でありながら、すでに自らの足もとに二十万人超の警察官がひれふし、さらには国民すべてを導いてやらねば、彼らはあやまてる道に進むやもしれぬ、という思いあがりには寒々しい嫌悪感すら抱いた。

国民を軽視し、政治家を蔑視する。それがキャリア共通の視点だった。

むろんその視点を作りだした土壌はこの国全体にある。役所にすべてを任せ、不平不満があったとしても、政治の力を借りない限り、変化はないとするあきらめの思想。政治家は職業であって、使命ではないと考える、多くの議員。役所の〝指導〟にしたがっている限りは、その倫理観に何の疑問も抱かない企業。

キャリアとなる若者の大半は、「この国をよりよくしたい」という強い意欲を胸に抱いている。だがその意欲を形にするより早く、あまりに巨大な人員を動かす決定権が手渡され、思考のバランスが狂い始めてしまう。

三十歳になるやならずで、ひとつの警察署、何百人という部下を統率することを義務づけられた立場におかれるのだ。管内で発生するすべての事件への対応の責任を最終的に負い、なおかつ全署員数百の人生に対してすら監督責任を押しつけられる。

それは「人事のスパルタ式教育」とでもいうべきものだった。

補佐には、叩き上げで経験豊富な副署長がつく。彼らは一様に高齢で、この補佐役をつつがなくつつとめあげれば、署長としての花道を歩いての退官が待っている。万一、不祥事が発生すれば、キャリアに先んじて責任をとる〝安全装置〟でもある。

転任につぐ転任、それに伴った警視、警視正、警視長という昇級。その過程で学ぶのは、人事であり内務管理だ。捜査の第一線に立つことを望む者は、現場のどこにもいない。

犯罪との戦いの最前線においては、キャリアなど、「お荷物」でしかないことを、確実に彼らは学ばされる。きつく、危険で、きたない仕事は、現場のもの。現場を統轄し、人事を裁量するのがキャリアの仕事。

いつしか役割分担は、心の底にまでしみついている。「この国をよりよくしたい」という意欲は、冠婚葬祭、儀式典礼への出席、対応の日々の中ですり減らされていく。前例を尊び、急な変革を厭《いと》う体質が生まれれば、立派な「警察官僚」の完成だ。

もっとも、鮫島はそこまでを見届けたわけではなかった。研修期間から抱き始めていた違和感は、まず、配置された地方県警での、公安捜査における方針の対立という形で表われた。そしてそれは、公安三課警部補による鮫島に対する傷害事件へとつながり、警部補は懲戒免職、鮫島には、あがる筈の階級をあがらぬまま、別のセクションへの転任という処遇がくだった。

まだそのときまで、警察機構における、キャリア制度の庇護を、鮫島は受けていたといってよいだろう。

全警察官の頂点である、警察庁長官の座につくことは、未来永劫ありえなかったろうが、どこかの県警本部長までなら、可能性は皆無とはいえない。

しかしその後の鮫島の警察官人生を決定づける事件が、三年後に起きた。宮本の自殺だ。

鮫島は三十三歳だった。階級は、三年前と同じ警部のままだ。もはや誰も鮫島を「新任警部」とは呼ばなくなっていた。そして同期入庁組は鮫島をのぞく全員が、「新任警視」と呼ばれていた。

同期とはいえ、階級社会である警察では、上下のちがいは絶対である。ふだんは「俺、お前」の口をきいていたとしても、いざことにあたれば、警視の命令に警部が逆らうのは許されない。


「会わないか」

宮本から電話があったとき、鮫島は、正直とまどったのを覚えている。宮本は、警視庁公安部公安二課に配属になっていた。階級は警視。ひきかえ鮫島は同じく警視庁公安部の外事二課。ともに公安部でありながら、扱う事件の内容は、公安二課が左翼過激派、外事二課がアジア系外事事件というようにちがう。

宮本からの電話は、当時鮫島が住んでいた警視庁の官舎にかかってきた。

その日、鮫島は非番だった。午前中は刑事裁判の判例集を読んで過し、午後は神保町《じんぼうちょう》の本屋街にでもでかけてみようかと考えていた。

宮本とは、警視庁の庁舎で会えば、挨拶をするていどの仲だった。鮫島が〝不祥事〟を起こし、出世の階段で足踏みしていることを、「ひとり落っこちた」と喜ぶ同期もいて、そういう連中は顔を合わせれば、にやにやと意味ありげな笑いを浮かべ、最初は慰めともからかいともつかぬ言葉を投げかけてきたが、宮本はそうではなかった。

たまたま、庁舎のトイレで二人きりになったことがある。

並んで小便器に向かいあったとき、鮫島の顔をのぞきこむようにして、宮本はいった。

「皆《み》んないろいろいってるが、本音はうらやましいのが半分さ」

「何が」

「あんたのそのきんたまさ。俺も思ってる、でかいって」

鮫島は苦笑した。宮本の表情は真剣だった。

「俺もあんたみたいに、でかい玉が欲しいよ」

「大きさが大事なのは、玉じゃなくて、もう一方のほうじゃないか」

宮本は首をふった。

「あんたはきっと大物になる。変わった奴だと思ってたけど、本当は俺たちのほうが、まちがっていたのかもしれん」

「そんなことトイレでいってると、別の趣味に目覚めたかと思われるぞ」

鮫島は先に便器の前を離れ、手を洗いながらいった。

「今度、ゆっくり話そうや」

宮本は早口でいった。鮫島はそれを社交辞令ととった。

「ああ、いいよ」

先にトイレをでた。

だが社交辞令ではなかったというわけだ。


鮫島と宮本は、宮本の指定で、荻窪《おぎくぼ》駅に近い居酒屋で待ちあわせた。半年前に結婚し、官舎をでた宮本は、三鷹《みたか》に新居をかまえていた。

夕方の早い時間、二人は会った。宮本も非番だったらしく、セーターにジーンズといういでたちだった。意外だったのは、サンダルばきだったことだ。いくら非番でも、三鷹から荻窪までは電車で移動するのだ。サンダルばきというのは、軽装にすぎた。煙草を買いにほんの近所まででかけたついでに、やってきたかのようだった。

「新居はどうだい？」

「まあまあだ。嫁さんは田舎育ちだから、狭くて高いんでびっくりしてるが」

宮本はいった。並ぶと、宮本の身長は、鮫島の鼻あたりまでしかない。ずんぐりとしていて眉が濃く、目鼻立ちがくっきりとしているのが特徴だった。

「田舎からもらったんだっけ」

「そうだ。なんせうちは、親子三代、この職場だからな」

宮本は、ビールを鮫島のグラスに注ぎながらいった。二人はグラスを合わせた。

「乾杯」

「乾杯。式に呼ばなくて悪かった」

宮本はいった。宮本の結婚式には、警察庁長官を始め、主だった警察庁および警視庁幹部、それに同期入庁のキャリアが呼ばれた。呼ばれなかった同期は、鮫島だけだ。

「気にしなさんな。こっちもその方が気楽で助かった」

鮫島は首をふった。宮本は、ほんのひと口、グラスに口をつけただけだった。酒は強い筈だ。警察大学校時代も、地元から送られた芋焼酎をストレートで飲みつづけ、乱れることはなかった。

宮本は小さく息を吐いた。

「新婚ノイローゼか？」

鮫島はいって笑った。どことなく元気がない。どうやら宮本は、鮫島を慰めるというよりは、自分の愚痴を聞かせる相手に窮して、鮫島を選んだようだ。

それならそれでかまわない。宮本は、熱く討論に参加していた方ではあったが、自身がノンキャリア警察官の息子ということもあって、同期の他の人間のようには、一般警察官を見下していなかった。そこに鮫島は好感をもっていた。

他の同期キャリアに胸の裡を打ち明けられない、というのもわかる。苛烈な出世競争を互いにくり広げる身であっては、たとえ家族の悩みであっても、〝弱み〟として握られたくない。特に公安警察にいては、なおさらだ。

公安警察という組織は、警察組織の中にあっても、一種独特の存在だ。組織内別組織とでもいおうか。情報は、入れることはあっても決してだすことがなく、しかも情報と名がつけば、それが監視対象者のものだろうと、監視者そのものに関するものだろうと、おかまいなく吸いあげ、秘密にする。公安警察の第一の仕事は、公安警察官の監視だという、笑えない冗談があるほどだ。

「いや。嫁さんはよくやってるよ。鮫島、自分が監視をうけていると感じたことはあるかい」

不意に宮本はいった。鮫島は即答しなかった。

「――ない、といったら嘘になるだろうな。もっともそれは、俺がまた、上から見て馬鹿なことをしでかすのじゃないかという、心配からだろうが」

「俺たちは人間だよな」

宮本はグラスを見つめたまま、真剣な口調でいった。

「ああ」

「だが、人間以外の何かでもあるのかい？」

「何か、というのは？」

「象徴。手札。駒。兵隊じゃあない。それはわかってる。将棋でいえば、歩《ふ》や桂馬《けいま》じゃないことは確かだ。飛車か角か、それとも金か銀か。それをどこに打つかで、指し手の考え方がわかっちまうような駒」

「歩や桂馬だって、打ち方というのはあるだろう」

「だがとりかえがきく。そう思っている人間は多い」

「金、銀や飛車角じゃなくたって、王を詰ませることはできるんだぜ。たとえ歩でも」

「でも歩だけじゃ無理だ。歩が成り金になって初めて、最後に打つ歩が生きてくる」

「確かにそれはそうだ」

「俺たちの配置、それじたいが、俺たちひとりひとりの考え方や能力とは別に、そんなに大きな意味のあることなのか」

「大きな意味があると考えている人間がいることは確かだ。傷つけてはならない、とか」

「俺たちの誰かが脱落することは、会社全体をそんなにおとしめてることなのか。いっておくが、お前のことじゃあない」

「わかっている」

公安二課で何が起こっているか、薄々、鮫島は気づいた。会社でたとえれば、派閥抗争。しかし法の執行を業務とする警察にあっては、その抗争の内容は尋常ではない。法そのものを武器として用いることのできる者たちばかりなのだ。

「――昔だったら、国家反逆罪だな」

宮本はつぶやいた。顔面蒼白だった。セーターの内側から白い封筒をとりだした。

「お前にもっていてほしい」

鮫島は封筒を見つめた。

「なぜ、俺なんだ」

宮本は寂しげに微笑んだ。

「周りには白組か赤組しかいない。だが観客にも預けるわけにはいかない。とすりゃ、風邪で運動会を休んでるクラスメイトしかいないだろう」

「どうしてほしいんだ、俺に」

宮本は首をふった。

「わからない。俺にはわからない。卑怯だと思うが、お前に預ける」

「自分に何かある、と思っているのか?」

「わからないよ。何かあるには、まだ俺は小物すぎるかもしれん。しかし小物だから、何かするには、ちょうど都合がいいのかもしれん」

「よせよ」

宮本は息を吐いた。

「自分で自分の身の処し方がわからないんだ。ひとついえるのは、赤組についても白組についても、楽じゃないってことだ。こいつは、俺にとっての、俺にとってだけの保険だ。そんなことにお前を巻きこんじまって、本当にすまないと思っている。だがお前は大丈夫だ。何があっても、大丈夫だ」

「誰が決めた?」

鮫島は声が固くなるのを感じた。受けとったが最後、宮本を追いつめている者たちにとって、自分が好ましくない存在となるのだというのは想像がついた。しかも宮本が、白、赤とたとえたどちらかにつけば、宮本にとっての敵は、残る片方だけだ。しかし鮫島は、両方から敵視されることになる。「問題児」である鮫島を、自らの陣営に迎えいれようとする者はいない。むしろ陰では押しつけあっているにちがいなかった。

警視庁公安部外事二課における鮫島は、かつてないほど孤独だった。任務を与えられても部下はおらず、そしてその任務も、実捜査とは、ほど遠いものばかりだ。

宮本は喉を鳴らした。

「俺たちは、とんでもない武器をもってる。そしてあたり前のことだが、武器って奴は、自分たちも傷つけるんだ。お前は武器をもっていない。いや、もとうとしない。だから、お前に預けたいんだ」

宮本が誰のところへも救いを求められないでいるのは明らかだ。怯え、苦悩し、疲れきっている。おそらく監視されているというのも、嘘ではないだろう。だからこそサンダルばきでやってきたのだ。監視者の目をくらますために。

その監視者もまた、公安警察官にちがいない。

「何が書いてある」

「俺の今の気持さ。そしてこうなるにいたった、短い会社人生のすべてだ。遺書みたいなものだ。もちろん死ぬ気なんかないぜ。だが書いておけば、気が休まるような気がしてさ。だからって家にもおいておけないだろう。嫁さんを巻きこんじまう。あれは、何も知らず、のんびり育てられたお嬢さんだ。もしこんなものを読んだら、俺の親父のところへいく。親父はもう、じき引退の身だ。その花道で迷わせたくないんだ」

宮本の父親は、地方で警察学校長をつとめている。じき退官年齢を迎える筈だった。

「それに、階級こそ今の俺と同じだが、親父にはどうすることもできない問題だ。そうだろ」

キャリアの抗争に加われるのは、当然、キャリアだけだ。ノンキャリアがそこで果たす役割は、兵隊でしかない。

「俺はお前に手紙を預けたことで考えを整理し、第三の道って奴を捜してみようと思う。たとえ今のままで止まってもいいんだ。生き残れる道さえあるなら」

「そこまで深刻なのか」

　思わず鮫島は口を開いていた。勝手に手紙を押しつけられたことに対する怒りよりも、公安二課で起こっている事態への不審が上回った。

　宮本は頷いた。

「こいつは簡単には片づかない。負け組がどっかにふっとばされるとか、そんな生やさしい問題じゃないんだ。結果的には、今までもこれからも、人の生き死にが関係している」

　いってから、急いで宮本はつけ加えた。

「マスコミも駄目だ。新聞は特にな。現場が何とかしようとしても、上どうしが話をつけちまうだろう。〃国益〃って奴がからんでいる以上、どうにもならん筈だ」

「俺がぶちまけたらどうなる？」

「会社が倒産する。さもなきゃ何も起きず、お前が事故にあう」

　宮本は気弱げに笑った。

「たとえ頭に一発ぶちこまれたとしても、それは連中が事故と決めれば事故なんだ。そんな無駄死にはしたくないだろう」

　鮫島は息を吸いこんだ。

「お前を殴りたくなってきた」

「承知の上さ。俺がお前に会ったことはいずれ明らかになる」

　宮本は静かにいった。

「俺をハメたのか」

　鮫島は怒りをおさえ、いった。

「結果的には、な。たとえここでお前が受けとりを拒否しても、連中にとっては同じことだ。だったらもってた方がいい。もしかすると、俺に何かあったとき、お前の身を守ってくれるかもしれん」

「そんなものは爆弾をしょっているのと同じことだ。誰も手をださないが、助けてもくれない」

「お前はそれで生きていける人間だろ」

いって、宮本は鮫島の目を見つめた。

「だから今、お前はこうなってる。初めからそうだった。お前はちがっていたんだ。もしかしたら正しいのがお前で、まちがっているのは、お前以外の全部かもしれん。だが誰もそれは認めない。お前がまちがった会社に入ってきたんだ。お前のような人間が、きてはいけないところだったんだ。だからお前は、これからもずっと、たとえこの手紙がなくたって、同じ立場さ」

「そういうことになっていたのか」

鮫島は息を吐いた。たとえ同期であっても、警部と警視の階級の差は、知りうる情報の量を大きく区別する。

「ああ」

短く答え、宮本は目をそらした。

「お前が歩ける道は、この先そう長かない。支店で起こした騒ぎは、うちのお偉方の逆鱗《げきりん》にふれてる。お前がマル対に同情したってのが、特にまずい。そんな奴を公安の上においておくわけにはいかん、とな」

「で、どこへ転勤させる」

「それは俺もわからん。教育方面も皇宮方面もまずいだろう。どこかのど田舎か。だがど田舎に、いつまでも資格者がいりゃあ、おかしいと思う人間もいるだろうしな」

「だがやめることもできなくなったぞ、これで」

鮫島は宮本を見た。宮本は頷いた。

「やめたらお前は終わりだ。何かがお前に襲いかかってくる。たとえお前がこれっぽっちも会社の悪口をいう気がないとしても、お前の口を塞ぎ、深い穴の底に埋めちまおうって連中がな」

「やってくれたな」

鮫島は宮本を見すえ、いった。

「ああ、やった。あやまらないぜ。いったろう、お前がまちがっていたんだ。だからこれは、お前にとっては、お守りになるかもしれんのだ」

「それはお前に何かがあったときだ、宮本。何もなければ、俺はただババを引かされたにすぎない」

「そのときは俺がお前をすくいあげてやる。今の場所から、歩ける道をもっと長くしてやる」

「まっぴらだ」

鮫島はいった。

「自分をハメた奴に助けてもらおうとは思わない」

「それがお前のまちがっているところなんだ。ここはハメあいの組織なんだ。ハメられた奴は沈んで次のチャンスをうかがうが、チャンスがなければそれきりだ。ハメられないでいるためには、誰かをハメるしかない。だがハメた人間にも心があって、必ずそれをいつか償う。わかっているだろうが、ハメるのはいつも上で、ハメられるのはいつも下だ」

「帰らせてもらう」

鮫島は立ちあがった。

「だが今は頼む」

低く切迫した口調で、宮本はいった。

「受けとってくれ」

「断わる」

鮫島はいった。

宮本が自殺したのは、その二日後だった。そして同じ日、配達証明つきで、手紙が官舎に送られてきた。鮫島が受けとったことは、公然の事実となった。

3

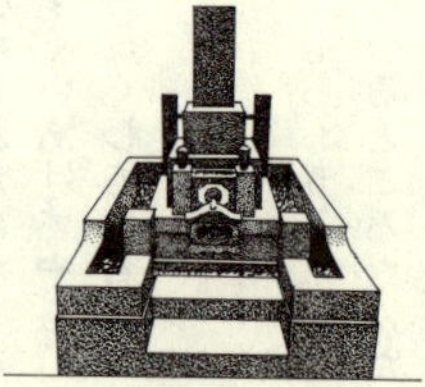

空港は県北部の高地にあった。そのあたりをつけ根に、ふたつの半島が左右にまるでカニのハサミのように南の海に向けつきでている。

高速道は、西側の半島に、長い下り坂となってつづいていた。直線ではなく、くねくねとしたカーブの連続で、思いきったスピードはだしにくい。

宮本の葬儀は、東京ではおこなわれなかった。茶《だ》毘《び》に付された遺体は郷里に運ばれ、そこで親族だけがひっそりと式をとりおこなったということだった。

それには退官を控えた父親の意志がこめられていたにちがいなかった。

そして宮本の死の直後から、鮫島の身辺は急にあわただしくなった。買収、脅迫、懇願、さまざまな圧力がかけられた。

すべてを無視した。

その結果、鮫島の安全を唯一気づかった、定年間際の外事二課長のはからいで、異例の辞令がくだった。

新宿署への転属である。

それから六年が過ぎていた。

一回忌のとき、鮫島には、宮本の遺族を気づかう余裕はなかった。新宿署防犯課で、初めての本格的な刑事の仕事に慣れようと必死だったのだ。誰も味方はおらず、調書の書き方から、警察学校の教科書を調べて自習した。鮫島に話しかけようとする者すらいない日々が何年もつづいた。

三回忌、鮫島は宮本の父親に手紙を書いた。一度、焼香にあがり、ご子息の自殺に関し、自分の知りうる範囲内ですべての事実を話したい、と記した。もし父親が望むなら、手紙を渡してもよい、とすら思った。

しかしその父親から、簡潔だが、はっきりとした謝絶の手紙が返ってきた。

そして今年、思いもよらぬことに、七回忌の案内が届いたのだ。故・宮本武史《たけし》の七回忌法要をとりおこないたいと思います、と文面にはあり、寺の場所と日時だけを記した、そっけない案内だった。

鮫島は「うかがわせていただきます」と返事の葉書を送った。そして非番に有休をあわせ、三日間を確保して、向かうことにしたのだった。

三日間、休みをとったのにはわけがあった。法事にでたあとの二日間を、できれば晶《しょう》と過したいと思っていた。

晶とやり直したい、鮫島は本気でそう考えていた。自分が一方的に晶を傷つけたことはわかっている。それに対する晶の決断がいかなるものであろうと、鮫島は、うけいれるつもりだった。

——やり直したい、もしお前が許してくれるなら
鮫島は電話でそう告げた。

——馬鹿野郎
それが晶の返事だった。そして電話を切った。それからまだ連絡はない。晶がかつての晶でなくなっていることは、鮫島にもわかっていた。

十代から二十代にかけての日本人の大半が、今は「フーズ・ハニイ」の名と、リードヴォーカルである晶の顔を知っている。法事を終えて東京に戻ったら、鮫島はもう一度、晶に連絡をとるつもりだった。そして残る二日間の休暇のあいだ、たとえ十分でも、晶の都合がつくなら、会って話したいと思っていた。できるなら二日間のすべてをいっしょに過したい。

　しかし前もってそれをいう気持は鮫島にはなかった。奇妙なようだが、待ちつづけることで、晶に対する何かを少しでも証明できるような気がしていたのだ。前もって告げれば、晶は無理をしてでも時間を作るかもしれない。が、それを要求する権利は、今の自分にはない。

　十一時少し過ぎ、鮫島の車は市内に入った。七回忌法要がおこなわれる寺は、海と市街地を見おろす高台にあった。かたわらに広い市立霊園が広がっている。

光雲寺《こううんじ》という寺の境内に、鮫島は車を乗りいれた。うす曇りの太陽の下で、鈍色《にびいろ》に光る海面が見おろせた。カニのハサミに囲まれた海は、まるで湖のように波がない。大型のフェリーが、ゆっくりといきかっている。

　駐車場から寺の前庭をよこぎり、本堂に近づいた。本堂にあがる石段に、何足かの靴が揃えられている。

　石段を登ると、畳の上にホットカーペットをしいた広間があった。八、九人の人間たちが、いくつかのグループに分かれ、かたまっている。

　広間の中央に本尊があり、そのかたわらに、喪服を着た老夫婦と三十代の女性の姿があった。男性の頭髪はほとんど失われていたが、濃い眉とずんぐりした体型は、まちがいなく宮本と共通している。夫人の方はさらに小柄で、丸まった背に痛々しさを覚えた。

　宮本はひとりっ子だった。かたわらにいるのは未亡人だろう。新婚わずか半年で、夫を失った。

彼らの失意はいかばかりだったろう。鮫島はそんなことを考えながら、広間の隅にひとりで腰をおろした。法要が始まるまで、まだ時間があった。

挨拶は、法要のあとでするつもりだった。自分の出現は、いやでも六年前の痛みを思いおこさせる。法要が終わるまでは、できるだけ彼らをそっとしておきたかった。

自分はやはりくるべきではなかったのではないか。後悔の念がふと浮かび、それをふり払うつもりで、鮫島は他の客を見渡した。

両親よりもさらに高齢そうな老人が数名、そして鮫島と同年代の男がふたり、広間の反対の隅で、灰皿をはさむようにあぐらをかいている。

そのうちのひとりが、入ってきたときの鮫島に鋭い視線を向けていた。

宮本の地元の友人だろう、と鮫島は思った。

当然のことながら、警察庁、警視庁どちらからも、出席者はいなかった。宮本の死は、そのときこそ衝撃的なできごとだったろうが、沈黙を守ったまま鮫島が新宿に追いやられてから六年、大半のキャリア組にとっては、もはや思いだしたくないことがらとして〝処理〟されている。

しかし手紙の存在までが〝処理〟されたわけではなかった。手紙の内容もさることながら、それをもつ、鮫島という人間の実在が、いまだに警察組織に、疼《うず》きのような痛みを与えつづけている筈だ。

「あの」

老人たちからの挨拶をうけていた宮本の父が、鮫島に声をかけた。鮫島は居ずまいを正した。

「武史の父でございます」

通る声と、背筋ののびた姿勢は、明らかに警察官であった人生を語っていた。

「宮本君と同期だった鮫島と申します」

鮫島は床に手をついた。

「これはこれは、実に遠いところをお越しいただき、ありがとうございます」

「いえ。本当ならもっと早くにおうかがいしなければならなかったのですが――」

「とんでもない。三回忌のときにも、わざわざお手紙をちょうだいしたのに、ぶしつけなお断わり方をして申しわけなく思っておりました……」

宮本の父は深々と頭を下げた。

「いいえ、こちらこそとんでもありません。ご両親のお気持も考えず、一方的なお願いで失礼だったと反省しておりました。それが今回、ご案内をいただいて、ようやく長年の胸のつかえがとれた気持で、感謝しております」

ああ、と父親は切なげな声をもらした。こみあげてきた何かを断つように、隅にいる二人組の男をふりかえった。

「古山《こやま》君、木藤《きとう》君、こちら、武史の同期の方だ。わざわざ、きて下さった」

呼ばれた二人は、鮫島に黙礼した。ひとりはヒゲをのばし、どことなく崩れた匂いがある。鮫島は駐車場にメルセデスと、セルシオが止まっていたことを思いだした。どうやらその二台は、この二人の乗物のようだ。

「お二人は、武史の幼な馴染みです。地元で事業をやっとられる」

「鮫島です」

鮫島は頭を下げた。

「武史の同期なら、秀才だ」

ヒゲをのばした男がいった。

「東大出て、末は警視総監か。お偉いさんだな」

「いえ」

鮫島は短く否定した。

広間にいる全員の目が鮫島に注がれていた。そしてその目は決してあたたかくはなかった。

「それから、こちらが紀子《のりこ》さん。武史の嫁だった人です。今は、別のうちに嫁がれておる」

ショートヘアの女性が無言で頭を下げた。

「本来なら、もうお務めされんでええんだが、律儀な方で、わざわざきて下さった」

「お名前はうかがったことがあります」

宮本の妻だった女はいった。

「確か、亡くなる前にも一度、お会いしにいっていたのじゃないでしょうか」

「ご本人から、それを?」

鮫島は訊き返した。

「いいえ。何かそういうようなことを、当時の上司だったか、先輩だった方に訊かれました。知っていましたかって。何も聞いてませんでしたので……」

まるで取調べのような、過酷な事情聴取をうけたにちがいない。

「たいへんな思いをされたでしょう」

「ええ」

低い声で、頷いた。

「自殺したのではなく、まるで人殺しをしたかのような扱いでした。くやしくて、お義父《とう》さんに泣きつきました」


微笑みを浮かべた。

「警察というところが、あんなに特殊な世界だと、まだぜんぜん勉強する時間もありませんでしたから」

「紀子さん――」

宮本の父親がたしなめるようにいって、首をふった。

「ごめんなさい。こんなこと申しあげるべきじゃありませんでしたね」

「いえ」

「そんなわたしのことをかわいそうに思って、お義父さんは実家に帰して下さったんです。ずっと宮本の妻でいたら、いつまでも嫌な思いをするから、と」

父親の目に苦痛があった。起きたであろうことを想像できるのは、この父親だけだったにちがいない。

「わかります。新しい人生を得られて、よかったと思います」

鮫島はいった。

そのとき僧侶が入ってきた。全員が向きをかえ、やがて読経と焼香が始まった。


宮本の墓は、寺に面する市立霊園にあった。読経がすむと、法要に参加した全員が、新たな卒塔婆《そとば》や水桶をたずさえた両親とともに、墓参りに向かった。

墓参りのあと、宮本の父親がいった。

「粗餐《そさん》ですが、精進落としの席を用意してあります。どうか鮫島さんもいらして下さい。懐しい話を聞かせていただけると、ありがたいのですが……」

「うかがいます」

鮫島は弱い陽の注ぐ霊園を見渡し、いった。霊園の入口に近い車寄せに、二人の男が乗ったセダンが止まっているのを見かけていた。

思いだしたくないできごとではあっても、決して忘れてもいない、ということか。苦い気持がこみあげた。

父親は気づいているのだろうか。

地元県警の公安課員は、なぜ自分たちが、こんな老人ばかりの法事の出席者を監視しなければならないかを理解できないだろう。

おそらく撮影された写真は、その理由を公安課責任者にすら説明されぬまま、指示を下した警察庁あてに送付されるにちがいなかった。

写したければ写すがいい。挑戦的な気持がこみあげるのを、鮫島は感じた。

あんたたちが忘れていないように、俺も忘れてはいない。

「——お父さん、私はこれで失礼します」

その声に我にかえった。宮本の友人だったという男のひとりが、宮本の父親に声をかけてきたからだった。浅黒く細面の顔にメタルフレームの眼鏡をかけている。

「木藤君……」

「実はまた会社に戻らなければなりませんので」

「社長さんはたいへんだな」

「中小企業ですから」

鋭い視線を浴びせてきた方の男だった。

「大丈夫、俺は残りますから」

ヒゲの男――今はこちらが古山とわかった――が、いった。

「武史の東京時代の話を聞いてみたい」

明るい口調でいった。鮫島は古山に向き直った。

「彼はがんばり屋だった。負けん気が強くて――」

「それに何より正義漢だったよな」

古山がいったので、驚き、見直した。

「そう」

「俺はあいつにずいぶん助けられたんだ。今帰った木藤もそうさ」

なつかしげに古山はいった。

「さ、古山君、立ち話も何だ、ホテルの方にいこう」

宮本の父親がいった。精進落としの会場は、同じ高台に立つシティホテルに用意してあるようだった。

4

　ゆっくりと空が白んできた。気温の最も低下する時刻で、たとえ南国とはいえ、十一月の終わりのこの時期は、おそろしく冷えこんだ。しかも檻のある場所は、海に近い低地ではなく、山側に位置しているようだ。高度もあり、そのぶんよけいに気温は低い。

　鮫島は、小刻みに足踏みをくりかえしていた。体はわずかだがほぐれ、頭痛は残っているが、吐き気は消えている。

　夜が明けるにつれ、今いる場所の地形が、見てとれるようになった。

　鮫島の入れられている檻は、私有地らしい、広い敷地の外れにあった。山裾にえぐれるようにできた窪地で、周囲には雑草が生い茂り、少し離れた場所に放棄された廃車のバスや乗用車が埋もれている。

　檻そのものは二棟あり、つながっていた。トタンの屋根と金属フェンスの壁でできていて、組み立て式のものが、ここに廃棄されていたようだ。あるいは、以前は何かの檻として使っていたものが、陽当たりの悪さから、使われなくなったのかもしれない。

頭上の、山裾の、より上の方に、コンクリートと金属パイプなどでできた平屋の構造物がわずかに見えた。規模は大きく、工場や倉庫というよりは、畜舎に近いのではないかと鮫島は考えた。太陽はまず、その構造物の向こう側から低い光線を投げかけてきた。

二棟の檻の周囲四、五十メートル四方は、廃車以外は何もない空地で、おそらく畜舎を含む牧場の裏手にあたるのだろう。

県の特産物に、牛や豚の食肉加工品があったことを鮫島は思いだした。騒音や臭気の問題を考えれば、牧場や養豚場などの施設は、海に近い平地ではなく、なだらかな斜面の多い、山地を選んで作られて当然だ。

人口密度は低く、ハイカーやドライブがてらの車が通りがかる可能性もない。だからこそ、屋外の檻にこうして放置しても、救出される心配はない、というわけだ。

だがいったい何者が自分を拉致したのだろうか。

その目的は何なのか。

鮫島にはわからなかった。

山肌にさえぎられて頭上をかすめていた太陽の光が、ゆっくりと窪地にも届き始めた。それにつれ、わずかだが、気温が上昇を始める。

コンクリートの床は、裸足の裏から体熱を奪う。鮫島は檻の中に落ちている枯れ草を集め、体をおく場所を作った。凍死の心配はまずないが、このまま寒さにさらされていれば、いざというときに助けを呼ぶ声もでないほど衰弱してしまう可能性はある。

大声をだすにしても、もっと人が動きだす時刻になってからだ。太陽の光の具合から、それを判断した。そう長い先ではない。

あと一時間か、そこらだ。

そのとき、窪地の向こう側、山裾の方向から銃声が聞こえた。

精進落としの会場は、ホテルの日本料理店だった。特産の海産物加工品や、豚の角煮などを重箱に並べた食事が供せられた。

鮫島の席は、宮本の父親と古山というヒゲの男にはさまれた位置だった。その反対側に僧侶がすわり、親族らしい老人が並ぶ。男女の席がはっきりと分かれ、宮本の妻だった紀子は、遠慮したのか、精進落としの席には姿を見せていなかった。

鮫島は、古山の運転するセルシオのあとにしたがって、ホテルの駐車場に入った。ほんの数分の行程だった。

駐車場からホテルまでの歩行路からも、海と、海に面して広がった市街地が見下ろせた。ホテルは公園と隣接しており、土曜日の午後とあって、公園も人でにぎわっている。

ホテルまで歩く道すがら、古山が訊ねた。


「今日はこっちに泊まっていくのかな」

「そのつもりです」

鮫島はいった。

「予約はとってあるのかい？」

鮫島は首をふった。

「市内じゃここが一番だが、ちょいと高い。それに繁華街からも少し離れている。よかったら、いいビジネスホテルを紹介しますよ」

「空港の近くにとろうかと思ったんですが」

「せっかくこっちまできたんだ。名物の焼酎くらい飲んでいきなさいよ。空港のまわりはゴルフ場くらいしかない、山の中だ。それに高速を使えば、三十分足らずです」

「そうですね」

鮫島は言葉を濁した。この古山という男には、どこか気を許せないところがあった。親しげにふるまってはいるが、心の中を容易にはのぞかせない。

古山が不意に立ち止まった。

「それとね——」

改まった口調になった。

「何です？」

「このあと、一ヵ所だけ、鮫島さんにつきあってもらいたいところがある。あなたに会いたいって者がいるんだ。この法事には、わけがあってでられなかったんだが——」

真剣な口調だった。

「誰方《どなた》です？」

「俺や木藤とかわらないくらい、いや、もしかすると俺たち以上に、武史と親しかった人間だ。駄目かな」

「——かまいませんよ」

「助かった」

古山はいって笑顔を見せた。やくざではないだろう。だがまちがいなくカタギではない。バーやクラブの経営者かもしれない。

崩れてはいるが、垢抜けた雰囲気をもっている。

腕時計は金張りのロレックスだ。靴やスーツも、ひと目でブランド品と知れる。セルシオの後部窓ガラスの向こうに、ゴルフ用と覚しいストローハットがおかれていたのを鮫島は思いだした。陽焼けし、彫りの深いその顔は、どこかラテン系の外国人を思わせた。

「宮本のお父っつぁんは、めちゃめちゃ落ちこんでたよ。そうだよな。自分も警官だけど叩きあげだ。ひきかえ倅《せがれ》は、ばりばりのエリートで、警視総監だって夢じゃなかった。それが過労で自殺なんて、泣くに泣けないわな。しかも職場が同じ警察ときちゃ、文句もつけられない」

鮫島は無言だった。宮本の自殺は、対外的には、過労によるノイローゼによるものとして処理された。

「あそこは、爺さんも警官だった家で、三代目にしてようやく、名を成すのがでたって大喜びだったと思うぜ……」

鮫島の胸には重い言葉だった。

だが法事を終えたあとの宮本の父親は、まるでその悲しみを忘れたかのようにふるまった。

鮫島や古山にビールを勧め、礼の言葉をいく度も口にした。鮫島は、再び出席者の注目が自分に集まるのを感じ、落ちつかぬ気分を味わった。

「ときに鮫島さんは、どこにおられるんですか」

途中から、ビールを焼酎のお湯割りにかえ、頭頂部まで赤く染まった父親が訊《たず》ねた。

「新宿署です」

「新宿署。すると署長さんかな?」

「いえ。生活安全課に勤務しております」

父親は瞬《まばた》きして、鮫島を見つめた。

「いろいろありまして」

鮫島は低い声でいった。

「現在も、警部ですから」

父親は息を吸いこんだ。

「そうかね。じゃあ、私の方が上だったわけだ。退官したときは、警視だったから……」

「存じあげています。県警察学校の校長をつとめられたのでしたね」

父親は頷いた。

「奉職して四十余年、まさに身を粉にして働きましたからな」

悲しげな目になっていた。

「さぞ、お心残りだと思います」

「いや。人の運命には、さまざまなものがある。四十年余のあいだに学んだのは、まさにそのことですわ」

「宮本君は、立派な警察官をめざしていました。がんばり屋で。むしろそれが仇になったのかもしれません」

父親は唸《うな》り声をたてた。話題をかえるようにいった。

「鮫島警部は、今、どのような案件を手がけておられるのかな」

「今ですか。新宿で大量に発生している、高級車の窃盗事件です。組織的な犯行で、犯人は、盗んだ車を、国外に輸出していると考えられています」

「なるほど」

「俺がもし新宿にいって、交通違反をやらかしたら、もみ消してもらえるかな」

古山がわりこんだ。

「無理ですね」

鮫島は微笑んだ。

「昔、同じことを、武史に訊いたことがある。何か俺が悪さしてつかまったら、助けてくれるかって」

「宮本君は何と?」

古山はにっこりと笑った。悪くない笑顔だった。

「もっと偉くなってからにしてくれ、と。でもあいつのことだから、きっといつになっても助けちゃくれなかったろうな。そんな悪いことする奴は友だちじゃねえ、なんて、あべこべに説教されちまったりして……」

「かもしれない」

「警部」

不意に宮本の父親がいった。

「何でしょう」

「倅は、苦しんどったんですか」

鮫島は言葉に詰まった。何かを答えなければならない。だが何を、どう答えても、この実直な警察官だったにちがいない父親の胸の痛みを軽減する言葉にはならないだろう、と思った。

鮫島が何かをいうより早く、父親がいった。

「私がなれ、といったんです。倅に、キャリアになれ、と」

頬をふくらまし、歯をくいしばって、息を吐いた。目が赤らんでいた。

「倅は、その難関を突破した。それにふさわしい頭と根性をもった男だった。だがそのことが、倅を苦しめたのかな、と……」

「お父さん……」

ずっと無言だった母親が声をかけた。鮫島は深く息を吸いこんだ。

「宮本君の死を無駄にしてはいけないと、多くの警察官が考えています。職務に忙殺されつつも、そのことは決して忘れられてはいません」

うん、うん、と父親は頷いた。不意に老いがその体にとりついたように見えた。鮫島は目をそらした。古山と目が合った。

「ありがとうよ」

古山が低い声でいった。

「六年間、誰かがあの親父さんにその言葉を聞かせてくれるのを待ってたんだ。あんたがきてくれてよかった」

「いや」

鮫島はその言葉を口にするのがせいいっぱいだった。

食事会が終わると、宮本の父親は鮫島の手を握って別れを惜しんだ。泊まりにきてほしいという願いを退けるのに、鮫島は苦労した。もし宮本家で一夜を過せば、老夫婦の寂しさや心の痛みをより強くよみがえらせてしまうだろう。

手紙のことを切りだせる状況ではなかった。父親は、宮本の死の責任を、自分の過ぎた期待にあったと感じていて、それはいささかも薄れてはいない。もし手紙の話をすれば、残された人生を、後悔と苦しみの連続に追いこみかねなかった。

宮本の死に方は、鮫島にとっても容認できるものではなかった。その死によって鮫島は、望まぬ爆弾を押しつけられ、今の生き方を余儀なくされたのだ。

しかし、新宿署生活安全課の一捜査員としての日々を、鮫島は決しておとしめるつもりはなかった。今、目前にある戦いは、かつて宮本を含む若いキャリアたちが使命と感じた「天下国家百年の計」とはほど遠いかもしれないが、無意味でも無駄でも決してない。発案が国の方針を動かすことも、命令が何千、何万という人間の去就を決定することもないが、誰かの生活に安らぎをとり戻したり、傷つけられ苦しむ人にとってのささやかな救いとなっているのを自覚できる。

公務員上級試験に合格し、警察庁キャリアとなったあの頃より、はるかに自分は、警察官であるという誇りを抱いていた。

もしかすると、当時感じた違和感は、今ある暮らしを心のどこかで望んでいたからではなかったのか。簡単にいってしまえば、あの頃の自分より、今の自分の方を、はるかに受け入れることができる。

戦いは、おそらく、どちらの人生を歩んだとしても、独りぼっちのものだっただろう。宮本のいった通り、自分は初めから、「まちがった場所」にきてしまった人間だったのかもしれない。だからといって、やり方を改めるつもりは、鮫島にはなかった。

戦いは、いつもそこにある。どれほどの仲間がいようと、あるいはいなかろうと、戦いから逃れることはできない。

ならば戦うまでだ。

「あの親父さんは、地元のタクシー会社の重役への天下りが決まってた。だが武史の件があって、それを断わった。紹介は、県警のお偉いさんだったらしいが、きっぱりとな。それが親父さんの筋の通し方だったのだろう」

古山がいった。

そこはホテルから少し市街地の方角へと下った、丘の中腹にある一軒家だった。鉄筋の瀟洒《しょうしゃ》な造りで、車数台分のコンクリートをしいた駐車場を備えている。鮫島と古山は、車をホテルにおいたまま、歩いてその家にやってきたのだった。

玄関の扉に、銅製のプレートがはめこまれており、「月長石《げっちょうせき》」と記されていた。ドアノブに「準備中」の札がかかっている。だがかまうことなく古山はノブを引いた。

大理石のカウンターが目に入った。カウンターの向こうはガラスばりの横長の窓で、丘の中腹からの眺めが広く横たわっている。夕陽のさし始めた湾と、手前側の市街地を一望にできた。

床は磨きこまれた板ばりで、どっしりとした深い革のソファがカウンターに並んでいる。明らかにアンティークと知れるキャビネットやフロアスタンドが立っていた。キャビネットの内部には、さまざまなアルコール類のボトルがあり、鮫島の知らない酒も数多くあった。

立地条件も含め、趣味を最優先して作られた、贅沢なバーだった。東京では、高層ビル以外ではとうてい望みようのない景色だ。壁にはレンガが使われ、実際に火を使った形跡のある煖炉《だんろ》があった。マントルピースの上には、モノクロームの写真を入れた小さな銀の額が並んでいる。

古山は、カウンター中央のソファを鮫島に勧め、自分は隣に腰をおろした。ソファはやわらかすぎず、それでいて体全体をすっぽりとおおう感じで、周囲にわずらわされることなく、目前の景色に没頭できる。

古山はカウンターの端にあったクリスタル製の灰皿をひきよせると、上着の胸ポケットからアルミの細長いチューブをとりだした。中から葉巻が現われた。革のケースに入った銀製のカッターで端を切り、火をつけた。

「あなたの店ですか」

鮫島は訊ねた。

「いや」

煙とともに、古山はそっけなく言葉を吐いた。

「妹だ。とことん贅沢に作りやがった。内装に使った調度は、全部奴がヨーロッパで買いつけてきたものさ。煖炉までな」

「すばらしい」

「だろう。だがそれだけ金をかけたら、この街じゃ決して元はとれやしない。そりゃそうだ。東京みたいに酒だけで馬鹿高い銭をつかう酔狂は、そうはこの街にはいない。つまりは道楽だ」

「あなたの商売はちがうのですか？」

古山はにやっと笑った。

「ちがうね。上辺《うわべ》はきれいだが、中味は安物でしあげた内装で、若い連中が喜ぶような造りにする。それか、内装はこだわらず、働く女に金をかける。尻は軽いが口は固い、というのを揃えるのが、田舎で水商売を成功させる秘訣さ。そのために、よその県から女をひっぱってくることもある。地元じゃなかなか股を開かない女もいるんでね。あとはそう、食い物屋かな。食い物屋は、それなりに内装に金をかける。流行《はや》りのワインも揃えて、地元の小金持のプライドをくすぐるのがこつさ」

「手広くやっておられるのですね」

「それなりの苦労はある。東京との一番のちがいは、水商売でいくら成功しても、田舎じゃ色眼鏡から逃れられないってことさ。しょせん水商売といわれるからな。東京はそうじゃない。芸能人とお友だちになり、人脈を広げ、夜の世界から日当たりのいい場所にでていくことも可能だ。もちろん、日当たりがよくなるにつれて、悪どい商売からは手をひかなけりゃならないが」

「宮本君とは、いつ頃からのつきあいですか？」

「小学校から高校まで、さ。奴が俺を助けてくれたってのは本当だ。昔はいじめられっ子だったものでね」

鮫島は首をふった。

「とうていそうは見えない」

「俺の親父は、パチンコ屋と焼肉屋をやってた。仲間に多かったものでね。わかるだろ」

古山はいった。

「いじめられる理由も」

鮫島は無言だった。

「武史は、一種の理想主義者だった。生徒会長を自分からやりたがる奴、というのがいるだろう。不良からはうっとうしがられるが、先生からは見どころのある奴だと思われる。といって、ゴマすりじゃない。成績も一番なのだからな」

「人望もあった？」

古山は頷いた。

「今考えても、こんな奴いるかよ、という男だった。まっすぐで裏表がなくて、まるで青春ドラマの主人公みたいな奴さ」

「わかります」

古山は口からはずした葉巻を見つめた。

「ドラマじゃふつう、そういう奴は、不良グループと対立して決闘したりする。だが武史にはそんな心配はいらなかった。俺がついてたからな」

「彼がいなくなったのは寂しかったでしょうね」

「しかたがないだろう。あるときから、まったくちがう人生を歩むだろうってことはわかってたんだ。俺は親のあとを継ぎ、地元で水商売、奴は東大いってエリートだ。下手すりゃ俺みたいのが友だちにいるってだけで、マイナスになりかねない」

「疎遠になったのですか？」

「武史が大学をでるまでは、休みのごとに遊んでた。そうだな、警察に入ってからも、奴が結婚するまでは、ちょこちょこ飲んだりしてたかな」

「なるほど」

「結婚式にはでてないよな。会わなかったような気がする」

古山は目を細めた。鮫島は頷いた。

「ええ」

「そうか。俺も本当はでる気がなかった。だが奴が電話で、泣いて頼んできたんだ。でてくれって」

「なぜです？」

古山は葉巻をくわえ、息を吐いた。目を窓の外に向ける。

「それはまあ、終わったことだ」

鮫島は無言で頷き、古山と並んで、窓の下の景色に目を向けた。急速に陽がかげり、街のそここに点《とも》る灯がくっきりときわだってきた。だが水平線はまだ見きわめることができる。

「私に会いたいとおっしゃっているのは？」

「ここのオーナーさ。じきにくる筈だ」

「妹さん、ですね」

古山は頷いた。

「すまないがそれまで飲み物はだせない。俺が勝手にいじると叱られるんでね。それでなくとも、俺はここに顔をだしちゃいかんといわれてる。店の雰囲気を壊すというんだな」

苦笑を浮かべている。

「宮本君は酒が強かった」

鮫島はいった。

「ありゃあ血だな。親父さんも相当強かった。今じゃすっかり弱くなったが。あんたたちのような秀才でも、酒を飲みすぎて潰れちまうことがあるのかい？」

「警察大学校時代は、よく飲みました。宮本君は体が小さかったが、よく焼酎の一升壜を抱えてぐいぐい飲んでた。そういえば――」

鮫島は記憶がよみがえるのを感じた。

「いつだったか彼が、マッコリをもってきたことがあります。焼酎の一升壜に入ってたが、自家製だといってた。ほとんどが初体験で、口当たりのよさにぐいぐいやって、翌日ひどい二日酔いになりました」

「そいつは俺のお袋がこしらえてた代物だよ。カメで作った密造酒だ。おかしいな、未来の警察のお偉いさんたちが、密造酒を飲んで酔っぱらっていたわけか」

マッコリは、朝鮮半島で作られているどぶろくだ。

古山は鮫島を見やった。

「高校時代、奴はこっそり、うちの焼肉屋にきちゃ、マッコリを飲んでた。酔いがさめるまで家に帰れないんで、俺の部屋で寝っころがって、色んな話をしたもんだ。奴はそのときはもう、警察にいくって決めてた」

「目的意識がはっきりしていましたからね」

「あんたもそうだったのかい？」

鮫島は首をふった。

「私はちがいます。もっと漠然とした理由でした。私が本当の意味で警察官になったといえるのは、おそらく宮本君の死後でしょう」

古山の顔に興味の色が動いた。

「警部さん、だったな」

「はい」

「武史と同期なら、本当はもっと偉くなっている筈じゃないのか」

「そうですね。他の同期は、皆、出世していますよ」

「あんたは落ちこぼれたってわけだ」

鮫島は頷いた。古山はおかしそうに首をふった。

「おかしいな。エリートの中にも落ちこぼれはいるんだ。警官に向いてなかったってことかい」

「そう思ってる人もいるでしょうね」

「確かにあんたは強《こわ》もてには見えない。新宿なんてところにいたのじゃ大変だろうな。筋者も多そうだし」

鮫島は苦笑した。

「何とか、やっていますよ」

「まあ、警察にも書類仕事とかいろいろあるだろうからな。事務屋さんだったら、秀才には向きだ」

太い、スポーツカーのようなエンジン音が聞こえた。駐車場に車が乗りいれられたようだ。

「やっときやがった」

古山はため息をついた。ほどなく、店の扉が開かれた。

くっきりとした目鼻立ちの、三十代半ばの女性が入ってきた。光沢のある黒のパンツスーツを着け、首もとに鮮やかなスカーフを巻きつけている。大きくみひらいた目が古山を見やり、それから鮫島に注がれた。

「お待たせしちゃった？」

「ああ、三十分ほどな」

古山は唸り声をたてた。だがさほど怒っているようには見えなかった。

鮫島は立ちあがった。女性はまっすぐ鮫島に目を向けたまま歩みよってきた。

「栞《しおり》、鮫島さんだ」

「古山栞です」

わずかに固い口調でいった。鮫島は頭を下げた。

「初めまして。鮫島です」

強い視線が注がれるのを感じた。古山がいった。

「おい、俺はそろそろ店の方に顔をださなけりゃならん。鮫島さん、預けてくぞ」

鮫島は古山をふりかえった。財布から名刺をとりだした。

「株式会社　古山観光　代表取締役　古山明彦《あきひこ》」とある。

「さっきのホテルの件もあるんで、電話を下さい。携帯の番号も入ってる」

「ホテルって何のこと？」

栞が口を開いた。

「鮫島さんは今夜の宿が決まってないんだよ」

「あら、そこの観光ホテルでいいじゃない」

「高いよ、あそこは。もっといいビジネスホテルを紹介するっていったんだ」

「お兄ちゃんの紹介じゃ、いかがわしいラブホテルみたいなところになっちゃうわ」

「失礼なことというな」

「本当じゃない。わたしが紹介する。観光ホテルなら顔もきくし」

古山は口をへの字にした。

「勝手にしろ。とにかく、話がすんだら電話を下さい。どうせまだ早いんだ。晩飯のこともあるし」

「わかりました」

鮫島は名刺をうけとり、頷いた。古山は鮫島の名刺を要求する気配は見せなかった。

「じゃ、な。あとは頼んだぞ。それじゃ、あとで」

あわただしく古山はでていった。突然二人きりで残され、鮫島はとまどいを感じた。

そのようすを見てとったのか、栞はくすりと笑った。

「ごめんなさい。無理をお願いして。どうぞおかけになって下さい。あら、兄ったら、何もさしあげてなかったんですね。自分は葉巻を吹かしちゃって」

鮫島にソファを勧め、自分はカウンターの内側に入った。

「何を飲まれます？　たいていのものなら揃っていますけど？」

「お店は何時からなのですか？」

「まだです。気が向いたとき開けて、気が向いたときに閉める。わたしのやり方ですから」

鮫島は頷いた。

「さあ、決めて」

「では、ジェイムスンの水割りを」

「アイリッシュね。そういえば、アメリカは、警官にアイルランド系が多いそうね」

栞はいって、カウンターの内側にかがむと、ジェイムスンのボトルをだした。

「ずいぶん色々なお酒がありますね」

「ええ。県内で一番だと思います」

答えて、ジェイムスンの水割りをふたつ作った。グラスも、薄い透かし模様が入った高価そうな品だ。

「わたしもジェイムスンを飲んでみよう。乾杯」

栞はいって、グラスをさしだした。鮫島はグラスを合わせた。

「乾杯」

「鮫島さんに一度お会いしたいと思っていました。電話や手紙で、あなたのことを聞いていたので」

栞がいったので、鮫島は顔をあげた。

「宮本君から？」

栞は頷き、グラスを手にカウンターを抜けでた。

鮫島の隣のソファに腰かけ、灰皿を押しやった。

「お煙草、どうぞ。亡くなる直前まで、武史さんとは連絡がありました」

鮫島は理解した。古山のいう、親しかった、というのはそういうことだったのだ。

栞はグラスを口に運び、窓に目を向けた。

「一番きれいな時間だわ。夜が始まったばかり。この時間は、いつもひとりで眺めているの。でも一度だけ、武史さんがきてくれて、ふたりで見ていたことがありました。わたしの最高の思い出よ」

「いつ頃です？」

栞は目だけで微笑んだ。

「ずっと前。武史さんの見合い話が決まったときかしら。このお店ができてすぐの頃」

鮫島は栞を見つめた。

「泣いたりわめいたりはしませんでした。東大をでた武史さんが、警察に入るって決めたときから、駄目だなって思ってたから。うちは、北なの」

警察キャリアが、北朝鮮出身者と結婚することは、その後の警察官人生を捨てるのに等しい。

「帰化は？」

「していません。だから古山というのは、表向きの姓」

帰化していればどうだっただろうか。難しかったろう。目に見えない形の、さまざまな圧力がかかり、翻意を促されたにちがいない。

栞が不意に鮫島に目を向けた。

「武史さんは、信用できるのは、鮫島さんという同期だけだっていったわ。そして、もし鮫島さんが自分だったら、わたしと結婚したろうって」

鮫島は黙っていた。

「でも、いつか、誰と結婚しようが関係のない組織に警察がなるときがくる。それまで自分はがんばりたいって。わたしとのことは、自分の唯一の挫折だ。それを無駄にしたくない、と」

「腹が立ちますね」

鮫島はつぶやいた。

「なぜ？」

ったら死ぬな。あなたとの約束も果たしていない」

「あの人は死んだのじゃない。殺されたんでしょう」

「刑法上の意味で殺人だというのなら、それはちがいます。しかし追いつめられていたことは事実だ」

「あなただったら自殺しなかった?」

「たぶん」

栞は再び前方に目を向けた。東京のように色彩豊かではないが、そこに確かな人の営みを感じさせる夜景が海岸線まで広がっている。

「わたしは失恋したと思っているんです。裏切られたとか、捨てられたとは思ってない。武史さんには、ふたりの恋人がいた。警察とわたしと。より愛している方を、武史さんは選んだ。武史さんの結婚は、警察という恋人の付属品。奥さまには悪いけど。だけど、武史さんは、その警察に失恋して自殺した。気持をわかっていながらふったのは、警察」


「もっと醜くて、どろどろとしたものもありました」

「あなたに手紙を書く。誰かには知っていてほしい。でもそれを握り潰したり、出世の道具に使うような奴には、渡したくないって」

鮫島は息を吸いこんだ。

「確かに、私は出世の道具にはしなかった。いや、できなかったというのが正しいかもしれません。しかし受取人になることを、私が望んだかといえば、それはちがう」

「でしょうね。きっと恨まれる、そういってました。自分の手紙のせいで、鮫島さんの人生はめちゃくちゃになってしまうかもしれない。それはいつか、あの世で会ったときに、土下座してでもあやまるって」

鮫島は水割りで喉を湿らせた。煙草をとりだし、火をつけた。

「会いにきてって頼んだんです。最後の電話をもらったとき。きっとこの人は死ぬだろう、と感じたから。それを止められるとは思わない。でももう一度、ここで景色を見たい。思い出を作りたいって。駄目だといわれました。監視されているから、と」

「それは真実だったと思います。今日の法事にも、県警の人間らしいのが、見にきていました」

栞はほっと息を吐いた。

「すごいところなのね、警察って。足かけ七年たったのに、忘れない」

「しつこい、ですね。それが長所でもある」

「鮫島さんは、今の人生が嫌い？」

鮫島は苦笑した。

「法事のあと、ここにくるまで、そのことを考えていました。宮本君の手紙は、もともとまっすぐとはいえなかった、私の警察官としての道に、大きな変化を与えた、まあ、いってみれば、より曲がりくねってしまった、というところでしょう。ですが、今のこの生活を、決して無駄とも無意味だとも、私は思っていない。それは確かだ」

栞の顔が輝いた。

「よかった！」

美しい笑みだった。笑顔の魅力は、兄妹に共通している。

「それだけを訊きたかったんです。何となく、そうおっしゃるのじゃないかと想像していました、六年間。今回、鮫島さんが見えるというのを、兄が武史さんのお父さんから教えられて以来、ずっと知りたかったそのことを、訊いてみたいと思っていました」

鮫島は胸に熱いものが広がるのを感じた。それは言葉では簡単に表わせない感情だった。宮本への怒りであり、悲しみであり、そしてわずかだが、安心も含まれていた。

「宮本君は、私を少し買いかぶっていました。私は彼が考えていたほど強い人間ではなかったし、信念ももってはいなかった。結果的には、手紙を受けとったことで、信念をもたざるをえなくなったのです。とはいえ、感謝しているともいいたくない」

栞は小さく頷いた。

「兄は武史さんのことを何と？」

「正義感の強い人間だったと。その通りだと思います」

栞はグラスの表面に指先をすべらせた。

「つきあい始めてしばらく、わたしは武史さんの気持に自信がもてませんでした。兄と武史さんは確かに親友でした。でもなぜ、わたしなのだろう。武史さんに憧れている女の子はたくさんいましたから。もしかしたら、武史さんは、もちまえの正義感でわたしとつきあっているのではないだろうかって」

「あなたが日本人ではない、ということで？」

栞は頷いた。

「わたしは女だったせいもあって、兄ほどは子供の頃いじめられませんでした。それに五歳ちがえば、周囲の目もだいぶかわってきますし」

「お兄さんは苦労された」

「苦労したといっても、昔ほどではないと思います。もともとそんなに差別感情の強いという土地ではありませんから。ただ兄が小学生の頃は、父の事業もそれほどまだうまくいっていませんでしたし、家も決して豊かではありませんでした。だから、小学校の三年生くらいまでは、なにやかやと、兄も泣いて帰ってくることがありました。兄は実は、子供の頃は体が小さくて泣き虫だったんです。武史さんは逆に子供の頃は、わりに大きくて、兄をかばってくれていたと聞いてます」

「お兄さんは泣き虫だったように見えませんね」

栞は微笑んだ。

「兄がかわったのは、父の仕事を継いでからです。大学にいけという父に逆らって、高校をでてすぐ、大阪に水商売の修業にいったんです。床掃除のボーイから始めて、相当鍛えられたのじゃないかしら。二十二のときに父が倒れて、戻ってきてからはずっと父の事業を手伝っていました。父が亡くなってから、どんどん事業を手伝っていました。」

「かなり手広くやっていらっしゃるようですね」

「ええ。でもそのぶん敵も作っています。ご存知かどうか、この街で水商売をやっているのは、県内の離島出身の方が多いんです。もともとそういう方たちがやっていらしたところに乗りこんでいって、強引に広げたので、兄のことを嫌っている人もたくさんいるのじゃないかしら」

「それは国籍とはもう別の問題ですね」

「そうです。兄は兄で、武史さんのことを誇りに思っていました。自分の一番の親友が、東大をでて警察のすごく偉い人なんだってことを。そして自分とのつきあいが、武史さんのマイナスになるのではないかという点にも、気をつかっていました。たぶん武史さんは、どこかで兄にひけ目を感じていたと思います。わたしとのことや、兄とおおっぴらにつきあえないことに対しても」

宮本からそうした話を聞く機会はなかった。だが他人にすすんで話すことがらばかりが、その人間の核をなしているとは限らない。

「宮本君が亡くなったときは、お兄さんもショックをうけられたでしょうね」

栞は軽く目を閉じた。

「久しぶりに泣き虫に戻った兄を見ました。『こんなことになるなら、武史が出世コースを外されるくらい、いっしょに遊んどきゃよかった』といいました」

「宮本君の自殺の理由についてお兄さんと話されましたか」

「ええ。ショックをうけていました。奇妙なようですけど、兄は、警察の偉い方というのは、皆、武史さんのような人ばかりだと思っていたんです。地元の現場の刑事さんに対しては、ずいぶん厳しいこともいうのですけど……」

鮫島は無言で頷いた。手広く水商売をやっていれば、当然、地元警察官との関係が生まれてくる。古山の場合、北朝鮮出身者二世ということもあり、刑事、公安、両方の警察官から注目をされているにちがいなかった。

栞は目をみひらき、鮫島を見つめた。

「兄はどこかで、鮫島さんに、武史さんに感じていたのと同じような友情を感じているかもしれません。兄は好き嫌いの激しい人間ですから、見ていればわかります。きっと今日は、鮫島さんと、とことんまで飲もうって誘ってくるのじゃないかしら」

鮫島は苦笑した。

「それはたいへんだ。宮本君も酒が強かったからな」

「でも少しだけ兄につきあってあげて下さい。兄妹揃って甘えてしまって申しわけないのですが」

栞は手を合わすような仕草をした。

「わかりました」

「鮫島さん、ご家族は？」

「おりません」

「結婚していらっしゃらないの」

「ええ」

栞は再び目をみはった。

「もったいない。でもなんとなくわかるような気もします」

「どう、わかるのですか」

「鮫島さんて、武史さんとはまるでちがうタイプの人間です。まだ会って間もないのに、こんなことを決めつけるのは失礼ですけど。武史さんはまっすぐだけど、どこか脆《もろ》さのようなものがありました。脆いというとちがうかな、あきらめがいい、といったほうがいいかもしれない。でも鮫島さんは、ものごとを簡単にはあきらめないタイプ。たとえば、まちがっていることがあるとして、まっ先に『まちがってる！』って指摘するのが武史さん。そしてそれを何とか変えようとして、できないとなると、あきらめてしまう。鮫島さんは、『まちがってる！』って騒がないかわりに、粘り強く、変えていこうと努力をするタイプに見えるわ」

鮫島は首をふった。

「それも買いかぶりです」

「そうかしら。この年で生意気ですけど、人を見る目はあるつもりなんです。鮫島さんは一見優男《やさおとこ》に見えるけど、本当はちがうと思うわ。さもなければ、今でも警察にいらっしゃる筈がありません」

目の前の女性は、理屈ではなく、宮本が死の直前におかれていた状況を理解していたのではないだろうか。鮫島はふと、思った。そして、その自分の勘が外れていなかったことを確かめたくて、鮫島と話す機会をもとうとした。しかもその意図を直接ぶつけるような真似はしない。

「そろそろお暇《いとま》します。ご馳走になってしまって」

鮫島はいった。栞はひきとめなかった。

「じゃあ待って。今、観光ホテルに連絡をいれますから」

「そんなお手数をかけては――」

「ちがうわ」

笑みを含んだ目で鮫島を見やり、栞はかぶりをふった。

「兄が紹介するホテルはきっと、街中のにぎやかなところでしょう。そうするとうちの店からは離れてしまう。観光ホテルにしておけば、兄と飲んで別れたあと、もしかすると鮫島さんはひとりでここにきて下さるかもしれない。今度は、鮫島さん本人のお話を聞きたいの」

電話に手をのばした。

とりようによっては、かなり大胆な誘いの文句のようにも聞こえる。

だが地方都市で、贅沢な店をもち、これほどの美貌の独身女性となれば、簡単に異性に気を許せる機会は逆に少ないのかもしれない。旅人である鮫島に対してなら、ふだんの鎧をはずして接することができる、と考えたのだろう。

ベッドに誘われていると思うのは早とちりだ。

ホテルに電話を入れた栞は、フロント係と気のおけない口調で喋っていた。わずかに方言が混じっている。栞の紹介に対し、ホテル側は、あっさりと「会員価格」で部屋を提供することに同意した。鮫島の職業を栞は告げていない。「会員価格」は、ビジネスホテルの相場と比べても、決して高くはない。

「オーケーよ。フロントでお名前をいって下さればいいそうです」

電話を切ると、栞はいった。

「ありがとうございます」

「とんでもない。『月長石』を忘れないでいて下さればわたしにはそれで充分」

栞は大きな笑顔になっていった。

「月長石」をでた鮫島は徒歩でホテルへの登り坂をあがった。駐車場に黄色のポルシェ・カレラがあった。栞の願いに応え、部屋にチェックインしたら古山に連絡をいれるつもりだった。

陽は完全に落ちていた。坂の途中からふりかえると、カニのハサミにはさまれた湾が黒々と広がり、手前の光きらめく市街地と、くっきりしたコントラストを作っている。鮫島はしばらく見とれていた。

東京の夜景はこれよりはるかに広大で美しい。だが高層ビルなど、人工物の助けを借りない限り、それを観賞できる場には恵まれない。

人の営みの証拠である夜景ですら、自然の恩恵によってこうして一望できる土地の、ある種の豊かさを、鮫島は感じずにいられなかった。刺激的であることと豊かであることは、おそらくは人の営みに限っていえば、相反するものなのかもしれない。

坂の頂上に、観光ホテルがあり、入口をくぐった位置に駐車場があった。鮫島はそこにレンタカーを止めていた。チェックインするからには、車から荷物をとりださなければならない。

鍵を手に歩みよると、レンタカーのすぐ隣に止められた車に人が乗っているのが見えた。その人物は鮫島が荷物をとりだすのを待っていたかのように、車から降りた。福岡ナンバーのセダンだ。鮫島が荷物を手に歩きだすと、降りた人間はゆっくりとついてきた。

三十代の眼鏡をかけた男だった。駐車場の照明をメタルフレームが反射しているのを、フロントガラスごしに見ていた。当人も隠れているつもりはなかったようだ。タートルネックのセーターにチェックのジャケットを着けている。

男は、鮫島がロビーの扉をくぐる前に声をかけてきた。

「失礼ですが――」

鮫島はふりかえった。

「さきほど光雲寺から、『月長石』というバーにいかれましたね」

入口の照明をうける明るい位置で、男は鮫島の顔を凝視していった。

鮫島は男の顔を見つめ返した。男の視線の動きで正体はすぐにわかった。

「何か」

鮫島は否定も肯定もせず、いった。男はジャケットの内側から黒革の手帳をとりだした。だが表紙に刻印されているのは県警の名前ではなく、「麻薬警察」という文字だった。

「九州厚生局麻薬取締部の寺澤《てらさわ》と申します。少し、お話をうかがわせていただけませんか」

ていねいな口調で名乗り、鮫島の反応を知ろうとするように目を見つめた。

省庁再編に伴い、厚生省麻薬取締官事務所は、厚生労働省地方厚生局麻薬取締部に名称が変更された。九州厚生局麻薬取締部は福岡市の博多区に所在している。他に九州地区としては、北九州市の小倉《こくら》と沖縄県の那覇市にそれぞれ分室と支所がある。

福岡と、今いる市とでは、直線にして二百キロ以上の隔たりがある。よほど大がかりな麻薬犯罪の情報でもない限り、麻薬取締部は、地元県警の防犯部に捜査を任せる筈だ。

厚生労働省麻薬取締部は、北海道から沖縄まであわせて、十二の事務所、支所しかもたず、所属する取締官は総勢で一七五名という規模しかない。全員が麻薬捜査の精鋭だが、所帯が小さいだけに扱う事件を絞りこむ傾向がある。

鮫島はかつて、関東信越地区麻薬取締官事務所と協力し、新種の覚せい剤製造犯を追ったことがあった。麻取は、その摘発対象が違法薬物に限定されているぶん、一般警察官とは異なった捜査手段をとる。彼らにとっては情報が命であり、その功績は押収する薬物の量が、検挙する人員に優先される。

ためにひとりひとりが独自の情報網をもち、確実な裏づけを得るまでは、独断専行の捜査方法をとることも往々にしてある。

この寺澤という麻取も、何か大きな情報を追って、ひとりでこの街に現われたのかもしれない。


鮫島は寺澤の目を見返すと、静かに頷いた。

「チェックインの手続きさえすまさせてくれれば、ロビーで話せます」

「恐縮です」

寺澤は表情をかえずにいった。寺澤に、応援の人間を従えているようすはない。あるいは、ロビーか別の車から、こちらのようすをうかがっているのか。

ガラスの自動扉をくぐった鮫島は、フロントカウンターに歩みよった。寺澤は少し離れたところに立ち、鮫島がチェックインするのをながめている。

手続きを終えた鮫島は、ロビーに並べられたソファで寺澤と向かいあった。ロビー内には、寺澤の応援と覚しい人間の姿はなかった。家族連れや、明らかに観光客とわかる人々ばかりだ。

「お手数をおかけします。お名前とご職業をまずうかがえますか」

寺澤は口を開いた。

「鮫島。警視庁新宿警察署生活安全課に勤務しています」

　寺澤は瞬きした。

「それは、失礼しました。身分証はおもちですか」

　鮫島は警察手帳を渡した。寺澤は身分証のページを開いて読んでいたが、やがていった。

「鮫島警部。自分の記憶ちがいだったら失礼なのですが、以前、関東にいらした塔下《とうげ》情報官とごいっしょされたことはありませんか」

　鮫島は微笑んだ。

「情報官になられたのか、塔下さんは」

　情報官は、取締官のチームを統轄する係長にあたる。

「はい。現在は、横浜分室におられます」

　手帳を返しながら、寺澤はいった。

「機会があったら、よろしくお伝え下さい」

「承知しました。鮫島さんは、こちらへはお仕事ですか」

　周囲を意識したのか、階級称を外し、寺澤は訊ねた。鮫島は首をふった。

「いいえ。古い友人の法事に出席するためです」

「光雲寺の？」

　鮫島は頷いた。寺澤は一瞬言葉を切り、鮫島を見つめた。

　鮫島が生活安全課に勤務する以上、捜査対象は、麻取と重なる。鮫島の言葉を真実とうけとってよいか、迷っているようだ。もし鮫島が嘘をついていたら、わざわざライバルに情報を与える結果となる。麻薬捜査の現場では、刑事と麻取がしのぎを削ることが珍しくない。

「嘘じゃない。明日には東京に戻る予定だ」

　鮫島がいうと、寺澤はわずかに表情をゆるめた。

「鮫島さんは、先ほど古山という男といっしょにおられましたね。古山明彦です」

　鮫島は頷いた。

「今日の法事の故人とは幼な馴染みだった人だ。初対面です」

「そうだったんですか。では、バー『月長石』にいかれたのも、古山氏の案内で？」

「そうだ。古山さんの妹さんを紹介したいといわれた。妹さんも故人とは親しくされていた時期があり、故人の話をしたいというのでね」

「その故人というのは、最近亡くなられた方ですか」

「いや。六年前に亡くなった」

　警視庁の警視であったことはいわずにおいた。

「古山氏の周辺を調査しているのですか」

　鮫島の問いに、寺澤はすぐには答えなかった。

「彼とは、このあと会う約束をしている」

　鮫島がいうと、寺澤はわずかに目をみひらいた。決して屈強そうには見えないが、粘り強く、対象を追うタイプだろう。そう考え、ふと栞が、自分と宮本を比べた表現を思いだした。

「古山氏に関する、確実な情報があるわけではありません」

　ようやく寺澤はいった。

「あなたを困らせるつもりはないが、確実な情報なしに、わざわざ麻取が福岡からここまでやってくるかな」

　寺澤は深々と息を吸いこんだ。

「私と会ったことは、古山氏には内聞にしていただけますか」

「もちろん。人の邪魔はしたくない」

「では少しだけお話しします。福岡の十《とお》知《ち》会《かい》という、指定暴力団に流れているしゃぶを追っています。十知会の幹部にこの街出身者がおり、どうやらその人物がしゃぶの流れをおさえているようなのです。しゃぶは北朝鮮産であることが確認されているのですが、金の動きがもうひとつはっきりしません。十知会と北朝鮮のあいだに、別の人物なりグループが介在していると、私は見ているのですが……」

「それが古山氏だと――？」

「可能性です。古山氏と、問題の幹部が博多で会っている事実があるので」

　鮫島は頷いた。北朝鮮が「国家事業」として、ヘロインや覚せい剤を生産しているという情報は、警視庁でもつかんでいた。こうした薬物は、九州北部や中国地方の日本海側で水揚げされ、日本国内に出回っている。

「十知会というのは、こちらにも勢力をのばしているのですか」

「いるにはいますが、地元は別の組がおさえているようです。古山氏は、そちらの組とのつきあいもあるとの噂です」

　他県の情報にはさすがにうといのか、寺澤の歯切れは悪かった。

「なるほど。私が古山氏に会うのは、ごく個人的な、亡くなった友人を介しての関係だ」

　古山がしゃぶの取引に関与し、鮫島と親しくなることで、何かの利益を得ようとしている可能性はあるだろうか。

ないとはいえない。現在の状況について詳しく知らなければ、古山にとって鮫島は、キャリア警察官としかうつらない。キャリアならば当然、地元県警の幹部ともつきあいがある、と考える。万一検挙された場合に備え、何らかのコネを作っておこうとしているのかもしれない。

　とすれば、鮫島にとってはひどく残念であり、腹立たしい。古山はあれほど宮本とは親しかったといっておきながら、その思い出を自分の犯罪に利用しようとしているのだ。

　沈黙した鮫島を気づかうように、寺澤はいった。

「まだ古山氏が確実な容疑者だと決まったわけではありません。この件に関しては、九州でも私しか動いていませんから」

「それを彼に直接訊ねるわけにはいかないだろうな」

「それは困ります。匂わせられただけでも、私の線が潰れます」

「わかっている。何もいわない。むしろ会わない方がいいかもしれない」

寺澤は首をふった。

「それもやめて下さい。私がこちらにきて調べ始めて三日になりますが、どうも私の動きに勘づいている地元の人間がいるようなのです。もし私が鮫島さんと接触したあとに、鮫島さんが古山氏との面談を拒否すれば、私が古山氏を狙っているのがばれてしまう。だからこそ、ここまでお話ししたのです」

真剣な表情だった。メタルフレームをのせた鼻の頭にうっすらと汗をかいている。

「地元の人間というのは、丸B関係者で？」

「わかりません。気のせいかもしれません。今日はあまり感じないのですが、きのうまでは、どうも監視されているような気配があった」

「寺澤さんは、以前もこちらで仕事をした経験が？」

「福岡で手配した者が、別件でこっちの警察にあげられ、取調べにきたことはあります。身柄《がら》は結局、県警にもってかれましたが」

わずかにくやしさのにじんだ口調だった。

「じゃあそのときに面割《めんわ》れした可能性はありますね」

「ほんの日帰りだったんですがね」

寺澤はつぶやいた。

「その人間はしゃばにいるのですか」

「いえ。まだ入っていますから、そいつに見られたとは思えません。ただ我々は人数が少ないですから、写真が流れている可能性もあります」

「そうですね」

ありえる話だった。薬物事犯のプロは、警察も恐れるが、麻取をさらに恐れる。麻取は警察官とちがって、囮《おとり》捜査が法で認められているからだ。取引相手と偽って接近し、逮捕することも麻取なら可能だ。それだけに、麻薬取締官の顔写真が売買されることもあると聞いていた。

「古山氏と会っていただけますか」

懇願するように寺澤はいった。寺澤の、監視されているようだという勘が正しければ確かに、鮫島が古山と会うのを拒否すれば、自分に疑いが及んでいることを古山は察する。寺澤の不運は、鮫島が警察官だと知らずに、職務質問をしかけたことだ。

「ちょっと訊ねますが、麻取は、今日の法事をマークしていましたか」

鮫島は訊ねた。

「マーク、というと？」

「法事の出席者を写真に撮るとか」

寺澤は即座に否定した。

「いいえ。こちらにきているのは私ひとりだけですし、写真は撮っていません」

するとあれはやはり県警の公安だったのだ。寺澤と同じ線を、県警の防犯部が追っているとしても、直接関係のない宮本の七回忌にまで現われる理由はない。

「誰か、撮っている者がいたのですか」

寺澤の表情はさらに不安げになった。

「ええ。ですがたぶん防犯じゃない。おそらく別でしょう」

別といわれても、寺澤には理解できないようだった。

「観光客とか、そういうことですか」

「いえ。公安関係者です」

「公安？　北朝鮮にからんで、ですか。故人はそちらの出身者ですか」

矢つぎ早に質問してくる。

「ちがいます。故人は警視庁公安部に属する警視でした」

「でも六年前に亡くなられたと――」

鮫島は苦笑した。公安警察の執拗さと猜疑心の深さを、この寺澤に説明しても納得はなかなか難しいだろう。

「何でも記録したがる連中なんです。おそらく本庁の指示で、わけもわからず撮りにきていたのだと思います」

　寺澤は、鮫島にかつて麻薬取締官事務所と協力した過去があることは知っていても、鮫島の警察内における立場についてまでは知らないようだ。

「とにかく、防犯の刑事ではありませんでした。同業者ですからね、それくらいはわかります」

　鮫島が告げると、ようやく頷いた。

「で、古山氏には？」

「会いましょう。そして、もし古山氏がさりげなく自分に対する内偵の話を切りだしてきても、とぼけておきますよ」

「ありがとうございます」

　ほっとしたようにいって、寺澤は名刺をとりだした。

「ここに私の携帯の番号が書いてあります。図々しいようですが、もし何か参考になるような話がでたら、お知らせいただけますか。鮫島さんが古山氏と会うのであれば、今夜はつけ回すのはやめます」

　鮫島は受けとった。

「たぶんそれほど遅くならないうちにホテルに戻ると思います。電話をいただければ、話してもかまいません」

「わかりました。こちらからお部屋にご連絡します」

　鮫島はホテルのキィを見せた。寺澤は部屋番号をメモすると立ちあがった。

「よろしくお願いします」

　頭を下げ、足早にロビーをでていった。

5

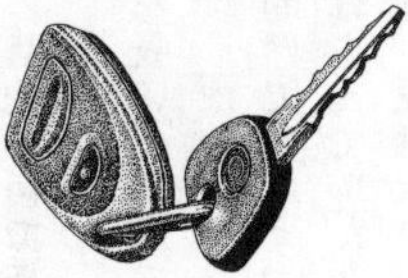

銃声は長く尾をひくようにこだました。間をおかずさらに二発がつづいた。そして犬の吠え声が重なりあった。

猟銃だ。鮫島はほっと息を吐いた。このあたりに猟区があり、銃を使った猟がおこなわれているにちがいない。

ということはつまり、今いる場所は、民家の少ない地域なのだ。鮫島は、自分のあげる叫び声が猟をおこなっている者たちに届く可能性を考えた。

可能性はある。だが、別の人間にも自分の声は届くだろう。別の人間とはつまり、鮫島をここに閉じこめた者だ。その人間の目的が、このまま鮫島を放置しておくことだとは思えなかった。何日も放置されれば、やがて自分は衰弱し、死を迎えるだろう。が、それは殺人の手段としては、あまりに緩慢で、露見する危険が高すぎる。もし鮫島を拉致した人間に殺意があるなら、とうに殺されていて不思議はない。それがなく、持ち物がすべて奪われているという状況は、鮫島に対して別の目的があることを意味している。

太陽が昇るにつれ、落ちつきをとり戻しつつあることを鮫島は感じた。しかし、その目的が何であるかまでは想像もつかなかった。

鮫島は檻の前面に近づいた。息を吸い、大声で叫んだ。

「おーい！　誰かいないかあっ。助けてくれえっ」

声を止め、耳をすませた。銃声は止んでいたが、犬の吠え声が聞こえてくることから、猟師なりハンターの一行が、さほど遠くはない位置にいるとわかる。ただし、風向きによっては、何キロも離れた地点かもしれない。風にのれば、驚くほど遠くの物音が聞こえてくるのを、鮫島は知っていた。だがその逆、風下から風上に対しては、相当の音量であっても届かない。自分がハンターたちの風下に位置していたら、とうてい叫び声は届かないだろう。

「おーい！　おーい！　助けてくれえっ」

鮫島は再び叫んだ。この声がハンターたちに届かなくとも、自分をここに閉じこめた人間に届く可能性は高い。今いるのは、牧場のような施設の一角だ。おそらくここには、家畜の世話をするために、複数の人間が寝泊まりしているだろう。

鮫島の声は、ハンターたちよりも、牧場の者たちの耳に先に届く可能性があった。

そうなったら、どのような行動に出るだろうか。

鮫島は再び耳をすませた。これが危険な賭けだというのはわかっていた。ハンターたちのかわりに、拉致、監禁犯をここに呼びよせる結果になるかもしれない。しかし、牧場に働く者全員が、共犯であるとは限らないのだ。

犬の吠え声が聞こえない。

落胆が胸を重くした。ハンターたちは、獲物を追ってさらに遠ざかってしまったのだろうか。いや、それどころか、牧場の人間らしき者もやってくる気配がない。

鮫島は、いったんは抑えこんでいた恐怖が再びふくらみ始めるのを感じた。ここは、牧場は牧場であっても、とうに廃棄された無人の牧場で、やはり拉致した者の目的は、鮫島の衰弱死だったのではないか。

鳥の鳴き声が聞こえた。斜め上空を、鷲か鷹か、大きな黒い鳥が羽を広げ、ゆっくりと旋回している。その鳥の目には、この檻を中心に、半径何キロもの広さで、人の姿がまるでないのが映っている。

鳥には、憐れみの感情は起きないだろう。たとえ、山裾に放置された檻の中に人間がひとり存在すると感知できても、奇異に思うこともない。ましてやその人間がこのあと、どうなっていくか想像さえしないにちがいない。

それは死の予感の、ほんの小さな兆しだった。

自然の地形が作りだした、窪地のかたすみで、自分はあとどれだけ生き永らえられるのだろうか。この檻には、食料はおろか、水の一滴もない。水分の補給がなければ、人間は驚くほど短い時間しか生きられない。

そう思ったとたん、尿意を感じた。尿の排出は、さらに死期を早めるのだろうか。少しでも体内に尿を留めおいた方が、渇きを遅らせることができるかもしれない。

が、一方で、激しい尿意をこらえていれば、大声をだすことも難しい。

太陽の光が窪地全体に注いでいた。青く澄んだ空の、さっきよりさらに上空を、大きな黒い鳥は舞っている。

鮫島は深呼吸した。目覚めてからおそらく、二時間以上が経過している。

いよいよ我慢できなくなり、鮫島は、檻の隅から外に向けて放尿した。この尿を飲用に確保しておかなかったことを後悔する羽目にだけはなりたくない、と思った。

寺澤が立ち去ったあと、鮫島はチェックインした部屋から古山の携帯電話に連絡をとった。時刻は、七時十分過ぎだった。

「はい」

二度の呼びだしのあと、ぶっきら棒な声が応えた。

「古山さんですか、鮫島です」

「ああ。ついさっき、栞からも電話があった。結局、観光ホテルに入ったのですって？」

「ええ。お言葉に甘えました」

「まあ、そっちの方が、部屋も眺めもいいことは確かだ」

古山はいって笑い声を響かせた。鮫島は窓の方角を見やった。レースのカーテンごしに、市街地の夜景が広がっている。「月長石」ほどの眺めではないが、目をひきつけるには充分だった。

「さて、と。腹はたいしてすいちゃいないだろうから、とりあえずどこか落ちついて話せる場所にでもご案内しようか」

「お任せします。ただ明日には戻るつもりですので、朝まではおつきあいできない」

古山は再び笑い声を聞かせた。

「栞の奴、相当、俺に関して悪い話を吹きこんだな。大丈夫、お巡りさんを、そんなとんでもない場所には連れていきませんよ。とりあえずこれから迎えにいきますから、二十分くらいしたらロビーに降りてきて下さい」

「わかりました」

答えて、鮫島は電話を切った。古山の口調に屈託はまるでなかった。ある種の親密さすら、鮫島に対し感じ始めているように思える。

それが演技なら、古山はかなり狡猾な人間だということだ。

鮫島はネクタイだけをかえ、ロビーに降りていった。待ちあわせより数分早かったが、古山はすでにロビーに着いていた。

エレベータから降りたった鮫島を認めると、ソファから立ちあがり、笑みを見せた。スーツ姿ではなく、カシミヤのダブルのジャケットにノーネクタイでパンツといういでたちにかわっている。肩幅があるので、ダブルのジャケットが似合った。

「いきましょう。小腹がすいたら、名物のラーメン屋のうまいところでも案内します」

セルシオはエンジンをかけたまま、ホテルのエントランスに止められていた。ホテルの人間は、古山とも馴染みらしく、ドアボーイが会釈して車のドアを開けた。

「いってらっしゃいませ」

古山は鮫島が乗りこむのを待って、セルシオを発進させた。運転は、一見荒っぽいようだが、細かな注意を払っている。車内には特にアクセサリーめいた品はなく、掃除がいき届いていた。

セルシオがホテルの前庭をでると、鮫島は口を開いた。

「管轄外でも、仕事が仕事ですから、今日は割り勘ということにさせて下さい」

古山はちらりと鮫島を見やり、鷹揚《おうよう》に頷いた。

「そうくると思った。武史もそうだった。いいですよ。こっちは、東京とちがって、そんなに馬鹿高い店なんかない。まして同業者の俺からじゃ、ぼったくれっこない」

「古山さんのやってらっしゃる店にいくのじゃないのですか」

「自分の店にいったって、おもしろくもなんともないでしょう。女の子にちょっかいをだすわけにもいかないし」

古山は笑い声をたてた。観光ホテルの建つ丘陵からふもとまで降りると、市街の中心部までは、ほんの数分だった。路面電車が走るメインストリートをはさんで、繁華街が広がっている。

古山はメインストリートの南側にセルシオを進入させた。明らかに盛り場とわかる、ネオン看板を連ねた雑居ビルの多い一角だった。新宿歌舞伎町《かぶきちょう》に限らず、大都市の盛り場ならどこでも見られる景色だ。ビルとビルのあいだには細い路地があり、ゴールデン街を彷彿とさせるような、こぢんまりとした飲み屋街もある。

古山はそうした飲み屋街に面した有料駐車場に車を乗り入れた。顔馴染みらしい従業員が走りよってくると、キィをつけたまま、

「頼んだぞ」

ドアを開き、いった。

「さ、いきましょう」

鮫島は、このあとの飲酒運転の可能性にまで釘を刺すのはやめることにした。

車を降りると、かすかに三線《さんしん》（蛇皮線）の音が聞こえてきた。その方角を見た。赤い、大きな提灯に「島料理《しまりょうり》」と記された、しもたや風の店がある。

路地によっては、そうした店が何軒も連らなっていた。栞のいっていた、離島出身者の店というのは、こういうところをさしているのかもしれない。

古山は駐車場をでて歩きだした。細い路地を折れて、奥に進んでいく。「島料理」店が、特に集中する一角だった。ひと口に島料理といっても、さまざまな島の出身者がやっているらしく、出身地の島名が、看板や提灯にうたわれている。路地には、そうした島料理の匂いや、陽気なようでどこかもの哀しい民謡の調べがたちこめている。

古山が足を止めたのは、「HAITAI」という、シンプルな看板の立つ階段の入口だった。地下にあるバーのようだ。

「飲み屋ってのは、階段でいくなら、地下に限るってのが、俺の持論でね」

鮫島の先にたって降りながら、古山はいった。

「シラフで下り、酔っぱらって上り、ってのが基本だ。逆だと転げ落ちちまう。もっともエレベータがありゃ、その心配はないが」

階段は黒く塗られており、ところどころにスポットライトが落ちている。下りきった踊り場に、木目

を浮かびあがらせた扉があった。

「まずは、いつもここから始める」

古山はいって、扉を押した。

まるで鮨屋のような、白木のカウンターのあるバーだった。「月長石」ほどではないが、さまざまな酒類のそろったキャビネットを背に、スーツを着た長身の女が立っていた。一見して、白人の血が混じっているとわかる、彫りの深い顔立ちをしている。

「いらっしゃい」

古山に告げた。一度聞くと印象に残る、ハスキーな声だ。

カウンターは、七、八人分ほどの長さしかなく、床は板張りで黒く塗られている。カウンターの白さと、他の調度の黒さが、鮮やかなコントラストを作っていた。

古山がカウンターの中央にすわると、女は白く細長い磁器の皿を、前においた。中央部が長く凹《へこ》んでいる。何だろうと考え、葉巻専用の灰皿であることに、鮫島は気づいた。

他に客はおらず、自然、鮫島と古山は、カウンターをはさんで女と向かいあう形になった。女の年齢は、二十代の後半だろう。栞とはまったくちがうタイプだが、人目を惹かずにはおかない。

「ここのママで、平良《ひら》マリーさん。見ての通りの美女で、目下《もっか》の俺の一番の嫁さん候補だ。ただし本人の意見は訊いてない」

古山がいうと、女はしわがれた笑い声をたてた。スーツの胸の深い襟ぐりから、豊かな隆起がわずかにのぞいている。かすかに香水が匂った。

「目下ってのは、一日何人の女の子に使う言葉?」

「ひとり。場合によっては、ふたりか三人」

古山は唸っていった。

「正直だわ。正直すぎる男はもてないわよ」

いって、ママは鮫島に目を向けた。コンタクトなのか、もともとの色なのか、瞳は青い。

「こちらは初めてね」

「俺の親友の友だちでね。鮫島さんだ」

ママは頷くかわりに瞬いてみせた。

「いらっしゃいませ、鮫島さん」

「こんばんは」

ママは鮫島と古山を見比べた。

「若く見えるけど、本当は同じ歳くらい？」

鮫島は頷いた。女の唇に笑みが浮かんだ。

「じゃあお酒をおだししても大丈夫ね。何を飲まれます？」

「俺はウォッカマティニをもらう」

鮫島の返事を待たず、古山がいった。

「同じものを」

ママは頷いた。かがみ、冷やしておいたカクテルグラスをとりだした。

「いい眺めだろう」

古山が囁いた。かがんだ弾みに、ママがスーツの下にブラジャーをつけていないことが見てとれたからだった。白い肌に浮かぶ青い血管が大きな丸みの先へと走っている。

かがんだまま、ママは古山をにらんだ。

「何、中学生みたいな顔して喜んでるの」

「今日は、若返った気分なんだ」

ママが酒を作るあいだ、鮫島は古山に訊ねた。

「法事にはもうひとり、宮本君の友人だった方が見えていましたね。あの方も同級生ですか」

古山は新たな葉巻をチューブからとりだし、頷いた。

「木藤ね。あいつは高校からだ。もともとは俺の友だちだったが、俺を通して武史と仲よくなった。あいつも頭がいい。九大の文学部にいったが、その気になりゃ、東大でもいけたろう」

「木藤さんて、あの木藤さん？」

ママが訊ねた。

「そう。もう、倅が中学かな。福岡の学校にいかせているらしい。もともと奴は、向こうの出身なんだ」

「それがなぜ、こちらに？」

「受験のためさ。こっちにある私学の名門高校に入ってきた。だから高校は俺たちとは別だった」

「なるほど」

「奴は洒落者でな。高校時代から盛り場で目立ってた。あるとき、俺が目をつけた。喧嘩になる筈が、友だちになった。よくある話だろ」

鮫島は頷いた。

「昔は悪かったということですか」

「今でもね」

ママがまぜっかえした。古山は苦笑した。

「まあ、それなり、さ。商売が商売だから、いろんなのとつきあいができる」

「このあたりは物騒なのですか」

「いいや。そうでもない。新宿とは比べものにならんさ」

いって、古山は葉巻に火をつけた。

「新宿はすごいんだろ、中国人がのしてて」

二人の前にグラスが並べられた。ウォッカマティニが注がれると、たちまち露を結ぶ。

「どうぞ、召しあがれ」

「いただきます。確かに増えています。彼らは以前は互いを食いあっていたが、最近は獲物の国籍にこだわらなくなってきた」

「腹が立つだろ」

古山が静かな口調でいった。

「叩きだしちまいたいと思わないか。全部密航してきた連中なんだ」

「全部が全部じゃない。正式なビザをもってきている者もいます」

「外国人がいると、犯罪が増えるばかりだ、そういっている奴もいる」

鮫島は古山の横顔を見やった。古山の表情に変化はない。

「外国人のうけいれをすべて拒むというのは、もう時代遅れでしょう。確かに不法滞在者の多くは、不法滞在者であるがゆえに、違法な仕事に走るケースが少なくない。しかしその中にも、プロとアマがいます。アマチュアは、仕事や住居さえきちんと得られるなら、犯罪には走らない。問題は、そういう連中に違法の仕事や住居を斡旋している多くが、日本人のプロだということです」

「やくざ者か」

鮫島は頷いた。

「以前は、暴力団と不法滞在者の関係は上下でした。暴力団が安く使う、消耗品です。しかし最近は、不法滞在者の側も、組織がかたまってきて、対等なビジネスパートナーという関係が生まれてきています」

「中国マフィアって奴かい」

「そういういい方もされていますが、元来、中国マフィアというのは、香港やマカオなどに本拠をもっていた連中です。今日本にいる中国人の大半は、福建省など、本土から出稼ぎにきている者たちです。

彼らがマフィア化したとすれば、それはこの国にきてからだ。つまり、この国の環境によっては、防ぐことができた」

「ずいぶんやさしいんだな」

「面と向かってはちがいます」

鮫島は苦笑した。古山は驚いたようにいった。

「現場にでることもあんのかい」

「私の仕事は現場です」

「驚いたな。武史の話じゃあんたらみたいのは、ほとんど管理職ばかりだと聞いてたが」

「私は別です。さきほどの精進落としのときにもいいましたが、いろいろあって、ずっと現場です」

「本当の話だったんだ。俺はてっきり、親父さんを悲しませたくなくて、とぼけているのかと思った」

古山は首をふった。

「それはそれは、ご苦労なこった。見たとこ腕っぷしもそうあるようには見えないしな。こっちでも、現場の刑事は皆んな、ごつくて嫌な野郎ばかりだ」

「盛り場を担当させる人間には、どうしても押しだしのいい者を選ぶ傾向はあります」

「ほとんどやくざ者とかわらねえのまでいる。つるんでいるのまでいるし」

「暴力団を担当していると、互いに顔馴染みになってきます。価値観や洋服のセンスまで似てくることがある」

古山は顎をひき、しげしげと鮫島を観察した。

「あんたはやくざとはつきあってないな」

「ええ」

古山は天井を見上げ、葉巻の煙を吐いた。

「こっちは鹿報会《かほうかい》って組が、だいたい仕切ってる。まあ九州はもともとやくざ者が多い土地柄だが、最近は静かだよ。警察の締めつけもきついしな」

「福岡あたりからちょっかいをだしてくるところはないのですか」

「そりゃあるだろう。福岡にはさすがにいろんな組がそろってるからな。だがわざわざ戦争してまで縄張りを増やしたいってのはいないのじゃないか。戦争には金がかかるし、今は昔とちがって、何かあれば上までもっていかれるからな」

「古山さんのところも、つきあいがあるのですか」

古山は苦笑した。

「あんた、はっきり訊くな。まあ、ないとはいわない。おしぼりだ、植木鉢だ、駐車場だと、多少はある。だからといって、別によそより高い金を払ってるわけじゃない。もし他に安い業者がでてきて、そこにクラ替えしたとしても、もめることもないだろう」

「連中はそういうときは、安い業者の方に圧力をかけます」

「なるほどね」

古山は頷き、さて、とつぶやいた。

「そろそろ二軒目にいこう」

「あら、せっかくおもしろい話だったのに」

ママが目をくるくると動かしてみせた。

「客人が情報に飢えているようなんでね。生きた情報をお目にかけようと思ってさ」

葉巻をくわえたままストゥールをすべりおりた古山はいった。そして鮫島に向き直った。

「ここはあんたが払う。次は俺がもつ。それでも一軒ずつ。割り勘みたいなものだろ」

鮫島は頷いた。

「けっこうです」

「二千円いただきます」

ママはいった。店の雰囲気を考えると少し安いような気がした。だが鮫島は何もいわずに払った。

古山が扉を押したとき、ママがいった。

「あとでまたくる？」

「もしかしたら」

「あてにしないで待ってるわ」

地上にあがると、古山は携帯電話をとりだした。ボタンを押し、耳にあてる。

「あ、古山です。今、混んでるかな」

相手がでるといった。

「二人。大丈夫？　わかった。今からいく」

路地を抜け、通りにでたところに建つ、雑居ビルに足を向けた。

その雑居ビルは、あたりのビルに比べて、ひと回り大きな規模だった。エレベータホールには、点滅する小さな電球が、まるで天体図のように埋めこまれている。

華やいだ笑い声や、カラオケのサウンド、そして香水の強い匂いがエレベータホールには満ちている。

「すてきなバーでした。ママさんは美人だし」

古山が六階のボタンを押し、エレベータの扉が閉まると、鮫島はいった。

「そう。たぶんバーのママとしちゃ、この街一だろう」

「『月長石』がありますよ」

「身内はカウントできない。それに栞はもう、年をくってる」

「独身なのでしょう」

古山はあきれたように鮫島を見た。

「もしかして、あんた独身なのか」

「そうです。古山さんは?」

「残念ながら、小学生の娘がいる」

「すると先ほどの話は、重婚未遂だったわけだ」

鮫島をにらみ、次に破顔した。

「驚いた。意外に意地が悪いな。俺はあんたのことをもっとかたぶつだと思ってた」

鮫島は笑った。

「『ハイタイ』ってのは、『ハイサイ』の女言葉だそうだ。年上に使う敬語らしい」

「沖縄の出身ですか」

「見ての通りな。中学生のときに、離婚した親父を追っかけて、日本中の米軍基地を捜そうとしたらしい。なんで今ここなのかは、訊いたことがない」

エレベータが止まった。「CLUB SILKY」と記された白い扉が目の前にあった。古山はそれを押した。

「いらっしゃいませ、社長!」

「あ、いらっしゃいませ」

黒服を着た男たちは皆、古山の顔を知っていた。

大理石を貼った床に、白い革ばりのソファが並び、ミニのスーツを着たホステスが、ざっと二十人くらい、接客をしている。

古山は葉巻を吹かしながら、ボーイの案内にしたがって店内を進んだ。入口の見える、奥まったボックスに二人がつくと、アイスペールやミネラルウォーター、ブランデーのボトルなどが並んだ。

「社長、いらっしゃあい!」

二十《はたち》くらいの娘が通りがかりに古山にしなだれかかった。髪を金髪に染め、白のミニスカートから長い脚を見せている。

「あとでいくね」

「おう」

古山はかなりの馴染み客のようだった。たちまち四人のホステスが、二人ずつ古山と鮫島をはさむようにしてすわった。ホステスの大半は二十代の初めで、派手な髪型と短いスカートが共通している。

「古山社長、水割りでいい？」

「ああ。鮫島さんはどうします？」

「水割りで」

「ハイタイ」を奢れといったのが、古山の気配りであったことに鮫島は気づいた。いくら地方でも、これだけの数のホステスをおく店ならば、ひとり二万円を下ることはないだろう。

差額をあとで古山に払わなければならない。

鮫島の思いを読んだように、古山がいった。

「いっておくが、さっきの店をあんたがもった以上、ここは俺の払いだ。よけいなことは考えないでくれよ」

「値段がちがいすぎる」

古山はにやりと笑って、首をふった。

「そいつは関係ない。一軒は一軒だ。心配だったら次の店をあんたが払えばいい」

鮫島は息を吐いた。今のところ、古山は、鮫島が危惧していたような話は何ももちだしてこなかった。あるいはこの店を奢ったあとを、頃合いだと考えているのか。

「きっと落ちつかないだろうが、適当に話をあわせていな。そのうち、生きた情報がくる」

古山は身をのりだし、ささやくようにいった。

鮫島はやむなくその言葉にしたがうことにした。

ホステスの多くは県内出身ではなかった。隣県や、遠くは大阪から、という者もいた。鮫島が東京からの旅行者だと知ると、東京にいってみたい、と口にする娘もいた。仕事を訊かれ、鮫島は公務員だといって言葉を濁した。

「公務員？　うちにも公務員のお客さんくるよ」

酔った口調で、ミチという二十一のホステスがいった。別のホステスがたしなめる。

「いいの。他のお客さんの話はしないで」

「だってスケベなんだもん、あのおっさん。お客さんもスケベ？」

　鮫島の名すら覚えられないほどすでに酔っていた。

「ふつうかな」

　ミチは首を傾《かし》げた。

「ふつうってどんなくらい？」

「どう表わせばいい？」

　いって鮫島は店内を見渡した。客の入りは八分といったところだ。スーツ姿の男たちが多い。年齢層も高く、大半が四十代から五十代だ。

「すぐやらせろっていう？」

「いわないな」

「触る？」

「あまりこういう店にはこないから、そういうこともない」

　いらっしゃいませ、という声が響き、首をのばしたミチが、顔をしかめた。

「ありゃ！」

「ほら、噂するから」

　たしなめた方のホステスも低い声でいって、表情を硬くした。

　入ってきたのは、ずんぐりとした体つきで、目の鋭い四十代後半の男だった。グレイのスーツを着て、襟もとでネクタイをゆるめている。すでにだいぶ酒が入ってるのか、赤黒く顔が染まっていた。横柄な仕草でボーイに頷くと、店内をよこぎってきたが、古山に気づいて立ち止まった。

「これはこれは、古山社長。こんばんは」

　馬鹿ていねいに頭を下げた。

「よう、ミチ。あいかわらずでかいおっぱいしてんな。あとでもんでやるからな。こいよ」

　顔をあげると、鮫島の隣にいるミチに声をかける。

「久しぶりだね、上原《うえはら》さん」

　古山がいった。感情を消した声だった。

「本当ですよ。何回か、古山社長のお店もお訪ねしたんですがね。そのたびに留守なんでひきあげました」

「別に私がいなくても、ゆっくり遊んでいってもらっていいんですよ」

「いやいや、そういうわけにもいきませんから……」

「だってここはひとりでみえてるじゃないですか。それとも待ちあわせですか」

上原は唇をゆがめ、笑ってみせた。

「いじめないで下さいよ、社長。あたしらだって息抜きくらいはしますよ」

太い首すじに汗が光っている。

「だったら私のとこでも息抜きして下さい」

「じゃ、そのうち」

上原はいって、暗い目で鮫島を見つめた。

「お邪魔しました」

「いえ」

会った顔を記憶に刻みこもうとする、警官独特の視線をうけとめ、鮫島は首をふった。

少し離れた席に、上原と呼ばれた男がすわった。二人のホステスがついたが、どちらも不自然な笑みを浮かべている。歓迎されていないのは明らかだった。

古山が低い声でいった。

「このあたりを管轄にしている中央署の刑事です。確か警部補かな」

「ミチさん――」

黒服の男が、鮫島のかたわらのホステスを呼びにきた。ミチはあきらめたように息を吐いた。

「指名してくれんのは、嬉しくない客ばっかり」

「それが水商売だろ。君らの笑顔に客は金を払うんだ」

古山がいった。にこやかな表情を浮かべているが、目は笑っていない。

「そんなこといわれても」

ミチはふくれっ面をした。

「すぐ、スカートの中に手をつっこんでくるんだよ」

古山は吸いかけの葉巻の横腹をじっくりと観察した。

「それをうまくかわすのもホステスだ。高い金を払う以上、客はどんなことがあっても偉いんだからな」

「その金を本人が払っていなくても？」

鮫島はミチの顔を見直した。

「払う人がいる以上、客は客だ。客を選ぶ権利は店にない」

ふくれっ面のままミチは立ちあがった。黒服の男に案内されて、上原の席につく。上原はさっそくミチの肩を抱きよせた。

「厳しいですね」

鮫島はいった。

残されたホステスも醒めた表情になって古山を見つめている。

「仕事というのは何でもそういうものでしょう。高い金を払う客が、従業員にいい顔をしてやらなきゃならない義理は何もない。それがわかってないと、若い子は水商売をなめる。ちやほやされて高い給料をもらうのを、あたり前だと考えるようになる。高い給料をもらえるのは、それだけつらい仕事なのだからというのがわからないんです。俺はそう教えている。いい客にあたれば、それはたまたまラッキー。癖の悪い客には、これが客のあたり前の姿だと思え、とね。自分が同じ金を払って遊ぶことを考えてみろ。強姦されるわけじゃなし、少しくらいは我慢して当然だろうというわけです」

淡々と古山はいった。

「彼につけ回しをさせているのは何者ですか？」

鮫島は訊ねた。つけ回しというのは、飲み代を別の人間に請求させることだ。新宿でも警察官が飲む場合、他の客に比べて割り安料金となるのは珍しくないが、つけ回しまでしているとなると、問題のある行為といわざるをえない。

古山は微笑して首をふった。

「接客態度以上に、この商売で大切なのは、口が固いことだ」

鮫島はほっと息を吐いた。飲み屋で嫌われる警察官を目にするのは珍しいことではなかった。

表向き、いくら歓迎するような言葉を口にしても、警官の来訪を心から喜ぶ飲食店はまれだ。通常料金を請求すれば高いといやみをいわれ、安くすればそれを当然のことと受けとって頻繁にやってくる。儲からない客なのに、常連面《づら》をされてはたまらない。

通常料金の請求が、いやみだけではすまないこともある。店の周辺で駐車違反の取締りをされたり、店内でトラブルが発生して一一〇番しても、「非協力的な店」だという理由で、警官が駆けつけるのが遅くなることすらある。いわば持ちつ持たれつの関係を強要されるのだ。

それに比べれば、別の誰かが通常料金を払ってくれるつけ回しの警官は、まだましだと店側は思うだろう。

いずれにしてもここは新宿ではない。鮫島にとやかくいえることではなかった。自分自身も、古山に奢られるのを前提で、足を踏み入れた店だ。

ミチの悲鳴が聞こえた。あらがうのをおさえつけ、スーツの胸をわしづかみにしているのだった。

「痛いよ、痛いって」

他のホステスが止めているが、上原は聞く耳をもたない。男の従業員は、見て見ぬふりをしていた。

「――ある意味ではやくざよりタチが悪い」

古山がつぶやいた。

「やくざの客は店の人間に対し、あんな真似はしない。もめたあげく一一〇番されたら、すぐ悪者にされるのが見えている。だが上原のような奴は、恐いものがない。投書しても握りつぶされるし、せいぜいが上に叱られるくらいだ。叱られたあとは、いやがらせが返ってくる」

鮫島はその言葉を聞き、試されているような気分になった。もしこの場に宮本がいたらどうしたろう。

警察大学校時代の宮本の性格だったら、我慢できずたしなめにいったにちがいない。それどころか、その場から県警本部長に電話をしかねなかった。

鮫島は上原を見つめていた。ソファの隅にミチを追いつめ、のしかかるようにして、上着の胸に手をさしこもうとしている。

上原が鮫島の視線に気づいた。見返してくる。鮫島は視線をそらさなかった。

上原の手がミチの体を離れた。鮫島はゆっくり視線をそらした。

「勉強は充分ですか」

古山が訊ねた。鮫島は頷いた。

「ええ。生きた情報については、ね」

「勘定してくれ」

古山はいった。クレジットカードをうけとったホステスが立ちあがり、その場ですくんだ。いつのまにか席を立った上原が、目の前まできていたからだった。

「もうお帰りですか、古山社長」

上原は立ったまま鮫島を見おろして訊ねた。鋭い視線だった。

「こちらは旅行中でね。あまり遅くならないうちにホテルにお帰ししなきゃならないんです」

古山が穏やかな声でいった。

「なるほど」

上原は、立ちあがったホステスがそれまですわっていた丸イスを横どりするように両手でひきよせ、腰をおろした。鮫島と顔をつきあわせる位置だった。

「客人を、私にも紹介して下さいよ」

「上原さんに御紹介するほどの人じゃありませんよ」

古山がいった。いくぶん声に緊張がにじんでいる。

もし鮫島とこの上原のあいだでいさかいが生じれば、余波はすべて古山のところにくることになるだろう。この街でこれからも水商売をやっていかなければならない古山にとって、それは決して歓迎できる事態ではない。

「何かお気にさわることをしたでしょうか。それならあやまりますが」

鮫島は告げた。上原は鮫島の目をのぞきこんだ。

叩き上げの、決してひとすじ縄ではいかない刑事の目だった。どれほど酔っているように見えようと、かたときも仕事を忘れたことはない筈だ。

「旅行中だって？　急ぎ旅かい」

上原は鮫島に訊ねた。

「知り合いの法事がこちらでありましてね」

「ふうん」

上原は鮫島の前におかれていた水割りのグラスに手をのばした。目をそらさずに、中身を一滴残らず飲み干した。

「いい酒だ。さすがに古山社長、いい酒を飲んでる」

その場はもちろん、周囲の客やホステスも、緊張に気づいていた。会話がやみ、視線が向けられてくる。

「儲かってしょうがないでしょう、え？　商売がうまいって、もっぱらの評判だ」

「やることをやっているだけですよ」

「いや、そんなことはない。あんたのとこは兄妹そろって商売上手だ。兄さんは、若い学生やサラリーマンからうまく吸いあげ、妹は、金持ちの爺さんだけを相手にする。何ていいましたっけ、あの山の上のバー」

「『月長石』ですか」

「そうそう。洒落た名前だね。私は何の意味かぜんぜんわからなかった。一度だけいってみたが、会員制だからって、入れてももらえなかったですよ。まあ、名前の意味も知らねえような田舎者じゃ、当然でしょうが」

喋りながらも、上原は決して鮫島から視線を外そうとはしなかった。

「それは失礼しました。妹によくいっておきます」

「いやいや。入れてもらえなくてよかったのかもしれない。噂じゃあそこは、お偉いさんのたまり場らしいですからな。まあ、私にいわせりゃ、お前らの払う飲み代がどこに流れてんのか知ってんのかってところですがね」

ようやく目を古山に向けた。

「ねえ、古山社長。たいへんなんでしょう？　いろいろ送金してやったり。あっちじゃ餓死してる人間がいるって話じゃないですか」

古山の表情はかわらなかった。

「そうなんですか」

上原はにやりと笑った。

「まあ、俺も貧乏は慣れてる。俺が生まれた島も、俺がガキの頃は、そりゃ貧乏だった。ヤギが一番のご馳走でね。それもせいぜい一年にいっぺん。ヤギなんて食わんでしょう、今どき」

鮫島は古山に目を向けた。

「そろそろ失礼しましょう」

「まあ、いいじゃないか。もう少し話しましょうよ。おい、俺にもこの、馬鹿っ高い酒、作ってくれよ」

息を殺している鮫島のかたわらのホステスに顎をしゃくった。

「いいでしょう、古山社長」

「もちろんですよ」

古山は頷いた。上原はくっくと笑い声をたてた。

「聞いたか、あんた。『もちろんですよ』だってよ。あんたは知らないだろうが、古山社長といえば、大金持だ。俺みてえな貧乏公務員とは身分がちがう。それが、『もちろんですよ』って、いってくれるんだぜ」

鮫島にいった。鮫島は静かに息を吸いこんだ。

「何とかいえよ。あんたも古山社長と同じで、大金持なのかい」

「昔、何かの本で読んだことがあります」

鮫島はいった。上原は首を傾げた。

「役人がいばっているほど、その国の程度は低い」

上原の目が細くなった。

「何だと?」

低い声でいった。鮫島は首をふった。

「忘れて下さい。酔ったようです」

上原は深々と息を吸いこんだ。ホステスが新たなグラスに作った水割りを上原の前におこうとした。上原はそれをはらいのけた。ホステスが悲鳴をあげた。水割りがテーブルの表面に溢れた。

上原はぐっと鮫島の前に顔をつきだした。

「あんた、宿はどこだ」

「観光ホテルです」

「ふうん。わかった」

突然立ちあがった。

「お邪魔しましたね」

いって、店をでていった。

上原の姿が消えると、呪縛が解けたように、店内に活気が戻ってきた。


「恐かったぁ」

口々にホステスたちはいった。鮫島は古山にいった。

「申しわけありませんでした」

古山は無言で首をふった。

「彼がもし何かいってきたら、私について本当のことをおっしゃって下さってけっこうです」

「大丈夫。うちとはもともと、うまくいってないんですよ。いつかつけ回しを頼まれて、断わったことがありましてね」

ようやく勘定書が届けられた。鮫島は財布から二万円をだした。

「足りないかもしれませんが、受けとって下さい」

古山は金と鮫島の顔を見比べた。

「お願いします」

古山は小さく頷いた。

「わかりました」

金を受けとるとクレジットカードの精算書にサイ

ンをした。二人は立ちあがり、店をでた。

古山はエレベータの中で大きな深呼吸をした。

「ご迷惑をおかけしました」

鮫島は告げた。

「とんでもない。誘ったのは俺です。生きた情報といったが、活きが少しよすぎたようだ」

古山は笑った。そして低い声でいった。

「あの上原というのも、考えてみれば、似たような事情なんです。高校の同級生で、諸富《もろとみ》という男がいましてね。鹿報会のいい顔です」

「つけ回しはその諸富が？」

古山は笑顔になった。

「その話はよしましょう。鮫島さん、あんたは旅行者だ」

「わかりました」

雑居ビルをでて、古山は歩きだした。あるいは上原が待ちかまえているかと思ったが、その姿はなかった。

古山も同じことを考えていたらしい。セルシオを預けた駐車場の前までくるといった。

「飲み直しといいたいところですが、何だか疲れてしまった。鮫島さんをホテルまでお送りしますよ」

鮫島は首をふった。

「タクシーで帰れます。どうか気になさらないで下さい」

古山は複雑な表情を見せたが、頷いた。

「わかりました」

右手をさしだした。

「武史にかわって、というのも僭越《せんえつ》だが、お礼をいいます。きてくれてよかった。武史の親父さんのためにも」

鮫島はその手を握った。暖かく、乾いた手だった。

「こちらこそ、いろいろとありがとうございました」

「もしまたこちらにみえることがあったら、電話を下さい。友人として、今度こそ歓迎します」

鮫島は頷いた。ちょうどタクシーの空車が通りかかった。左手をあげ、呼び止めた。

「失礼します」

頭を下げ、タクシーに乗りこんだ。観光ホテル、と行先を告げる。

一瞬、「月長石」と栞のことが頭に浮かんだ。だが、古山家の人間とかかわるのは、今日はもう充分だと思い直した。

6

喉の渇きを自覚しはじめてから、すでにかなりの時間がたっていた。

いてもたってもいられないというわけではないが、決して忘れられない歯痛のように襲ってくる。

大声をだせばだすほど、渇きは強くなるような気がした。

鮫島は上着の袖のボタンをひとつちぎり、口の中に入れていた。アメ玉のようにしゃぶることで唾液が分泌され、喉の渇きが緩和されると、本で読んだことがある。

やがて唾液すらでなくなるときがやってくる。

合計、四回ほど、鮫島は声をだし、助けを呼んだ。だが人間はおろか、獣の注意すら、ひきつけた兆しはなかった。

無駄に大声をだして体力を消耗するのは避けることにした。明日朝、再びハンターたちが現われるか、何か人が近くにいる兆候を感じるときまでは、体力を温存して待つべきだ。

鮫島は檻の隅に集めた枯れ草の上にすわっていた。太陽は、中天に近いところまであがっている。午前十時か、十一時というあたりだろうか。

今はもう、自分がいったいどのような方法で拉致されたのか、はっきりと思いだしていた。

○——……

ホテルに戻ったのは、午後十時二十分だった。鍵をうけとったとき、フロント係がメッセージカードをさしだした。

「テラサワ様よりお電話がございました。またかけ直すとのことですが、もし戻られましたら、お電話を下さるよう、承っております。電話番号は、〇九〇——……」

部屋に入って上着を脱ぎ、電話の前にすわった。

今夜のことを考えると、古山に対する寺澤の疑いには違和感をもたざるをえなかった。もし古山がしゃぶの取引にからんでいるなら、刑事である上原に対し、あのような態度をとれる筈がない。

ただし寺澤の情報では、しゃぶは、地元の暴力団ではなく、福岡の組が扱っている、とのことだった。古山に福岡の組とのつながりがあるのを知って、地元の組とつきあいのある上原がいやがらせをしかけた可能性はある。もし古山に対して、しゃぶと福岡の組にからむ確実な容疑をかければ、上原は決して黙ってはいないにちがいない。

いずれにしても、古山は、上原に決して強い立場ではいられない。にもかかわらず、上原が飲みに現われる場所に鮫島を同行したというのは奇妙だった。古山が、鮫島を通じて県警の人間に何らかのコネを得ようと考えていたのなら、なおさらだ。

状況もあるが、古山は鮫島がキャリアであることについては、触れずじまいだった。少なくとも今夜は、鮫島に接近することで何かを得ようという意図を感じなかった。

それは寺澤に知らせるべきだった。受話器をとり、ゼロを押したあとで、メッセージカードに記された携帯電話の番号を押した。

呼びだし音が鳴り始めた。しかし応答はない。何回か呼びだしたところで、留守番電話サービスに切りかわる。

「鮫島です。ただ今ホテルに戻ってきました。電話をいただければ幸いです」

メッセージを吹きこみ、電話を切った。

早朝に東京をでてきたので、さすがに疲れがあった。酔いはさほどではない。

スーツをハンガーに吊るし、バスルームに入った。シャワーを浴び、さっぱりとした気分ででた。

それから十二時近くまで起きていただろうか。結局、寺澤から電話はかかってこなかった。

ドアチャイムが鳴ったのが、何時頃だったか、鮫島は覚えていない。たぶん、午前一時か二時、熟睡していた時刻だ。枕元においた腕時計を反射的に手にとったが、はっきりとした記憶はなかった。

ベッドから立ちあがり、スタンドを点した。チャイムが再び鳴った。

「――はい」

鮫島は答えて、ドアに歩みよった。

「どなたですか」

「寺澤さんの使いです。寺澤さんがたいへんなことになって――」

声がいった。鮫島はドアロックを解き、ノブをひいた。

見知らぬスーツ姿の男が立っていた。次の瞬間、別の男二人がドアの陰からとびだすと、鮫島の体をおさえながら部屋の中に押しこんだ。そして強烈な揮発臭のする布を、顔に押しあててきたのだ。

「おさえろ、おさえろ!」

「馬鹿! 手だ、手!」

「足、足!」

叫んでいる声を間近で聞き、意識が遠のいた。

少し眠ってしまったようだ。小砂利を踏みしめる音に目をさました。

檻の前に猟銃を手にした男が立っていた。ハンターではない。よごれたゴムのエプロンをつけ、黄色いゴム長をはいている。エプロンの下は袖を肘までまくりあげたトレーナー姿だった。髪を短く刈っていて、でっぷりと太っている。小山のような体つきだ。身長は鮫島より低いが、体重は百キロ以上あるにちがいない。

小さな目はどんよりと曇っていて、表情らしきものがなかった。

鮫島はすわったまま顔をあげ、男を見つめた。男が単なる通りがかりでないことは明らかだ。ここまでどれだけ歩いてきたのかはわからないが、ひどく息を切らしている。

「手前《わい》、殺《ごろ》すの、簡単《がんだん》じゃっど」

男は滑舌《かつぜつ》のはっきりしない口調でいった。

「ごん前も、キノコ採りの婆さんが撃だれて死んだ。背中に一発入れっせえ、藪ん中転がしときゃ、ハンターがまちがえたち皆んな思う」

鮫島は黙っていた。

ホテルに押し入ってきた連中の中に、この男はいなかった。いればかなり目立っただろう。

エーテルかクロロホルムを使ったにちがいない。失神した鮫島の体からパジャマを脱がせ、ワイシャツとスーツのみを着せて、ホテルから運びだしたのだ。フロント係の目をどうくらましたかはわからなかった。

「じゃっどん、殺しちゃならんちいわれた」

男はいった。

「じゃっでだしてやる。じゃっどん、俺《おい》になんかしたら撃つでね。じっちしちょれ」

「──わかった」

鮫島は答えた。声はかすれていた。

「だから早くだしてくれ」

男は数歩動いただけで、はあはあと息を荒くした。

檻の前面には、細長い金属棒が、閂《かんぬき》としてさし渡されている。扉を固定するだけの単純な構造だが、どうやっても内側から外せないことを、鮫島は確かめていた。指先すらだせない細かな網目では、細工のしようがない。

男はよごれた丸っこい指で棒をつまんだ。その爪はぎざぎざに噛み切られている。

耳ざわりな音をたてて、棒はゆっくりと動いた。あが、男の頭は、見かけほど鈍重ではなかった。あと一、二センチで閂が外れるという位置で、男は棒を抜くのを止めたのだ。

「あとは自分《わが》でやれ」

いって、じりじりと後退りを始めた。鮫島は立ちあがった。

五メートルほど遠ざかったところで、男は立ち止まった。鮫島はまだ檻の隅に立ったままだった。

男が猟銃を肩にあてた。片目をつぶり、狙いを定める。

二連水平の銃口が鮫島を狙った。

「ばあん」

男は口でいった。鮫島の体は硬直していた。全身の血がひく恐怖を味わった。

「ばあん」

男はかまえたままもう一度いって、くるりと背を向けた。そして窪地の向こうへと、今度はふり返りもせずに歩き去った。

男の姿が見えなくなってからもしばらく、鮫島は動けなかった。膝が震えている。

威しだったのか、単なる遊びか。

車のエンジン音がかすかに聞こえた。すぐに遠ざかり、聞こえなくなった。

鮫島は檻の扉に歩みよった。閂に使われている金属棒は、直径が一・五センチほどのものだ。長さは約五十センチ。それが一センチほどを残して金具の部分から引きだされている。

扉を押した。閂がさし渡されている間は、わずかにたわむだけだった扉に、少し遊びが増えている。

さらに強く押した。指先が網目からだせないので引くことができない。

何度か試し、それからは必死になって押した。わずか一センチにもかかわらず、閂がいっこうに外れる気配がなかったからだ。

手が疲れてくると、膝や足の裏をおしあてて押した。

馬鹿げている。

息が切れてきて、ひと休みして思った。男は自分を解放するつもりで閂を外しにきたものの、用心深すぎて、結局、鮫島を閉じこめたまま帰っていった。

誰が、「殺してはならない」と男に命じたのかはわからない。だがその意志は徹底されなかった。

男のドジで、結局自分は死ぬことになる。

解放を命じたのに鮫島が現われないことで、不審を感じた別の誰かがやってくるのにあと何時間、あるいは何日必要だろうか。

それでは遅すぎる。

「くそっ」

吐きだした。喉がひりついている。

再び扉にとりついて大きく揺らした。ガシャンガシャンという音はするものの、閂はあと一センチを残して刺さったまま、微動だにする気配はない。

息を吐き、天を仰いだ。

中天を過ぎた日が、山の稜線とのちょうど中間にあった。太陽の光は、窪地の反対側から、鮫島の目を射るようにさしかけてくる。

日没まであと、二、三時間というところか。日が落ちれば、再び気温がさがり、体力が急速に失われる。丸一日、水も食事もとっていない体では、昨夜と同じというわけにはいかないだろう。

状況はかなり深刻だった。

鮫島は肩ごと扉にぶつかった。閂がさし渡されているときに、すでに痛くなるほど試みた方法だった。

檻にはかなりの自重があり、七十キロある鮫島が、全身の力をこめてぶつかっても、びくともしない。

扉が大きな音をたてた。錆びた金属がこすれる嫌な音がして、閂がほんのわずかに動いた。

もう一度ぶつかった。

おそらくは、小さな錆のかたまり、あるいは棒が作られる過程で残ったわずかなバリのようなものが、抜けるのをさまたげていたのだろう。

二度目の衝撃で閂が外れ、扉が大きく外に開いた。勢いのついた鮫島は外に転げでると、雑草と砂利の混じった地面につっ伏した。

自由になった。

安堵に、しばらく横たわっていた。

とにかく助かったのだ。

ゆっくりと体を起こした。その場にすわりこみ、掌にくいこんだ小石を払い落とした。

ふり返ると、十二時間近く、自分を閉じこめていた檻が、あまりにもちっぽけでありふれたものであったことに気づかされた。

金網は幅一センチにも満たない鋼材を幾重にも交差させて作られており、屋根の部分はトタン板がビスどめされている。床はコンクリートを流しこんだもので、高さは二メートル半ほどか。

犬舎をふた回り大きくしたような形だ。

ここに人間をひとり閉じこめ、閂をさし渡しただけで、死に追いやることができる。

寒けを感じた。二昼夜で、たぶん充分だったろう。水も食料もなければ、低体温状態で衰弱する。

鮫島は歩きだした。男が消えていった窪地の向こう側をめざす。

百メートルほど歩き、斜面にとりついた。斜面をよじ登ると、強い風が吹きつけ、いきなり視界が開けた。なだらかな山肌が広がり、数百メートル離れた場所に、舗装された道路が走っている。道路はいくつもカーブを描きながら、うっすらとかすんだふもとの街へとつづいていた。

左手には雑木林があった。雑木林の向こうが、檻から見えた牧場のような施設だろう。

そちらにいって助けを求めるべきかどうか、鮫島は迷った。猟銃を手に現われた男は、そこで働く者かもしれない。

そのとき、カーブを曲がりながら道路を登ってくる黄色い車が見えた。大排気量のスポーツカーを思わせる、太く低いエンジン音が、風にのって耳に届いてくる。そのまま進めば、約二百メートル先の道路にさしかかる筈だ。

道路までの山肌は、低い雑草の下から、ごつごつとした火山岩がつきでていた。ひどく歩きづらく、鮫島は何度も爪先を痛めた。

急カーブを曲がるたびに、シフトダウンし、エンジンを吹かす音が近づいてくる。

鮫島はようやく、道路にたどりついた。まだスポーツカーはふたつ手前のカーブを曲がっているところだった。西陽がフロントガラスに反射して、運転者の姿は見えない。

車種がポルシェであることに鮫島は気づいた。

鮫島の眼下で、ポルシェは右から左へと疾走していた。ヘアピンカーブにさしかかり、クリアすると今度は左から右へと移動する。

次のカーブを曲がってすぐが、鮫島の立つ位置だった。

鮫島は道路の下方と、今立つ位置より先との、交互に目を向けた。走っているのは、近づいてくる黄色いポルシェ一台きりだ。このポルシェを逃したら、当分、自分を運んでくれそうな車はやってこない。

大きく両手をふりながら、道路に駆けだした。カーブにさしかかったポルシェが減速した。

運転手の姿が見えた。薄い色のサングラスをかけ、キャップをかぶっている。カーブをクリアしたポルシェが鮫島の数メートル手前でブレーキ音を響かせた。

停止したポルシェに、ほっとして鮫島は手をおろした。運転席のドアが開き、ジーンズをはいた運転者が降り立った。鮫島がかすれた声をだす前に声をかけてきた。

「鮫島さん――」

栞だった。

栞はジーンズにハイネックのセーターを着け、薄いなめし革のブルゾンをまとっていた。鮫島は安堵が薄れるのを感じた。

栞がここにきたのが偶然である筈はなかった。

「怪我は？　怪我はない？　鮫島さん」

立ちつくしている鮫島に駆けよってきた栞はいった。だが鮫島の表情に気づくと、顔をこわばらせた。

「ちがう。ちがうの、鮫島さん――」

「何がちがうんだ」

ようやくの思いで鮫島は言葉を押しだした。

「君は俺がここにいることを知っていてやってきた。つまり俺を拉致した連中の仲間だということだ」

栞は首をふった。

「ちがうわ。わたしがここにきたのは、あなたを助けるため。連れて帰るのが――」

鮫島は栞の肩を両手でつかんだ。

「ふざけるな！　じゃあ誰が、ここに俺がいるのを教えたんだ!?　いってみろ。君の兄貴か」

「待って」

栞は鮫島の腕に手をかけた。が、無理に外そうとはせず、鮫島の目を見つめた。

「あなたを助けにいくようにいったのは、確かに兄。でも兄も、あなたをつかまえた人たちの仲間じゃない」

その目は真剣だった。鮫島は違和感を感じずにはいられなかった。突然ホテルの部屋から拉致され、どことも知れない山中の檻に閉じこめられて、震えながら一夜を明して、ようやく衰弱死の恐怖から脱したというのに、すぐ目前にたぐいまれな美貌の女がいる。

鮫島は栞の肩から手を離した。深呼吸した。何が起こったかを訊ねるのは、これからでいい。話に矛盾がないか、拉致に何者が関与しているのかを知るには、自分自身の体力をとり戻してからだ。

自由になった栞が不意に身をひるがえした。ポルシェに駆け戻っていく。

走り去り、再び放置するつもりなのか。

鮫島が呆然と見つめる前で、上半身だけを開いたドアの内側にさしこんだ。ふりかえると手にしていたのは、コンビニエンスストアの袋だった。

「兄がいってました。鮫島さんは、きっと飲まず食わずでいたにちがいないって……」

袋の中には、ミネラルウォーターのペットボトルや、まだ温もりのある缶コーヒー、サンドイッチやおにぎりなどが入っていた。うけとった鮫島は無言でペットボトルの栓を開けた。

ひと息にボトルの半分を飲み干した。ふた口めで空にした。

「――とにかく車に乗って下さい。街までいきますから」

無言で見つめていた栞がいった。空になったペットボトルを握り潰し、鮫島は栞を見た。

「まだ君を信用したわけじゃない。だが、これについては礼をいう。ありがとう」

栞は頷いた。ポルシェに歩みより、助手席のドアを開く。そして鮫島を待った。

鮫島はポルシェに乗りこんだ。

運転席にすわった栞は、シートベルトを締めた。鮫島がそれにならうと、二、三度エンジンを吹かし、ギアをチェンジした。

ポルシェは鮮やかにバックターンをした。ふもとへと山道を下り始める。

鮫島は無言だった。栞も何もいわない。

急カーブにさしかかるたびに、シフトノブにかかった栞の手が閃《ひらめ》いた。ポルシェはタイトなコーナーをしっかりと内側からクリアしていった。

やがて鮫島は口を開いた。

「ここはいったいどこなんだ」

「何もない山の中。紅葉の名所」

「市内から離れているのか」

「飛ばせば、一時間というところです」

鮫島は息を吐いた。

「なぜ君の兄貴はこなかった」

「こられなかったんです。あなたをつかまえた人たちと話をつけるといっていました」

鮫島はダッシュボードの時計を見た。午後三時を十分回っている。約十二時間、拉致されてから時間が過ぎたわけだ。

鮫島の視線に気づいた栞がいった。目はフロントガラスに向けられている。

「鮫島さんの荷物は、わたしがホテルからひきとっておきました。チェックアウトの手続きも」

「それは犯罪の証拠湮滅《いんめつ》だ」

鮫島はいった。再び喉の渇きを感じ、膝の上においていた袋から缶コーヒーをとりだした。


「わかっています」

「街に着いたら、最寄りの警察署につけてもらおう」

「鮫島さんはきっとそういわれるだろうと、兄はいっていました。でもそれはやめた方がいい、とも」

「逮捕されては困るからか」

「ちがいます」

「車を止めてくれ」

栞は走り出して以来、初めて鮫島に目を向けた。

「止めるんだ」

鮫島はくり返した。シフトダウンとブレーキングで、ポルシェはすばやくスムースな停止をした。

まだ下りの山道の途中だった。

「助けたことで、拉致、監禁の犯罪行為が帳消しになると思っているのなら、大きなまちがいだ。俺はここで降りて、別の車を探し、警察に届けをだす」

「警察をあてにしてはいけない。損をするのは鮫島さんだと、兄はいいました」

ハンドルに手をかけたまま栞はいった。緊張してはいるが、怯えてはいない。鮫島と栞は見つめあった。

「鮫島さんが空港にいきたいとおっしゃるなら、乗せていけ。話を聞きたいというのなら、俺が話す。警察にいくのは最悪の選択だ。そう、いいました」

「携帯電話はあるか」

鮫島は栞に訊ねた。栞はあきらめたように目を伏せた。ハザードを点し、後部スペースにおいた小さなバッグから携帯電話をとりだした。

「どうぞ」

鮫島が一一〇番すると決めた口調だった。

「君の兄貴の番号を」

鮫島はいった。

「2番でつながります。2、通話ボタンです」

鮫島はいわれるままにボタンを押した。耳にあてると、呼びだし音が聞こえた。

「はい」

やがて古山の声が応えた。

「鮫島だ」

古山は一瞬、沈黙し、いった。

「よかった、間に合ったんだな。あいつはちょっといかれているから心配していた」

「あいつ？」

鮫島は冷ややかに訊き返した。

「誰のことをいっているんだ。俺をホテルからさらった連中か。それとも散弾銃をもって威しにきたでぶのことか」

「そっちさ。だいぶ頭にきているようだな」

「反省しているだけだ。知りあったばかりの人間にホテルを紹介してもらうものじゃないと」

「タフだな、意外に。あんたを見損っていたかもしれん」

「そう思うのなら、これから俺が警察にいっても、がっかりしないことだ」

「いくのはかまわんが、まずいことになるかもしれん。あんたにとって、という意味だ」

「それは何かのまちがいだろう。まさか県警全部が、昨夜のような奴ばかりだというつもりじゃないだろうな」

「そうじゃない。寺澤という男に会ったろう、昨夜」

鮫島は奥歯を嚙みしめた。ホテルで襲ってきた男たちが、初め寺澤の名をだしたことを思いだした。

「彼がどうした」

「たぶん行方不明になっている筈だ。あんたが県警にいけば、それとあんたを結びつける人間がでてくる」

「どういうことだ」

監視をうけているようだ、という寺澤の言葉もよみがえった。

「もし、もしだぜ。その寺澤という男が冷たくなって見つかり、そのすぐそばにあんたの警察手帳が落ちていたら、まずいことにならないか」

「威しているのか、俺を」

「ちがう、信じてくれ。今、俺はあんたの敵じゃない。それどころか、あんたのもちものをとり返そうと、交渉の最中なんだ」

「誰との交渉だ」

「それを今ここでいえというのか。次に冷たくなるのは俺だ」

「それも威していることになるぞ」

「あんたが警察にいけば、俺は殺され、あんたはしばらく東京に帰れなくなる。ことと次第によっては、出世どころか、警察をやめなけりゃならなくなる」

「あまり俺をなめない方がいい」

鮫島はいった。

「あんたが殺されようが、警察をやめる羽目になろうが、泣き寝入りをする気はない」

かたわらの栞がはっと息を吞んだ。

「そうかい。だがこれは嘘でも威しでもないんだ。恩に着ろとはいわないが、あんたがこうして俺と話せているのは、俺が体を張ったおかげなんだ。それで俺が殺されたら、少しは寝覚めが悪いだろう」

鮫島は無言だった。

「それからもうひとついっとくが、妹は何も知らん。あまり問い詰めんでくれ。知りたいことがあるなら、あとで俺がゆっくり話す。それまで待ってくれないか」

「それは妹さんを警察につきだしても無駄だと予防線を張っているのか」

「予防線でも何でもない。それに妹は、県知事や県警の幹部もよく知っている。たぶんつきだしても無駄だろう。俺とちがって、お偉いさんのうけがいいのでね」

鮫島は息を吐いた。

「いいだろう、納得のいく説明をしてもらおうじゃないか。それまで一一〇番は待つことにする」

「助かった。あとで連絡する」

電話は切れた。鮫島は栞に携帯電話を返した。

「お兄さんは誰と会っているんだ」

栞は無言で首をふった。

「何もいわずに君にここへこいといったのか？」

再び栞の手が閃いた。ポルシェは発進した。軽やかに加速する。だが運転にどこか、先ほどまでとはちがう、緊張と怒りが混じっていた。

7

ポルシェがすべりこんだのは、市内の繁華街から少し離れた位置に建つマンションだった。建物を囲むように駐車場があり、その一角のスペースに栞は車を止めた。

「ここは？」

「父が建てたマンション。わたしも兄もひと部屋ずつもっていて、物置きがわりに使っているんです」

固い表情で栞はいった。ポルシェを降りた二人はロビーを抜け、エレベータに乗りこんだ。栞は最上階である九階のボタンを押した。

「ふだんは住んでいないのか」

栞は頷いた。

「兄もわたしも別に家がありますから」

九階で降り、廊下を歩いた。つきあたりのひとつ手前、九〇二号室のドアの前で栞は足を止めた。キィホルダーについた鍵で錠を開いた。

ゆったりとした二LDKだった。十二畳ほどのリビングに革ばりの応接セットがおかれている他は、電話しかなく、確かに生活をしている部屋とは思えない。

ソファのひとつに鮫島の荷物がおかれていた。それをあらため、鮫島はいった。

「残念ながら靴がないようだ」

栞ははっと息を呑んだ。

「待っていて下さい」

急ぎ足で部屋をでていく。隣りあう、つきあたりの部屋のドアロックを外す音が廊下から聞こえた。

やがて栞は戻ってきた。三足の、男ものの靴を抱えている。

「鮫島さん、足のサイズは?」

「二十六センチだ」

「よかった、兄と同じです。試してみて下さい」

三和土《たたき》におき、いった。

「勝手にはくわけにはいかない」

「兄は着道楽です。こちらにおいてある服や靴は、ほとんど使わないものなの」

鮫島は靴に足を通した。いずれも外国製で、やわらかな革を使った高級品だった。

「これをお借りする」

サイズがぴったりの黒靴をさし、鮫島はいった。

栞は頷いた。

二人はリビングに戻った。栞が閉まっている窓のカーテンを開いた。海は右手にあった。正面は市街地だ。

そこで緊張がほどけたようだ。栞は窓のサッシによりかかり、動かなくなった。ぼんやりと外の景色を眺めている。

鮫島はソファに腰をおろした。自分のバッグの中から煙草を見つけ、封を切った。空腹感はあったが、この状況で食事をする気にはなれない。

深々と煙を吸いこんだ。久しぶりのニコチンにわずかにめまいを覚えた。

栞は無言だった。

鮫島のもちもののうち、なくなっているのが靴と財布、それに警察手帳だった。腕時計と携帯電話、レンタカーのキィはバッグといっしょにあった。

栞がふり返った。

「お腹はすいていませんか。食べるものはスープくらいしかないのですけど」

鮫島は栞の顔を見つめた。進行している事態をどう受けとめているのか、探ろうとした。

表情が読めなかった。不安や恐怖、怒りや混乱があるのだろうが、それをおおい隠している。

鮫島は息を吐いた。

「いただこう」

栞はほっとしたように頷いた。足早にカウンターで仕切られたキッチンに向かった。

鮫島はそのうしろ姿を見た。キッチンには冷蔵庫もおかれているが、中身は空っぽのようだ。栞はカウンターの棚からスープの缶詰と真空パックされたコーヒーの粉をとりだした。スープを鍋にあけ火にかけると、コーヒーメーカーに水を注ぎいれた。

やがてふたつのカップにコーヒーとスープを注ぎ、運んできた。自分にはコーヒーだけだ。

「ごめんなさい。ミルクがなくて砂糖だけなんですけど」

「かまわない。いただきます」

鮫島はいって、手をのばした。コーヒーの香りを嗅ぐことで、食欲が急に激しくなった。

スープをすすり、サンドイッチの包みを開いた。

不意に栞が笑った。向かいにすわっている。

「いっしょです」

「何が」

「武史さんと。『いただきます』っていうときだけ、ていねいなの。他のときはふつうの言葉づかいをしていて。訊いたら、お父さまが厳しかったって」

鮫島は無言で頷いた。サンドイッチを瞬くまに平らげた。

「鮫島さんもそうだったのですか」

兄の身への不安から、少しでも気持をそらそうとしているようだ。

「父が厳しかったか？」

　栞は頷いた。

「厳しかった。子供の頃、『お代わり』といって茶碗をだすと、『この家にお前の召使いはいない』といわれた」

　鮫島はいった。スープはコンソメで、体の芯がようやくほぐれるような気がした。

「警察官でいらしたの」

「いや。新聞記者だった」

「もう――」

「亡くなった」

　鮫島はいった。

「そちらはお母さんは――？」

「父より先に亡くなりました。高校時代はわたしが家の主婦でした。父は、他人を家に入れたがらなくて」

　鮫島は煙草に火をつけた。クリスタルの灰皿は、鮫島が使うまで長いあいだ使われた形跡がない。

「この部屋にくる男の人は、鮫島さんで二人目です。兄は別として」

　栞がいった。その背後の窓に夕闇が迫っていた。

「結婚をしようとは思わなかった？」

　鮫島は訊ねた。栞は首をふった。

「興味がありませんでした。武史さんにふられたからではなくて、結婚そのものに対して。たぶん高校時代、おさんどんをやりすぎたせいだわ」

「お兄さんはあなたをとても大切にしているようだ」

「子供の頃は、しょっちゅう喧嘩したわ。えばりん坊で、すぐ命令したがるの」

「――今は？」

「ぜんぜん。気をつかっている。わたしとは世界がちがうからって、『月長石』にもほとんど顔を見せない。『俺みたいのがいると、客が遠のくからな』って」

「お兄さんは暴力団ともつきあいがあるのか」

「……たぶん。ああいう仕事をしていれば、ないではすまされないでしょう。でもそのかわり、うちの店には、そういう人たちが一度もきたことがないの。どこかで守ってくれているのだと思う」

鮫島は立ちあがった。栞が驚いたように見た。携帯電話を手にした。寺澤の番号を思いだそうとした。名刺は財布の中だし、メッセージはホテルの部屋だ。

何とか番号を思いだし、ボタンを押した。

留守番電話サービスにつながった。

「鮫島です。聞いたらすぐに電話をいただきたい。こちらの番号は――」

携帯電話の番号を吹きこんだ。

寺澤がもしトラブルに巻きこまれているとすれば、追っている覚せい剤の取引にからんだものだ。

「十知会という暴力団の名を聞いたことは？」

鮫島は電話をセンターテーブルにおき、訊ねた。栞は首をふった。

「いいえ。こちらの暴力団は、鹿報会というところしか知りません。それも関係者に会ったわけじゃなくて、名前を聞いたことがあるだけで」

「上原という刑事は？」

「一度だけ、お店で会いました。というか、押しかけてきたんです。乱暴な態度でした。お断わりすると、気取ってんじゃねえ、といわれました」

「その後は会ったことがない？」

「はい」

「お兄さんは何といって、あなたに連絡してきたんだ」

頃合いだと思い、質問を始めた。

「鮫島さんが大変なことになっている、と。午後一時頃でした。鮫島さんの部屋にいって、かわりにチェックアウトして、荷物をうけとれ、といわれました。わたしがホテルの人を知っているので頼んできたのだと思います。ここに荷物を運んできて電話をすると、あそこの場所をいわれました」

「何と？」

「国道三二八号をまっすぐあがって、ダムのある分かれ道を右にいけ、と。『岩戸《いわと》牧場』という看板が目印だと。その近くに鮫島さんがいる筈だ。飲まず食わずでいたろうから、食べものと飲みものをもって助けにいけ」

「『岩戸牧場』？」

栞は頷いた。

「前にいったことは？」

「ありません。初めて聞きました」

「それ以外には？」

「何も。何も兄はいいませんでした。自分は交渉中だから動けない。だからかわりにお前がいけ、といってきたんです」

「誰と交渉しているかは？」

「いいませんでした」

鮫島は栞の目を見つめた。

「お兄さんとはふだん、どれくらいの頻度で会っている？　週に一回？　もっと？」

栞は首をふった。

「そんなには会いません。月に一、二回です。互いに生活や仕事があります。電話では、週に一度くらい話します」

「君がかけるのか、それとも向こうからかけてくる？」

「どちらも。兄からかけてくることの方が多いかしら。たいした用じゃなくて、どうしてる、元気か、とか……」

「お兄さんが覚せい剤に手をだしている、という話を聞いたことは？」

「まさか。ありえません。兄は酒好きですが、そういうクスリは軽蔑しています」

「じゃ、売買に関与しているというのは？」

栞の目にはっきりと怒りが浮かんだ。

「なぜ兄をそんなにおとしめたいの。きのう何があったんですか。兄はそんな人じゃない。水商売はやっているかもしれないけれど、覚せい剤をお金儲けの道具にするようなことはしません」

「昨夜、君と別れたあと、ホテルでチェックインしようとすると、男に声をかけられた。寺澤といって、麻薬取締官だった。寺澤は、福岡の十知会という暴力団が扱っている覚せい剤を追っているといった。それに君のお兄さんがかかわっている可能性があるというんだ」

栞は大きく目をみひらいた。

「嘘です。兄はそんなことをしません。証拠があるんですか」

「その証拠を寺澤は手に入れようとしていた。十知会の幹部とお兄さんにつきあいがあることを寺澤は知っていた。そして福岡からこちらにきてから、ずっと監視をうけているような気がするといっていた。お兄さんと別れたあと、話す約束をしていたが、連絡がとれなかった。そして、俺が眠っていた一時か二時頃、突然ドアをノックして、寺澤の使いだという声がした。ドアを開けると、三人の男が押しこんできて、クロロホルムらしいものを嗅がされ、ホテルから連れだされたんだ。気がつくと、あの山の中に放置された動物用の檻の中にいた。もしずっとほっておかれたら、餓死したろう」

「なぜ――」

栞は驚いた表情になっていった。

「それを俺も知りたい。ただ俺を襲った連中は寺澤の名を口にした。つまり寺澤と俺が話したのを知っているんだ。そして寺澤は君のお兄さんを追っていた。疑って当然ということがわかったろう」

「でもありえない……。お兄ちゃんが、覚せい剤なんてありえない……」

栞は呆然としたようにつぶやいた。

「お兄さんの商売はこのところどうだった？　たとえばあまりうまくいっていないのに、急に羽振りがよくなったとか」

「兄は商売は下手じゃありません。会社はずっとうまくいっていた筈です。それにあなたにはわからないかもしれないけれど、そんな、覚せい剤にまで手をだして金儲けをするような人じゃない」

　鮫島は無言だった。

「――信じてないんですね」

　栞はくやしそうにいった。

「昨夜飲んだとき、お兄さんに何か目的があるのではないかと、警戒していた。寺澤の話を聞いていたからだ。だが仕事の話はいっさいしてこなかった。少し安心した。寺澤の見こみちがいなのではないかと思った」

「絶対にそうです」

「だがお兄さんは、俺が拉致されたことを知っていた。誰から聞いたんだ」

「わからない。わたしにはわからない」

「昨夜、お兄さんから連絡は？」

「ありません。昼過ぎに電話をもらうまでは」

　鮫島は頷いた。もし古山が拉致に関係していないのなら、鮫島と別れたあと、何らかの形で知ったのだ。そして寺澤も今、同じような境遇にある可能性は高かった。

「お兄さんにもう一度電話をしよう」

　鮫島はいった。鮫島に起きたことを知ったのは、誰の口からか。あの上原という刑事か。それともつきあいのあるやくざの誰かか。

　栞は携帯電話を手にした。ボタンを押し、耳にあてていたが、やがて首をふった。

「つながらないわ」

「このまま連絡がとれないようなら、警察に届けた方がいい。お兄さん自身が深刻なトラブルに巻きこまれているかもしれない」

　そのとき部屋の電話が鳴り始めた。栞ははっと息を呑み、電話と鮫島を交互に見た。

「お兄さんは君がここにいるのを知っているのか」

「はい」

「じゃ、でた方がいい」

栞は立ちあがり、受話器をとった。

「もしもし……」

はい、そうです、と答えた。古山からではないようだ。相手の言葉に耳を傾け、顔をこわばらせた。

「いらっしゃいますけど……」

受話器を鮫島にさしだした。

「鮫島さんに話がある、と男の人です。名前はおっしゃいません」

緊張した表情だった。鮫島は受話器をうけとった。

「電話をかわりました」

「あんたの手帳と財布さ、預かってるよ。それから安物の靴も」

男の声がいった。崩れた口調だ。

「返してもらおうか」

「いいけどな。ぎゃあぎゃあ騒がねえってんなら返してやる。困るんだろ、手帳失くすとお巡りってのは。クビらしいじゃねえか」

「失くしたのじゃない。強奪されたんだ」

「証拠がねえだろうが、証拠が。じゃ、警察いくか？　かまわねえぜ、こっちは。海へ叩きこんでそれでしまいだ」

「どうすればいい？」

「住所いえや。そっちに宅配便で送ってやる。それでお前もとっとと帰んな」

「どこに帰るんだ？」

「決まってんだろう。おうちだよ。うろついたってろくなことがねえぞ。隣にいるのがべっぴんさんだから、帰りたくねえってのはわかるけどよ」

下卑た笑い声をたてた。

鮫島はため息をついた。

「そっちが確実に送り返してくれるという保証は？」

「ねえよ、そんなもの。お前が東京の家に帰るだろう。俺がそっちの家に電話する。それでもってお前がちゃんと電話にでれば、その足で宅配便を送ってやるって寸法だ」

「なぜそんなに俺を帰したい」

「別に。よそ者が嫌いなだけだ。気どってやがって頭にくるぜ」

鮫島は黙った。

「住所と電話番号だ」

男はいった。

「今日の今日は帰れない。財布も靴もないんだ」

「そんなこと知るかよ。何とかしろや」

「地元の警察に金を借りにいっていいのか」

「馬鹿か、お前。横にいるべっぴんに金借りろや。すいませんが帰りの飛行機代貸して下さいって」

「やってみよう」

「それでいいんだよ。最初からそういえや。ごたく並べやがって」

「彼女の兄貴から借りようと思っていたんだ」

「まだ当分帰れねえよ。お前がちゃあんとおうちに帰ったら、兄貴も帰れるだろうさ」

「逆だな。兄貴の顔を見なけりゃ、俺も帰れない」


「ふざけたこといってんなよ」

男の声が荒くなった。

「お前みたいなチンピラじゃ、らちがあかない。もっと上の人間だせ」

鮫島はいった。

「何やち、こん野郎《わろ》が！」

「電話ですごむしか能のない奴と話してもしかたがない。切るぞ」

「貴様《きさん》！　この——」

鮫島は受話器をおろした。栞が不安そうに見つめていた。

「今のって、いったい……」

「俺の手帳と財布を返してほしかったら、東京に帰れといってきた。どこかのチンピラのようだ」

栞は目をみはっている。

「向こうのいうままにならないとわからせる。また必ずかけてくる」

電話が鳴った。鮫島は無言で受話器をあげた。金切り声がした。

「ないごて《なぜ》切っとよ《るんだ》、貴様――」

受話器をおろした。声が聞こえたのか、栞は驚いたように鮫島を見つめた。

「上にいわれてメッセンジャーをつとめているだけだ。どういう事態なのかもわかっていない」

鮫島はいった。自分を拉致した連中の目的は〝排除〟にあったのだ。しかしなぜそうしたかったのだろうか。寺澤の内偵を気にしたのか。もしそうだとすれば逆効果だ。それとも鮫島を、威せば簡単にひきさがる相手と考えたのか。

鮫島が地元警察に届ければ、連中にとって事態が悪化することは見えている。にもかかわらずそうしたとすれば、別の目的があると考えるべきだ。

別の目的。

電話が鳴った。鮫島は受話器をとった。

「鮫島さんか」

別の声がいった。

「そうだ」

「若い者が怒ってる。今からハジきにいくといってるがどうする?」

「長六四《ナガムシ》くう覚悟はしているのだろうな」

「どうってことはねえよ。こっちの人間は血の気が多くてね」

「古山さんと話がしたい」

「そいつはまだ無理だ。俺たちはちっと遠くにいるんでね」

「福岡あたりか」

「よそ者にしちゃ、詳しいな。あんたはもっと遠くからきてんだろうが。おとなしく帰んなよ。帰りゃ、ことはおさまるっていってんだ」

「どうおさまるんだ? いっとくが麻取を殺《や》るとあとが怖いぞ。麻取もそっちが地元なんだ」

「あんたの心配することじゃねえだろうが。余分な知恵回さず、大人になれや」

「いいか。やくざ者がお巡りに手をだしたらどんな目にあうか、知らないわけじゃないだろう。九州だろうが東京だろうが、そいつはいっしょだ」

「いうねえ。おっかなくてチビりそうだぜ」

「とにかく古山に連絡をさせろ。俺が帰るとしても、そのあとだ」

「わかった、わかった。古山さんには指一本触れてねえから心配すんな。連絡させるから待ってろや」

電話は切れた。栞は息を殺している。

これで本当に古山から電話がかかってくるようなら、古山は無事ということだ。次に確かめるべきは寺澤の安否だ。その上で、県警なり、麻薬取締部に連絡をすればいい。

電話が鳴った。ただし今度は栞の携帯電話だった。

「――はい。お兄ちゃん?!」

栞が声をあげた。鮫島は無言で見つめた。

「大丈夫なの、お兄ちゃん? うん。待って、今、鮫島さんにかわるわ」

鮫島は手をのばした。

「鮫島だ」

「どうも弱ったことになっている。あんたをさらった連中は、何か勘ちがいをしていたようだ。あんたが騒がず東京に帰ってくれるまでは、俺を放す気がないらしい」

古山がいった。

「それはそういわされているのか。それともあんたの本心か」

「両方だな。今のところ、俺をどうこうしようという空気じゃないが、あんた次第で、おっかないことになるかもしれん」

「寺澤はどうなってる」

「それは俺にもわからん。だがあんたの動きとその人のあいだには、何の関係もないと、俺は説明したんだ」

「そこにいるのは十知会なのか」

「ちがうと思うね」

鮫島は黙った。話があわない。さっきの男は、福岡の人間だと認めた。どちらが本当のことをいっているのか。

「とにかく、あんたが地元の警察にいけば、俺は大ごとになる。それはまちがいない」

「つまり警察の情報がそこにいる連中には流れているということだな」

「まあ、そうとってもらっていいだろう」

「さっきと同じ質問だ。本心か、それとも――」

「本心だ」

すばやく古山はいった。本当のようだ。

「俺が飛行機に乗るとしても明日だ。それでもいいんだな」

「助かるよ。呑んでくれるんだな」

「しかたがない。あんたが俺を助けてくれたのは事実のようだ」

「その通り。今はお人好しすぎたかと反省している」

「今、妹さんにかわる」

鮫島は電話を栞に渡した。栞は緊張した表情で兄の声に耳を傾けている。

「――わかったわ、その通りにする」

いって、電話を切った。鮫島を見た。

「今夜ひと晩は帰れないって。鮫島さんが明日一番の飛行機に乗るのを見届けろ、と。そうしたら帰ってこられるって」

「お兄さんは地元のやくざにつかまっているようだ」

「え?」

「つまり俺をさらったのも、地元の連中だということだ。話があわない。お兄さんを疑っていた麻薬取締官は、福岡の組を追っていた。なのに動いているのは地元の組だ」

栞は首をふった。

「わからないわ」

「俺にもわからない」

「どういうことです?」

「それを調べたい」

昨夜の上原のことを考えれば、鮫島が地元県警に届けをだせば、確かに鹿報会へは筒抜けになっておかしくない。

だが二度目に話したやくざは、自分があたかも十知会の組員であるかのように匂わせた。もしそれが嘘だとすれば、どういうことなのか。

鹿報会が、鮫島の拉致を十知会の仕業であるかのように見せかけている。もし鮫島が県警に届けをだせば、真実を知る古山は生きていられない。

しかし寺澤はどうなのだ。寺澤が追っていたのは、鹿報会ではなく十知会だ。その寺澤の安否が不明で、古山にもわからないという。

「調べるってどうやって――」

「きのう、俺と別れたあとのお兄さんの足どりを追う」

鮫島はいった。栞は無言で鮫島を見つめた。

「お兄さんは、俺を襲った連中と、まったくの無関係とはいえない。とはいえ、決して仲間というわけでもないようだ。おそらくきのう遅く、誰かと会うか、連絡をうけるかして、俺の身に起こったことを知った。そして俺を助けようと動いたんだ。警察があてにならないという、お兄さんの言葉には、ふたつの理由がある」

「ふたつ？」

「ひとつめは、俺を襲った連中と警察のあいだに何らかのつながりがあり、警察に届けるとそれが向こうに筒抜けになってしまう」

「でもわたしは県警の上の方を知っています。その方にいえば――」

「その人は、君たち兄妹についてどれだけ知っている？」

「どれだけ？」

「北であることを知っているか」

「いいえ。たぶんそういうことは……」

栞は首をふった。

「ふたつめの理由とはそういうことだ。もし君が、県警上層部の人間に、お兄さんがトラブルに巻き込まれていると知らせ、救いを求めたとする。彼らは君らのことを調べるだろう。そして――」

鮫島は言葉を切った。

「そして？」

栞がうながした。鮫島は深々と息を吸い、いった。

「宮本と同じだ」

「つまり、かかわりあいになるのを避ける？」

「公職にある人間は、すべて同じような態度をとるだろう。よほど肝っ玉のすわっている者でない限り」

鮫島は頷いた。

これまでも公安が警告を発しなかったことの方が驚きだ、と鮫島は思った。あるいは地元県警の内部にも、互いの弱みを握ろうとする争いがあり、知っていて知らぬふりをしていたのかもしれない。そしてこの古山のトラブルが公になれば、知らぬふりをしていた側には、握った弱みを行使するまたとない機会が訪れるというわけだ。

「兄はそれを避けたかったというのですか」

「あるいはそれだけではないかもしれない。連絡のとれなくなっている麻薬取締官の話では、彼の追っている覚せい剤は北朝鮮産ということだった」

栞は無言だった。

「お兄さんの周辺で、北の出身の人を他に知らないか」

栞は首をふった。固い声でいった。

「つまりそれが理由なんですね」

「何が」

「覚せい剤が北から流れてきている。そしてわたしたちも北の人間だ。だからわたしや兄を疑った」

悲しみと怒り、そして蔑《さげす》みのこもった目だった。

鮫島はいった。

「作っているのは北朝鮮だが、それで儲けているのは、日本のやくざだ。警察の仕事は、儲けている奴を叩くことだ。扱う人間がいなくなれば、いくら作っても、この国には入ってこない」

「じゃあ鮫島さんにとって、わたしたちは犯罪者なの」

「どんな警官にとっても、人間は二種類しかいない。犯罪者とそうでない人たちだ。国籍はそのことに何の関係もない。犯罪者から、そうでない人を守るのが警官の仕事であって、それ以外は何もない」

栞は大きく息を吸いこんだ。

「じゃあもし兄が犯罪者でなかったら、鮫島さんは兄を守ってくれるの」

「ここは俺の管轄区域じゃない。この土地で俺は警察官ですらない」

「そんなことは訊いてない」

栞はきっぱりといって、首をふった。

「鮫島さんは兄を守る人なの、守らない人なの」

鮫島の目と栞の目は、まっすぐにぶつかっていた。栞の目の中には、熱い憤りと、それを源にする強い意志がある。

「君のお兄さんが犯罪者でなければ――」

鮫島はいった。

「俺はこの街でできる限りのことをする」

8

　午後六時を回っていた。鮫島は、ホテルの駐車場まで自分を乗せていってくれるよう、栞に頼んだ。時間は限られている。明朝までに、情報をつかまなくてはならない。

「それから申しわけないが、現金を少し貸してもらえないだろうか」

　栞は無言でバッグから財布をだした。無雑作に一万円札の束をひき抜いた。

「もっていって下さい」

「こんなには必要ない」

　二十万円はありそうだった。

「必要ないかどうかはわからないでしょう」

　鮫島は頷いた。

「わかった、お借りする」

「貸したなんて思っていません。兄を助けるために使っていただくのですから」

　栞はいった。いい争いをしても無駄だった。鮫島は金をポケットにしまった。

「鮫島さんをお送りしたあと、わたしはこのマンションに戻っています。わたしと兄の携帯、それにマンションの電話番号をお教えします」

　鮫島はそれらを携帯電話に記憶させた。二人は部屋をでて、ポルシェに乗りこんだ。

「『ハイタイ』というバーを知っている？」

　栞が発進させると、鮫島は訊ねた。栞はつかのま沈黙していたが、いった。

「兄と仲のいい女性がやっている店ですね。噂では聞いています」

「ママと会ったことは？」

「ありません。わたしがそのお店を知っていることも兄は知らないと思います」

「お兄さんは昨夜、俺をそこに連れていき、あとでまたくるかもしれないとママに告げていた。そこにいって、何かかわったことがなかったか、訊いてみようと思う」

「すごくきれいな人だそうですね、ハーフの」

　その言葉にどんな思いがこもっているのかわからず、鮫島は黙っていた。

「小さな街ですから、結局、噂は入ってきます。でも家族さえ大事にしてくれるなら、わたしは何もいいたくない」

「お兄さんは大事にしているのか」

「わたしの知る限りでは。子供には甘すぎるくらい」

　きた道とちがい、ポルシェは橋を渡った。幅のある河川で、右手が海のようだ。河口に近い。

　三十分足らずで、観光ホテルの駐車場の入口についた。

「何かわからないこと、わたしで調べられそうなことがあったら連絡を下さい」

　鮫島が降り立つと、栞はいった。鮫島はいった。

「お兄さんが特に親しくしている人を誰か知らないかな」

　栞は首をふった。

「武史さんが一番でした。あとはたいてい仕事上のつきあいだけです」

「木藤という人はどうかな？　きのう、法事にお兄さんといっしょにきていた」

「名前は聞いています。でもふだんはあまり会っていなかったのじゃないかしら。電気だか精密機器関係の会社を経営していると聞いたことがあります」

「わかった。連絡を入れる」

鮫島はいって、ドアを閉めた。

ホテルの駐車場に入っていった。鮫島のレンタカーは止めた場所にある。だが寺澤の車はなかった。

鮫島と別れたあと、移動したようだ。

レンタカーに乗りこみ、鮫島は寺澤と話したときのことを思い返した。ロビーに、やくざらしき人間の姿はなかった。したがって、偶然見られた可能性はない。寺澤はやはり監視されていて、ホテルの玄関で鮫島に声をかけたところを目撃されたのだろう。

寺澤の面が割れていた、という話もひっかかる。

鹿報会が覚せい剤を扱っていれば、麻薬取締官に神経を尖らすという理由にもなる。だがそうでないとすると、寺澤の顔を知っている人間が、この街にいたことになる。

鮫島はレンタカーのエンジンをかけた。ふもとの街へ下る坂をゆっくりと降りていった。昨夜は美しいと感じた夜景に、今は緊張と覚悟をもって進んでいく。

古山が使った有料駐車場に車を乗り入れた。見覚えのある従業員が駐車票を手に歩みよってくる。なにげない口調で訊ねた。

「ここは何時まで？」

「四時です」

「きのう古山さんといっしょだったのだけど、社長、遅かった？」

「いや、きのうは早かったすよ。一時には帰られたんじゃないかな。『社長、早いすね』っていったら、

『用があるんだ』とかおっしゃって」
一時の時点で、古山は鮫島への襲撃を知っていた
というのか。鮫島は、昨夜襲われたときにもっとは
っきりと時計を見ておかなかったことを悔やんだ。
七時前だが、すでに「島料理」をうたう多くの居
酒屋の提灯には灯が点っていた。だが人通りはそれ
ほどでもない。
「HAITAI」の看板を見つけた。階段を降り、
扉を押した。
きのうとちがって先客がいた。濃いグレイのスー
ツを着た眼鏡の男だった。サラリーマンのような外
見だが、ちがうと鮫島は感じた。視線が異様に鋭く、
すきがない。刑事ではない。どこか剣呑な雰囲気を
漂わせている。男は鮫島に視線をはりつかせてきた。
首をねじり、カウンターに腰をおろしても、目をそ
らそうとしない。
「いらっしゃいませ」
平良マリーがいった。今日は黒のシンプルなスー
ツを着ている。襟ぐりもそれほど深くなかった。鮫
島を見ても、まるで覚えていないような表情だ。
「ビールを」
鮫島はいって、ストゥールに腰をおろした。みっ
つほど離れた位置にすわる男は、まだ鮫島から視線
を外さなかった。鮫島は無言で見返した。男の右手
は膝の上にあって、左手で水割りらしいグラスをつ
かんでいる。煙草は吸わないようだ。
「どうぞ」
マリーがいって、ビールの中壜と冷やしたタンブ
ラーを並べた。鮫島と視線を合わせようとしない。
鮫島はビールをグラスに注いだ。男の年齢は三十
代の半ば。陽焼けしていて、贅肉のない体つきをし
ている。身長は百七十センチを少しでるくらいだろ
う。異様に鋭い視線は、威圧感とどこか突発的な暴
力を感じさせる。
鮫島はビールをひと口飲み、再び男を見た。男は
ようやく視線を外したところだった。

店にはBGMがかかっていなかった。確か昨夜はジャズヴォーカルが流れていた筈だ。

鮫島は煙草をとりだした。

「どうぞ」

うしろにもたれかかっていたマリーがライターの火をさしだした。鮫島の目をのぞきこみ、素早く合図を送った。男に注意しろという意味らしい。

男の正体が鮫島にはつかめなかった。やくざかもしれないが、あからさまな粗暴さは感じない。むしろ、ある種の武闘家のような雰囲気をもっている。

「ありがとう。今日はちょっといいことがあってね。お祝いしたい気分なんだ。あなたも一杯やらないか」

鮫島はいった。

「そうですか。それはおめでとうございます。じゃ、お言葉に甘えて、ビールを一杯いただきます」

マリーは頷いた。タンブラーを冷蔵庫からとりだす。それにビールを注いでやりながら、鮫島はいった。

「そちらのお客さんもどうですか。もちろんビールが嫌いなら、別のお酒でもかまわない、奢らせて下さい」

男が再び鮫島を見た。値踏みするように、視線を鮫島の爪先から頭までゆっくり上下させる。

「どうぞ」

鮫島はいった。マリーが緊張した表情で、鮫島と男を見比べている。男はゆっくりと首をふった。

「いらない」

抑揚のない口調だった。

「そうおっしゃらずに。お祝いなんです。一杯やりましょうよ、ね」

鮫島はわざと砕けた語調でいった。

「ママ、ほら、もういっこグラスだして」

ビール壜を手にとり、いった。鮫島の意図がつかめないらしく、マリーは迷っていた。

鮫島はストゥールを降り、男に歩みよった。かたわらに立ち、いった。男の眼鏡が伊達であることに気づいた。レンズではなくただのガラスだ。

「飲んで下さい、お願いします」

「うるさい」

　男がいった。いらないと同じで、この口調にもイントネーションがない。

「そうか」

　鮫島はいって、ため息を吐いた。男が鮫島をにらんだ。

「何だよ」

　鮫島はいった。

「あっちいけ」

「何だと、この野郎！」

　鮫島は怒鳴った。

「人の酒が飲めないって上に、あっちいけとは、どういういいぐさだ。表にでろ！」

　男の唇に笑みが浮かんだ。自信のこもった笑みだった。

「ふざけんな、こらっ」

　鮫島はビール壜をカウンターに叩きつけるようにおいた。

　男がゆっくりと向き直った。

「お前、死ぬ」

「やめて！　一一〇番するわ。でてって」

　マリーがいった。二人にいっているようだが、目は男に向けられている。

「でてってよ」

　手は受話器をもちあげていた。男は無言で鮫島とマリーを見比べた。

「早く」

　容赦のない口調でマリーはうながした。鮫島はそれ以上挑発することはせず、待った。

　男はストゥールを降りた。マリーに目を向け、たっぷり五秒は見つめたあと、

「またくる」

　とだけいって、背を向けた。そして店をでていっ

た。

　扉が閉まると、受話器をおき、マリーはほっと息を吐いた。鮫島は扉を見つめていた。すぐに戻ってくるような気配はなかった。

「何者なんだ」

　ようやく鮫島はマリーに向き直って訊ねた。マリーは首をふった。

「わからない。開店と同時に入ってきたの。ひと言も口をきかないし、話しかけても返事もしなかったわ。あたしがでてくるのを待っていたみたいな感じで。ひさしぶりにぞっとしたわ」

「今までにきたことはないのか」

「ないわ。初めて見る顔。こんなこと今までなかった」

「地元のやくざじゃない？」

　マリーは再び首をふった。

「一度も見たことないもの。ちがうと思う。でも助かった」

　そこでようやく余裕をとり戻したのか、鮫島を見直した。

「鮫島さんはどうしたの？」

「きのうあれから、古山さんはきたか？」

　一瞬、間をおき、マリーは頷いた。

「ええ。きたわ。鮫島さん、今日帰る筈じゃなかったの？」

「予定がかわってね。古山さんを探してる。連絡は？」

　マリーは煙草をくわえた。火をつけ、煙ごしに細めた目で鮫島を見つめた。

「ないわ。どういうこと？　携帯じゃ連絡がとれないの？」

「トラブルに巻きこまれている。昨夜、二度目にきたとき、古山さんはひとりだった？」

「ひとりよ。少し疲れた感じで、十二時頃、入ってきた。そうしたらお店に電話があったの。古山さんはきているかって。ここは地下でしょ、携帯がつな鮫島は訊ねた。

「寺澤という男はここにこなかった？　銀縁の眼鏡をかけた三十代で、チェックのジャケットにタートルネックのセーターを着ている」

「ひとり？」

「たぶんひとりだ」

「こなかったわ」

鮫島は頷いた。

「何があったの」

マリーが訊ねた。

「きのう、俺をホテルからさらった連中がいた。古山さんはそれを知って、解放するよう働きかけた。結果的に、今度は彼が人質になった」

「人質？　あの人を？」

驚いたようにマリーはいった。

「それってたいへんなことよ。この街じゃ、あの人は手広く商売をやっているから」

「地元の組との関係はどうなんだ」

「ひとり？」ではなく
がらないからだと思う」

「誰から」

「わからない。男の人だった。少し話してて、あなたの名前がでてたわ。『馬鹿なことするな』って、古山さん小さな声で怒鳴ってた。それからすぐにでていったの」

「どこへいくかはいった？」

マリーは首をふった。

「いいえ。でも家に帰るのじゃないな、とは思った」

「どうして？」

マリーは寂しげに微笑んだ。

「帰るときは帰るって、あの人はっきりいうの。まだ飲むときは飲むって。あたしには正直な人だから」

「そのときは帰るとも飲むともいわなかった――」

「ええ。何かトラブルだとは思ったわ。でもくわしく訊ける雰囲気じゃなかったし」

「どうって。きのう話していたような調子よ。表面的にはうまく合わせているけど、食いつかせるような真似はさせないの。スキを見せないっていうか」

　鮫島は煙草をくわえた。マリーがライターの火をだした。

「あの人を解放する条件は？」

「俺が東京に帰ることだ」

　煙を吐き、鮫島は答えた。

「何、それ」

「わからない」

「鮫島さん、仕事をもってきたの？　こっちに。警察なのでしょう」

「確かに俺は警察官だが、こちらにきた目的は法事にでることだった」

「宮本さん？」

　鮫島は頷いた。

「会ったことが？」

「いいえ、話だけ。大親友だったって。いじめられっ子だった頃、よく助けてくれたっていってたわ」

「いじめられっ子だった理由は聞いているかい」

「もちろん」

　マリーは平然といった。

「あたしもハーフだから覚えがある。でも今それをあの人にいう人はいないわ」

「彼の周りに、彼と同じ境遇の人はいた？」

「さあ……。そういう話は、自分からはあまりしない人だから。でも一度だけ、帰化するかどうかで悩んでいたことがあったわ。お友だちで帰化した人がいて、自分はこのままでかまわないが、子供のことを考えると、帰化した方がいいだろうかって」

「それで？」

「帰化しようがしまいが、体の中を流れている血はかわらないって、あたしがいったの。そうしたら、そうだなって。結局、帰化しなかったと思う」

「彼の本名は？」

「朴《パク》。朴明彦」

「帰化した友人は？」
「知らないわ」
　木藤だろうか。他に思い浮かぶ人名が、鮫島には
なかった。
「木藤さんという彼の友人は知ってるね」
「ええ。一、二回だけど、連れてきたことがある」
「どんな印象の人だった」
「別に。まじめそうな人。電気部品メーカーの会社
をやっていて、工場が県北にあるの。今は、本社を
福岡に移したのじゃないかしら」
「福岡？」
「ええ。新幹線が通っている関係もあって、九州で
事業を大きくしようとすれば、どうしても福岡に本
社をおいたり、支店や出張所をださなければならな
いの」
「なるほど。木藤さんも二代目なのか」
「ちがうと思う。前に『大学で哲学をやったお前が
なんで電気屋なんだ』って、ここでからかっていた
もの」
「なぜなんだろう」
「わからない。大学をでてしばらく福岡でサラリー
マンをやっていたらしいのだけれど、スポンサーが
見つかったから、とは聞いたような気がする」
　鮫島は頷いた。
「『岩戸牧場』って聞いたことがあるかい」
「いいえ。そこが何か？」
「木藤氏の工場の近くかと思って」
「どのあたりなの」
「国道三二八号をまっすぐあがって、ダムのあると
ころで分かれ道を右にいく」
　栞から聞いた通りの道すじを告げた。
「だったらちがうわ。木藤さんの工場は、もっと北
西部よ。街から離れてる。待って、その辺の牧場の
話を前に聞いたことがあるわ。それって、閉鎖され
たところじゃない？」
「かもしれない。近くで猟をやっている人間がい

た」

「こっちはイノシシ猟が盛んなの。山にいけば、皆んなやってるわ。でもそこがもし、あたしが聞いたところだとすると、かなり危ない人がいる」

「危ない人？」

「閉鎖された理由も確か、県だか保健所が入ったからなのだけれど、やくざが関係していて、人をさらったりするのに使ってるって。なんか閉鎖されたあとも、やくざから金をもらって、そこで暮らしている人がいるらしいの。前に鹿報会のチンピラが、『知り合いの牧場、連れてってミンチにしてやろうか』って、すごんでんの、聞いたことがあるの。そこかもしれない」

「散弾銃をもった、小山のようなでぶがいた」

「それは知らないけど、銃砲所有許可をとれない筈の人がとってるって、問題になりかけたことがあった。結局うやむやになったけど、皆んな、警察が金もらって、許可だしてるって話してたわ」

「上原という刑事を知ってるか」

「もちろん。鼻つまみよ。地元のやくざべったりで。離島出身だけど、いっしょにされたくないって嫌ってる人が多いわ。何かというとすぐ、島の出身だからっていいたがるの。でも冗談じゃないって感じよ」

「鹿報会から金をもらっている？」

「もらってる現場を見たわけじゃないから、そうだとは誰もいえないわ」

「ここにきたことは？」

「何度もあるわ。口説かれるのもしょっちゅう。でもそれくらいかわせなけりゃ、お店はできない」

「立ち入ったことを訊いていいかな」

「ことによるわ。スリーサイズならいいけど、家の鍵の場所はいえない」

マリーはいった。

「この店だが、古山さんが援助してくれてだしたのかい」

「ちがうわ。すべて自己資金よ。こっちにくる前は、あたし、大阪と東京にいたの。新宿は知らないけれど」

「なるほど」

「三年前にここを開店した。沖縄に帰ろうかとも思ったけど、もう家族は誰もいないし、景気もあまりよくなかったから。でも少しでも暖かいところがいいと思って。大都市には飽きていたし」

「古山さんと知り合ったのは、開店してから？」

「少しちがう。大阪で勤めていたお店の経営者が、古山さんの知り合いで、あたしがここに決めたとき、地元の有力者だからって紹介してくれたの。最初は、仲よくなっておけば損はしないだろうと考えたからだけど、今は、あの人に惚れてる。別に何とかしてもらいたいとか、そんな気持はない。毎晩、顔をだしてくれて、ときどき二人きりになれる時間があれば充分よ」

鮫島の目を見て、マリーはいった。古山に対する信頼の念からか、「人質になっている」と聞いても、さほど不安げなようすではない。

「もうひとつ、これは俺の仕事を忘れて答えてほしい。古山さんは、覚せい剤をやっていたか」

マリーは首をふった。

「やっていない。少なくともここ数年は見たこともない。若い頃、修業時代らしいけど、いっしょに働いていたボーイがしゃぶ中で、人を刺すのを見たことがあるといってた。絶対にあんなものをやるもんじゃないって」

「周辺で、覚せい剤にかかわっている人間の話を聞いたことは？」

「ないわ。こっちじゃ、しゃぶを売ってるって聞いたことがない。もちろんまったくないわけじゃないだろうけど、東京や大阪みたいに、電話一本で届けてもらったり、街角で売ってる、なんて話は聞かない」

「つまり、鹿報会はしゃぶを扱っていない」

「いたずらするくらいはいるかもしれないけれど、売るほど入ってきてないのじゃない。むしろマリファナやLSDなんかの方が、沖縄から入ってくるわ」

「やったことがあるのか」

「ノーコメント」

鮫島は苦笑した。

「鹿報会の本部というのはどこにある?」

「このすぐ近くよ。でて左にいって、大通りにつきあたったら二軒目の、カラオケボックスの入ったビル。何階かは知らないけれど」

「カラオケボックスの名前は?」

「『サンモール』」

「十知会のやくざに会ったことは?」

「十知会? それって地元じゃないでしょう。ないわ」

「古山さんには知り合いがいるようだ」

マリーは首をふった。


「あの人は、どこにでも知り合いがいるわ。特に水商売関係なら」

鮫島は頷いた。

「古山さんを特に嫌っていた人間を知らないか。商売上のことでも、女の恨みでも」

「嫌うってほどじゃないけど、目の上のコブだと思っている人はたくさんいると思う。根はやさしいけど、仕事に関しては容赦がない」

「古山さんのやっている店は何軒くらいあるんだ?」

「お店だけで八軒。うち、レストランが四軒、キャバクラが二軒、ストリップバーが一軒、クラブが一軒よ。他に貸ビルなんかの不動産業とパチンコ、パチスロの店もやってる」

「一番儲かっている店は? パチンコ、パチスロを別にして」

「『ヘルスキッチン』ていう、ストリップバー。県外からダンサーを集めてるの。週末はいつも行列よ」

「場所は？」

「『サンモール』の少し先にある雑居ビルの二、三階。店長の今泉《いまいずみ》さんは、古山さんの片腕みたいな人よ」

「今泉だな。ところでこの店は何時まで？」

マリーは初めて暗い表情になった。

「今夜はずっと開けとく。あの人がくるまで……」

9

「ハイタイ」をでた鮫島は、慎重にあたりを見回した。先ほどの男が待ち伏せている気配はなかった。

もし格闘になれば、かなり手強い相手だろうと思った。素手では鮫島は勝てないかもしれない。だが拳銃はもちろんのこと、特殊警棒すら、鮫島はもっていない。

それどころか。鮫島は今の立場を考え、苦笑した。自分が何者であるかすら、証明できないのだ。運転免許証も財布の中だ。

手がかりとして今あるのは、「岩戸牧場」と、何人かの人名だ。

地図を頼りに走れば「岩戸牧場」にはいきつけるかもしれない。古山がそこに捕えられている可能性もある。だが素手で乗りこんでも勝ち目はない。といって、県警に事情を告げ、応援を頼めたとしても、そこに古山がいなければかえって、彼の身を危険にさらすことになる。

それは寺澤に関しても同じだった。刑事とわかっている鮫島や麻薬取締官の寺澤を拉致するのは、やくざとしては思いきったやり方だといわざるをえない。

それなりの覚悟をしているか、つかまらないという自信があるかのどちらかだ。

電話で話したやくざが、自分たちを十知会だと偽ったことが鮫島には気になった。彼らが鹿報会ならば、なぜ鮫島や寺澤を拉致監禁しなければならないのか。うのみにはできないが、マリーは、鹿報会に覚せい剤の取引はないといっている。

被疑者の素性がはっきりとわからない段階で、県警に届け出るのはむしろ危険だった。古山や寺澤の命を損う結果になりかねない。鮫島の動きが、殺人の引き金となる可能性があるのだ。

午後七時を回っていた。慎重だが、迅速な行動をとらなければならない。

次に会って話を聞くべきは、古山の片腕と覚しい今泉だと、鮫島は決めた。古山の交友関係を、おそらくもっともよく知っているだろう。

寺澤は、古山が北朝鮮籍であることで、覚せい剤の取引に関与していると見こみちがいをした可能性が高い。十知会と北朝鮮産のしゃぶを結びつけた人間だと考えたのだ。

問題は、その位置に、別の人間が存在しているかどうかだ。もし存在しているのなら、その人物が寺澤を警戒し、鮫島を拉致した可能性が高い。

マリーに教えられた道筋の通り、鮫島は「ヘルスキッチン」の入っているビルをめざして歩いていった。一時間前より確実に人通りが増えている。ネオン看板にも灯が入り、盛り場らしい、華やいだ雰囲気になっていた。

不意に鮫島は、自分をとり巻く集団に気づいた。地味なスーツを着て、ネクタイをしめたサラリーマン風のグループだ。前に二人、うしろに二人いる。

正体もすぐにわかった。法事の写真を撮影にきていた連中だ。おそらくは、ホテルの駐車場を張りこんでいたのだろう。

この連中に、いく先々でうろつかれるのは、決して得策ではない。

鮫島は足を止めた。いきかう通行人が次々と追いこしていく。鮫島と、鮫島を尾行していた集団だけが、その場にとどまっていた。

鮫島はゆっくりと見回した。四人のうちの、一番の年かさの男は、斜め左うしろにいた。郷土料理店の、表に張りだされた品書きを読んでいる。

鮫島はまっすぐその男に歩みよっていった。気づかぬふりをしているが、緊張がその横顔にみなぎった。五十に届くかどうかだろう。髪を七、三に分け、グレイのスーツに紺のネクタイをしている。かたわらにいるのは、まだ三十を少しでただけの若い男だった。耐えられなくなったのか、先に視線を鮫島に向けてきた。

「話をしたいのなら、しよう。飯でも奢ってもらおうじゃないか」

鮫島は男の前で立ち止まり、いった。男はゆっくり顔をあげた。

「話、ですか」

落ちついた声でいった。鮫島を見やり、困ったような表情を浮かべた。

「どんな話をしますか」

「さあ」

鮫島は首をふった。

「ひっついてるのはそっちで、こっちじゃない。だろう」

「ひっついてる？」

「お互いにわかっているんだ。公安なのだろう」

男は大きなため息をついた。

「小さか街ですからね、こげんこと《こんなこと》せんでも《しなくても》ち《と》、係長にはいったんですよ」

眼尻がたれ、本当に困ったような口調でいった。

「なにせ、めったに仕事がなかもんで、張りきいやったとですな、こいが……」

「おたくの名前は?」

「ああ……須貝《すがい》ちいいます。須貝一郎《いちろう》です」

「鮫島だ」

「存じあげちょいもすよ、もちろん。本庁の有名人ですから」

須貝はぺこりと一礼した。

「で、こちらにおる若いのが、八田《はった》といいます。まだ配属されたての新米ですわ」

須貝はいって、遠くからようすを眺めている、二人の先行の刑事に手をふってみせた。いけ、いけ、という合図だった。二人組は姿を消した。

「――じゃあ、飯、食べましょうか。きのう鮫島さんがいただかれたもんよりは、だいぶ落ちますが、地元の食いもんで」

須貝は何ごともなかったように、目の前の料理店の引き戸を開けた。カラカラと音がした。

三人は、奥の座敷で向かいあった。

「なぜ俺を張る?」

須貝が酌をしたビールには手をつけず、鮫島は訊ねた。テーブルには、刺身や豚の角煮などが並んだ。食事どきということもあって、ほぼ満席に近い。

「なぜって……」

ビールをひと口だけ、ほんの申しわけていどにすすり、須貝はいった。

「本庁からの指示があったからですよ」

困ったような喋り方は、癖のようだった。下手《したて》にでるこういうタイプの公安刑事には注意しなければならない。もみ手をし、必要なら叩頭《こうとう》しても、捜査対象となる人物から決して離れようとしない。

「本庁からの指示は、法事の出席者のチェックだけだったのじゃないのか。その後の俺の行動まで監視しろといわれたのか」

「そいはいえんですよ。お互い……、わかるでしょう」

須貝はすがるように鮫島を見つめた。八田はひどく緊張しており、食いつかんばかりの形相で、鮫島をにらみつけている。

「お互いと思うのなら、俺を尾行するのはやめてもらおう。せっかく息抜きも兼ねて旅行しているのに、あんたらがくっついてきたのじゃ、息抜きもくそもない」

「そうはいいましてもですね……。こっちも上にいわれて動いちょるんで、はいそうですかち帰るわけにいかんとですよ」

いって、須貝はビール壜をとりあげた。

「さ、どうぞ、いっちゃって下さい。ここの飯は県警もちです」

鮫島は無言で須貝を見返した。グラスにも手をつけない。須貝はため息を吐き、ビールをテーブルに戻した。

「さっき『ハイタイ』からでてきた男を見たか」

「え?」

須貝はとぼけた。が、若い八田の方は芝居が下手だった。一瞬目をみひらいた。

「見たんだな。何者だ」

「何者っていわれたって、職質かけたわけじゃなかですから……」

須貝は首をふった。男が「ハイタイ」の外で待ち伏せていなかった理由を、鮫島は知った。須貝らに気づいて、姿を消したのだ。

「勘でいい」

鮫島は須貝の目を見つめた。須貝は大きなため息を吐いた。

「まったく、のさん《かなわん》なあ。うちとしちゃ、鮫島さんに、ただ何ごともなくお帰りいただければそいでよかとです。鮫島さんと本庁のことが、こげん田舎にまで波及したんじゃ、たまらんとですよ。上は青くなっちょっとですから」

「俺が飲み歩いたくらいで、なぜ青くなる」

「とぼけんで下さい。あのバーだって、その前送ってきた『月長石』のママだって、一朝《いっちょう》ことあればマル対の関係者じゃなかですか」

マル対とは監視対象者のことをいう。

「古山のことか」

「そいでなくとも冷や冷やもんやっとに、何か意図があっとじゃなかかって、係長なんか卒倒しそうですよ」

「古山が何らかの活動をおこなっているという確証があるのか」

須貝は首をふった。

「そげなもんがありゃ、とっくにどうにかしていますって。じゃっ《です》どん《が》こん田舎街じゃ、並み外れた稼ぎがある。送金ひとつとったって、よか額でしょうが。従業員もたっぷり抱えちょる。工作員のひとりやふたり、うけ入れていたところで何の不思議もなか」

「それと俺が接触しているので、あわてて監視を強化したというんだな」

「疑心暗鬼にもなるでしょう。まさか鮫島さんが亡命すっとは誰も思やせんけど、東京じゃ渡せん、でかい情報を流してやっちょっとじゃなかか《やってるんじゃないか》って。いや、こいはうちの係長の邪推ですがね」

鮫島は苦笑した。

「いったい俺が何の情報を流せるというんだ。俺の今の職場を知っているのか」

「もちろんですよ。やっで《だから》鮫島さんに限ってそげんことはなかって、私もいったんですよ。何といっても、資格者なんだから。私らとは身分がちがう。じゃっどん、だからこそ、上は何が何だかわからんで、泡くっちょっとです」

北朝鮮産の覚せい剤の話をすれば、ますます県警の公安は警戒を強めるだろう。

「いっておくが、俺は古山とは、法事の席で知りあっただけだ」

「じゃっどん北、やっち、知っちょったでしょう。あの男の出自については、県警にも、何も知らん呑気な偉いさんがおりましてね」

「それは本人から聞いた。呑気な偉いさんには、そっちから教えてやったらどうなんだ」

「コップん中にはコップん中なりの、争いっちゅう奴がありましてね。ジョーカーやっち《だと》思って大事に握りこんじょる人がおる。そいを私がばらそうもんなら、この齢になってハコ番に逆戻りですわ」

　須貝は首をふっていった。酒に弱いたちなのか、ほんのひと口でまっ赤になっている。

「それでさっきバーからでていった男の正体は」

　鮫島は問いつめた。須貝は舌打ちした。

「そりゃなかでしょう。鮫島さんは建前の答だけ。こっちには虎の子のネタをだせちいう。交渉は成立しませんよ」

「だったら決裂だな。飯はあんたらだけで食ってくれ」

　鮫島はいって立ちあがった。須貝は泣きそうな顔になって見上げている。

「あんまり田舎者をいじめんで下さいよ」

　鮫島はにやりと笑ってみせた。

「あんたはとても見かけ通りには思えない。くさい芝居はやめたらどうだ」

　須貝はほっと息を吐いた。

「じゃ、せめてひとつだけ。いつ東京にお戻りになっとですか」

「明日の飛行機に乗るつもりだ」

「何時の？」

「そいつは起きた時間しだいだな。今夜ははめを外させてもらおうと思っているんでね」

　鮫島は答え、座敷をでていった。

「ハイタイ」にいた男は、公安が重大な関心を寄せている人物だと断言ができる。古山との接触、さらにあの男の出現によって、県警の公安の緊張が一気に高まったのだろう。それで急遽、鮫島に四人もの監視態勢をしいたのだ。

　居酒屋をあとにした鮫島は「ヘルスキッチン」をめざした。雑居ビルの一階に、巨大な写真入りの看板があり、回転している。写真は、天井からのびたバーにつかまって踊る、白人のヌードダンサーのものだ。

看板の前で足を止め、あたりを見回した。姿を消した二人の公安刑事がどこからか見張っているのはまちがいない。だが、面が割れてしまった以上、店内まではついてこないだろう。

ビルの一階から、らせん階段がのびている。その先からダンスミュージックの重低音が響いてきた。階段の途中に、タキシードを着た黒人が立っている。腕組みし、わずかに足を開いて、衛兵のような趣きがあった。

鮫島は階段を駆けあがった。

「ヘルスキッチン?」

黒人が問いかけてくる。

「イエス。アイム・ア・フレンド・オブ・イマイズミ」

鮫島は答えた。黒人は目をみはってみせ、頷いた。

「プリーズ、ミスター」

いって道を譲る。鮫島はさらに階段を登った。

分厚いカーテンが「ヘルスキッチン」の入口だった。日本人の従業員が三千円の入場料を求めてくる。鮫島は支払って、カーテンをくぐった。入場料には、ワンドリンクのチケットがついていた。

サウンドと照明が炸裂した。吹き抜けになったフロアの中央にステージがあり、二人の白人ダンサーが踊っている。全裸ではなく、下半身には衣裳をつけていた。

ステージを囲むようにカウンターがあって、今は十数人の客がすわっている。さらに吹き抜けになった天井に近い三階部分に、オペラボックスのような張りだしがあり、テーブルがおかれていた。

ダンサーのレベルは高い。決して服を脱ぎ、腰をふってみせるだけの女たちではなかった。本格的な動きをしている。おそらくスラブ系だろうと、鮫島は思った。

トレイを手に店内を動き回っているのは、白シャツの前を開け、カマーバンドをした、日本人のウェイトレスだった。いずれも二十前後で、顔立ちもスタイルも整っている。シャツのボタンは胸のふくらみを半ばまで露わにする位置まで外されていた。ひとりが鮫島の姿を見つけ、歩みよってきた。

「お飲物は何を、お客様」

「コーラを」

鮫島はいった。

「お待ち下さい」

離れていく娘の姿を鮫島は追った。入って左奥にバーコーナーがある。二人のバーテンダーがディスペンサーを手に、グラスに飲物を注いでいた。かたわらに、黒服ではなくスーツを着た五十代の男が立っている。ひどくきまじめな表情を浮かべていた。

鮫島はそちらに歩みよっていった。背後をふりかえる。自分のあとにつづいて入店した客はいない。

男と目が合った。男は無言で会釈した。

「今泉さんか」

「そうですが」

およそ水商売には不向きの雰囲気の男だった。顔が大きく、頬にはひどいニキビの跡がある。醜男というほどではないが、全体にいかつい雰囲気がありすぎる。目に知性的な輝きがなければ、やくざか刑事とまちがえられるだろう。

「鮫島といいます。古山さんのことでちょっとお話がしたい」

今泉は表情をかえることなく、小さく頷いた。両手の指を組みあわせ、腹の前においている。

「こちらへ」

くるりと背を向けた。バーコーナーのかたわらにある通路にでた。階段の踊り場とつながっている。今泉はその階段を登った。オペラボックスのようなテーブル席につながる階段だった。

「どうぞ」

空いているテーブルを示した。ひとつひとつのテーブルが壁からつきでた形でおかれ、話を他に聞かれる気づかいはない。椅子にすわると、ダンサーたちの踊りを見おろす格好になる。

そこへさっきのウェイトレスがコーラの入ったグラスを運んできた。目ざとい娘だった。古山の従業員教育の厳しさをかいま見る思いがした。

「何でしょう」

いかつい顔に似合わず、今泉の物腰は洗練されていた。鮫島を先にすわらせ、自分は向かいに腰をおろした。コロンが香った。もしかするとゲイかもしれない、と鮫島は思った。

「昨日、私は友人の法事で、古山さんと知り合った者です。そのあと古山さんに誘われ、『月長石』で、妹の栞さんにもお会いしました。さらに『ハイタイ』というバーにも連れていっていただいた」

今泉はかすかに首を傾げ、鮫島の話を聞いている。右手の小指と人さし指にリングをはめていた。

「先に私の職業を申しあげておく。私は、警視庁の警察官です。ただしこちらにきたのは、先にいった法事に出席するためだ。ところがきのうの晩、古山さんと別れてホテルに戻った私は、何者かに拉致され、『岩戸牧場』というところに監禁されました。それを解放するよう交渉したのが古山さんで、私の身を栞さんがピックアップしに現われた。ところが話がこじれたらしく、今度は古山さんが軟禁されているらしいのです。できれば大ごとにすることなく、古山さんの身の安全を、私ははかりたい。協力をしていただけますか」

下のフロアから歓声と口笛があがった。ダンサーのひとりが最後の衣裳を投げたのだ。今泉はそれには目もくれようとしなかった。

「今朝、社長からお電話をいただきました。理由があって、今日、それからもしかすると明日も、店にでられないかもしれない。よろしく頼むといわれました」

繊細な喋り方だった。といって、怯えているようには見えない。

「理由についての説明はありましたか」

鮫島から目をそらさず今泉は首をふった。

「たいへん珍しいことです。今まで社長は一度も、理由をおっしゃらずに仕事を休まれたことがありません」

「つまりトラブルに巻きこまれているとあなたにも想像できるわけだ」

「社長のご指示は、店を頼む、ということでした。私はそれに関して、全力でお応えします」

今泉はいった。

「私が古山さんの敵でないことは理解していただけましたか。もしお疑いなら、ここから栞さんに電話をしていただいてかまわない」

「ご遠慮させていただきます。社長はご自分のお仕事とご家族は、きっぱり分けていらっしゃいます。ことに妹の栞様とは」

鮫島は息を吐いた。ひと筋縄ではいかない相手のようだ。

「ですが、社長が、お客様を『月長石』に案内されたというお話が真実なら、社長にとっては大切なお方だというのが理解できます」

「疑わない？」

今泉は微笑んだ。

「嘘をつかれる方の目は、たいてい泳ぎます。お客様の目は泳がれませんでした」

「では信じていただいたわけだ。私は古山さんの交友関係について、少々立ちいったことを知りたいと思っています。そして、それについては、あなたに訊くのがいいと教えてくれた人がいた」

今泉はわずかに眉を上げた。

「正確にはそうではなく、あなたを古山さんの片腕だといったのだが」

「それならば理解できます。女性の方ですね」

鮫島は頷いた。

「で、何について知りたいのです」

「古山さんが覚せい剤の取引に関与しているという噂がある――」

今泉は、言葉の途中から何度も首をふった。ありえない、という意思表示だった。

「――私もそれは真実ではないらしい、と思っている。だとすれば、なぜそのような誤解をうけたかを知りたい」

今泉は眉をひそめた。

「わかりかねます。社長はもちろん、当社は一切、薬物とはかかわりをもっていません」

「古山さんは、福岡の十知会という暴力団の人間とつきあいがありますか」

今泉は一瞬、沈黙した。

「こういうご商売なので、まったくない、とも思えないのですが――?」

「商売とは関係がございません。たぶんお客様がおっしゃるのは、社長の修業時代のご友人だと思います」

「何という方です」

「それはちょっと……」

「重要なことです。十知会が覚せい剤を扱っていて、古山さんはその人との交友から、関与を疑われている。くり返しますが、私は仕事ではなく、個人として、古山さんの身の安全を願っている者です」

今泉はほっと息を吐いた。

「社長は、その方とは、福岡にいかれた折り、ときどきお会いになります。たぶんお茶を飲むていどで、それ以上のおつきあいはないと思います」

「その人の名を」

今泉は瞬きをした。

「私の一存では申しあげられません」

「ではその人が覚せい剤の取引に関与している可能性がありますか」

「それはわかりかねます」

「名前をいっていただければ、調べる方法もあります」

今泉の指がテーブルをなでた。伏し目になると、意外にまつ毛が長いことに鮫島は気づいた。

「――井辻《いつじ》様とおっしゃいます」

今泉は低い声でいった。

「井辻さんですね」

「はい」

「井辻さんがこちらにこられたことはありますか」

「私の知る限りでは一度もございません。十知会は大きなところですが、こちらにはこちらで、別のところがありますので」

「鹿報会ですね」

「はい」

「『岩戸牧場』は鹿報会が管理しているという話ですが、知っていますか」

「さあ……」

「鹿報会は、覚せい剤の取引をしていますか」

今泉は首をふった。

「欲しがってはいるのでしょうが、今のままでは難しいのではないでしょうか」

「それはなぜです？」

「品物が供給できないのです。福岡まで買いだしにいけば手に入るのでしょうが、それだと量が知れていますし。大きく儲けるには、それなりのパイプを作らないと……」

「つまり仕入れのルートがない」

「はい。たぶん、それを作りたいと考えていらっしゃる方はいると思います」

「鹿報会に？」

今泉は頷いた。

「誰とは申しあげられませんが。これは地元のことですので」

「私を昨夜さらった連中は、私が覚せい剤のことを調べていると誤解していました。しかし古山さんは関係していない。とすると、誰でしょうか」

今泉はゆっくりと首をふった。

「想像もつきません」

「古山さんの周辺に、そういう人物はいますか」

「いらっしゃらないと思います。社長は覚せい剤を嫌われていますから、もしそういう方がいたら、決してつきあわれないでしょう」

鮫島はステージの方を見おろした。須貝と八田の姿があった。カウンターにすわり、物珍しげにあたりを見回している。

「お知り合いでいらっしゃいますか」

気づいた今泉がいった。

「いいえ。私を尾行している刑事です」

今泉は再び眉を吊りあげた。だが何もいわなかった。

「この店に裏口はありますか。それと、あとであなたに連絡をとりたいと思ったときにどうすればいいか、教えて下さい」

今泉は頷いた。そして鮫島に携帯電話の番号を教え、裏口に案内した。

10

「ヘルスキッチン」の裏口は、ビルの非常階段につながっていた。非常階段には消防法による厳しい規制があるが、盛り場の雑居ビルの例に洩れず、ここの非常階段にも雑多な品物がおかれていた。

鮫島はお絞りの籠や酒壜のケース、放置された出前の食器などをまたぎながら非常階段を下った。

須貝ら公安セクションの刑事は、保安系の刑事とちがって、簡単に身分を明らかにすることを好まない。おそらく鮫島の姿を見失っても、警察手帳を提示してまで、行先を訊きこもうとはしないだろう。

この街で、鮫島が立ち回りそうな場所を彼らは把握しているという自信がある筈だ。それは今のところ、古山兄妹の関連する施設、建物でしかない。

鮫島は非常階段の踊り場で立ち止まると、携帯電話をとりだした。栞の携帯電話を呼びだす。

「――はい」

「鮫島だ。その後、お兄さんから連絡は？」

「ありません。鮫島さんを落としてすぐ、わたしはマンションに戻って、ずっとここにいます」

おそらく駐車場から公安の尾行をうけたろう。

「わかった。また連絡する」

「あの――。鮫島さんは今どこに?」

「お兄さんの知り合いを訪ね歩いている最中だ。お兄さんは昨夜、『ハイタイ』にひとりでいるときに、俺についての電話をもらい、急いででていったということだ」

「誰から」

「それはまだわからない」

栞は沈黙した。

「ひとつ調べてほしいことがある」

「何でしょう」

救われたような声で栞はいった。

「お兄さんは、帰化すべきかどうかで悩んだことがある、という話を聞いた。きっかけは友人で帰化した人物がいたからだという。それがいったい誰なのか、心当たりはあるか」

「いえ……」

「悩んだ動機はお子さんのことらしい。奥さんに訊けば、何か知っているかもしれない」

「わかりました。訊ねてみます」

「こちらから連絡する」

鮫島はいって電話を切った。

非常階段を下りきった。隣のビルとのわずかなすきまにでた。それをすり抜けて、表へでようとして立ち止まった。通せんぼをするように立っている男がいた。上原だった。

上原は楊枝をくわえ、にやにやと笑いながら待ちかまえていた。

「でっけえネズミがいるもんだと思ったぜ」

鮫島は無言で上原を見つめた。待ち伏せていたのは明らかだ。だがその理由がわからなかった。

上原はあたりを見回すと、鮫島を追いこむように、ビルのすきまに足を踏み入れた。

「きのうはでかい口をきいてくれてありがとよ。今日はひとりでお遊びかい、え？」

「あんたには関係ない」

「おいおい。俺の商売、忘れてもらっちゃ困るぜ。地元で仕事しなくて、どこで仕事すりゃいいんだ。ちょっと話を聞かせてもらおうか」

太った体は、完全に鮫島のゆくてをさえぎっていた。上原はワイシャツのポケットから煙草をとりだし、火をつけた。上等な生地のスーツだが、着崩れしていた。

太い指にはさんだ煙草をふっていった。

「まず名前と年齢を聞かせてもらおう」

鮫島は上原を見やった。

「なぜ？」

「なぜ？　だからいったろう。これが仕事なんだって」

「あんたの仕事を俺は知らない」

上原の顔が赤黒く染まった。だが怒りをおし殺し、わざとらしいため息をつくと、警察手帳をとりだした。

「わかったろう、これで」

「職務質問ということか」

「そういうわけだ」

鮫島は氏名と年齢を告げた。

「ふうん。じゃ、職業と住所を聞こう」

「会社員だ。住所は東京都、中野区野方《のがた》――」

上原の目を見ながら喋った。

「会社員ねえ。社名は？　身分証をもっているか」

「ない」

「ちょっと身体検査させてもらっていいかな」

鮫島は無言で肩をすくめた。上原の目的が何であるかはわからなかった。ただの嫌がらせなのか、それとも誰かの意思をうけて探りを入れにきたのか。

上原はすばやく鮫島の体を調べた。財布も手帳ももたない鮫島には、上原に身分を知られる材料がない。県警公安が、上原に鮫島についての情報を流しているとは思えない。

上原が見出したのは、鮫島がスラックスのポケットに入れた現金だけだった。

「おい、ずいぶんもってんな。今どき現金だけをこんなにもち歩くってのは珍しいんじゃないか」

「旅行中だからだ」

「なめたこといってんなよ。身分証も何もねえくせに、現金だけたんまりもってる奴は、ふつういないだろう。ちょっときてもらおうか」

「どこへ」

「どこへでもいいだろう。こいっつってんだ。こいよ」

「最寄りの交番か警察署にひっぱろうというのか」

「だったらどうなんだ」

「任意同行なら断わる」

「洒落た言葉知ってんな、おい」

上原は顔を近づけてきた。鮫島は、上原が、須貝らと料理店に入る自分を見かけ、網を張っていたのではないかと思った。問題はなぜ、鮫島に興味を抱くのかだ。

「とにかく質問には答えた。通してくれ」

上原はいきなり鮫島の襟首をつかんだ。ビルの壁に押しつける。

「涼しい顔してんじゃねえぞ、この野郎。今ここで窃盗の現行犯でパクって、期限ぎりぎりまで拘留してやろうか」

「古山さんが何というかな」

「関係ねえってんだよ。この金、お前が古山社長からかっぱらったのかもしれねえだろうが」

「そう思うのだったら逮捕してみろよ。ただしちがったらあんた、職権濫用でクビが飛ぶぜ」

上原は荒々しく息を吸いこんだ。

「おい、いっとくが俺を、そんじょそこらの刑事といっしょにしたら痛い目にあうぞ。てめえみたいなチンピラ、叩き潰すのはわけねえんだ。わざわざパクんなくってもな」

「それは脅迫か」

鮫島は上原の目を見つめ、いった。

「この野郎」

上原はつぶやき、鮫島の襟にかけた手を絞りこんだ。鮫島の喉に圧力が加わった。鮫島は耐えた。瞬きもせず、上原の目をのぞきこんだ。

上原はぎりぎりのところで踏みとどまった。手をだすのを鮫島が待っているとわかったようだ。突然、鮫島の上着から手を離した。

「誰も見ちゃいねえ、聞いちゃいねえ」

鮫島に告げた。そして片頬をゆがめた。

「俺のいったことが嘘じゃないって、じきわからせてやる」

くるっと背を向け、ふり返りもせずに歩き去った。

表通りにでたときには、上原の姿はなかった。公安刑事らしき者もいない。鮫島は繁華街を歩きだした。

上原が鹿報会とつながり、鹿報会が昨夜鮫島を拉致したのだとすれば、上原は鮫島の正体を知っている筈だった。ただし公には知っているとはいえないので、わざと職務質問をしかけてきたのではないか。ところが案に相違して、鮫島は自分が警察官であると認めなかった。

警察官であると認めれば、その目的を質すことができる。警視庁警察官である鮫島には、この街における職務権限がない。職務権限をもつ上原は、鮫島に来訪の目的を質す正当な理由が生まれる。

多くの人間が、鮫島の目的を別にあると考えている。それは覚せい剤かもしれないが、他にもある。そのことを示すのが、県警公安の動きだ。

覚せい剤の取締りは、刑事部の仕事であって、公安のではない。公安が神経を尖らせているのは、覚せい剤以外に、北の活動をうかがわせる何かが、この街にあるからではないか。そこに鮫島が入りこんできたために、動きがあわただしくなったのだ。

それをうかがわせるのが、「ハイタイ」にいた男だ。男の正体を、須貝は「虎の子のネタ」だといった。鮫島だけでなく、その男もまた、この街にあっては、多くのトラブルの発生を予感させる存在なのだ。

鮫島は腕時計を見た。午後九時を回ろうとしている。この盛り場で得られる情報は他にあるだろうか。鹿報会のチンピラを見つけるのはたやすいが、彼らを絞めあげたところで起こっている事態に関する正確な情報が得られるとは思えなかった。

「岩戸牧場」にいく以外、手がかりを得る道は残されていない。あるいはそこに、寺澤が監禁されているかもしれない。

問題は、鮫島のレンタカーが公安によって監視をうけている可能性が高いことだ。尾行をひき連れて「岩戸牧場」に向かえば、危険を感じた監禁者が、寺澤に危害を加える可能性もある。

鮫島は「ハイタイ」に戻ることにした。今この街で協力を頼めるのは、栞とマリーしかいない。栞には監視がついている。

「ハイタイ」に、あの男は戻ってきていなかった。アベックの客がひと組、カウンターにすわっている。

「電話を借りたい」

カウンターの隅にすわった鮫島はいった。マリーは無言で受話器をさしだした。栞にかけた。

「わかったわ」

かけてきたのが鮫島と知ると、栞はいった。

「帰化したのは、やはり木藤さんだった。木藤さんは二年前に帰化したのですって。帰化した理由は、新しく事業を始めるので、北の籍のままだと、融資とかがうけづらいから、というものだったそうよ」

「木藤氏の連絡先はわかるかい」

「それも聞いてある」

いって、栞は携帯電話の番号を告げた。鮫島はメモをとり、かけた。

留守番電話サービスになっていた。鮫島はメッセージを吹きこんだ。

「昨日の法事でお会いした鮫島と申します。実はちょっとおうかがいしたいことがあります。お手数ですがこれを聞かれましたら、バー『ハイタイ』か、私の携帯電話あて、ご連絡をお願いいたします」

そしてふたつの電話番号を告げた。

電話を切ると、アベックが立ちあがったところだった。常連らしい。マリーは笑顔で二人を送りだした。

カウンターに戻ってくると、鮫島の隣に腰かけた。

「何かわかった?」

「やはり古山さんは、しゃぶには関係していないようだ。だがそう思っていない人間が、警察ややくざにおおぜい、いる」

「やくざに? どこの組のことをいってるの?」

「鹿報会だ。たぶん俺をさらい、今、古山さんを軟禁しているのは鹿報会だ。鹿報会はしゃぶの取引を始めたがっている。古山さんにそのコネがある、と考えているのかもしれん」

マリーは煙草をくわえた。鮫島は火をつけてやった。

「ありがとう」

髪をかきあげて火をうけとったマリーはいった。アーモンド型の瞳をしている。

「でも、それって変じゃない? なぜ鹿報会は、あの人じゃなく、別の組に話をもっていかないの。カタギのあの人よりも、たとえば十知会に話をもっていけば早いのに」

「それについては、麻薬取締官が妙なことをいっていた」

「麻薬取締官? 誰のこと?」

「寺澤だ。さっき、きのうこなかったかと訊ねた。きのう、ここに飲みにくる前に、ホテルで俺に声をかけてきた」

マリーは無言で鮫島を見つめた。

「寺澤が追っているのは、北朝鮮産で、福岡の十知会が卸しているしゃぶだった。だが立件するためには、金の流れを明らかにするのが必要だ。寺澤がいうには、金の流れがもうひとつ不透明だという。それはつまり、しゃぶの代金がどのように北朝鮮に還流しているのかがわからない、という意味だ」

「海外送金の中にまぎれこませているのじゃないの」

マリーはいった。公式には国交のない、北朝鮮と日本だが、日本海側に寄港する北朝鮮籍の貨客船によって、物資の流通はある。日本で暮らす多くの北朝鮮籍の人々が、その船で故国に、物資や現金を送っていることは周知の事実だった。

「ふつうはそう考える。だがたぶん寺澤は別の可能性を考えていたようだ。だからこそ、こちらまで調べにやってきた」

鮫島ははっとした。この街で寺澤の顔を知っていた可能性のある男がひとりいる。

上原だ。寺澤は、福岡で手配をかけた容疑者が、こちらの県警に逮捕され取調べにきたことがある、といっていた。そのとき対応した地元警察官が上原であれば、寺澤の顔を知っていておかしくはない。

上原は麻取が動いていることを、何者かに警告した。この場合の何者かは、鹿報会ではありえない。鹿報会は、寺澤が追う組織ではないからだ。

だがその何者かは、鹿報会を使って、鮫島を拉致した。

十知会と鹿報会とのあいだで、鮫島の拉致、寺澤に対する同様の行為をめぐり、何らかの取引がおこなわれたのだろうか。二人を〝排除〟する報酬として、しゃぶのルート確立を、鹿報会は得たのかもしれない。

上原は、想像以上に、汚れている可能性がある。

「別の可能性って何?」

「わからない」

マリーの問いに鮫島は首をふった。店の電話を見た。木藤からの連絡はない。鮫島のメッセージをいつ木藤がうけとるか、予測がつかなかった。

「何か飲む？」

マリーが立ちあがった。

「アルコールの入っていないものを」

「生ジュースでも作るわ」

鮫島は頷いた。カウンターの中に入ったマリーはいった。

「本当は、店をもう閉めて待っていたい。あなたがでてったあと、どんどん心配になってきて。でも閉めちゃったら、あの人は寄らないかもしれないし」

悲しげに微笑んだ。

「それじゃなくても、たいへんな思いをしたあとは、家族の顔を見たいと考えるのが人情でしょう」

グレープフルーツをジューサーにかけ、搾りとった生ジュースをグラスに入れて、鮫島の前においた。

「そういえば、さっきのビール代も払っていない」

「あの人が帰ってきたら、請求するわ」

鮫島は頷いた。

「井辻という名前を古山さんから聞いたことはないか」

「井辻？」

マリーは煙草を手にしたまま首を傾げた。彫りの深い顔立ちのせいで、洋画の女優を思わせる。

「そうだ、福岡の人間らしいが」

マリーは目を鮫島に向けた。

「やくざなの、その人」

鮫島は息を吸いこんだ。

「さっき君は、俺が十知会の名をだしたとき、地元じゃないからそこの人間には会ったことがない、といった。だが、十知会がしゃぶを扱っているのを知っていたし、井辻が十知会のやくざであることも知っているようだ。どういうことだ」

マリーは瞬きもせず、鮫島を見つめた。

「どういうことって？」

静かな声で訊き返した。

「知らないふりをしているが、知っていることがたくさんある。特に、古山さんの交友関係について」

マリーは煙草を口に運んだ。細くすぼめた唇から
ゆっくりと煙を吐いた。

「自分の男の知り合いについて、ぺらぺら喋る女になりたくない。あなたは信用できる人だと思うけど」

鮫島の目をのぞきこんだまま、いった。

「たとえその男に身の危険が及んでいても?」

マリーは微笑んだ。

「あなたは知らない。あの人はひと筋縄ではいかない男よ。鹿報会なんていう田舎やくざにどうこうできる人じゃない。心配は心配だけど、あの人に何かあるとは思えない」

「思えないのじゃなくて、思いたくないだけじゃないのか。それに古山さんを軟禁しているのは鹿報会でも、今は十知会とつながっている可能性もある」

マリーの目が冷たくなった。

「だったらなおさら心配しないですむ。井辻さんのことは確かに知ってるわ。十知会の大幹部よ。あの人との関係からいって、あの人に手をだすわけがない」

鮫島は黙った。何かがあるのだ。十知会と鹿報会、さらにしゃぶの取引をめぐる利益以外にも、何かがある。

十知会が北朝鮮から覚せい剤を密輸入し、それを寺澤が追っていた。その寺澤を拉致したのが鹿報会だとしても、それは覚せい剤の取引にかめるという利益のためだ。寺澤がこの街にきたのは、鹿報会が目的ではなかった。

人だ。寺澤は、覚せい剤の取引をめぐる金の流れを追っていた。それはつまり、覚せい剤の代金が、十知会からストレートに北朝鮮に流れていなかった可能性をさす。代金は別の形をとって、北朝鮮に還流していた。そこに古山が関係していると、寺澤はにらんだのだ。

しかしそれは的外れだった。にもかかわらず、寺澤は監視され、拉致された。寺澤と接触した鮫島も

同じ目にあった。

つまりこの街に何かあるという寺澤の考えは正しかったのだ。

寺澤の正体が麻薬取締官であると知った何者かが、鹿報会を動かした。その報酬が覚せい剤の取引への関与だとしたら、何者かは、鹿報会とは別の存在ということになる。

その何者かは、十知会とのパイプをもち、北朝鮮と十知会との覚せい剤貿易に影響力をもっている。

上原なのか。

だがいくらなんでも現役の警察官である上原が、管轄外の福岡の暴力団に強い影響力をもっているとは考えにくい。

上原は確かに悪《ワル》だろうが、その力は県内に限られる筈だ。自治体警察とはそういうものだ。犯罪の発生現場の管轄警察に捜査権がある以上、覚せい剤の密売が日常化していない、この街の刑事である上原には、そこまでの力はない。

やはり木藤か。福岡に本社をもち、工場をこの県にもつ、北朝鮮籍であった人物と考えれば、可能性は木藤を示している。

木藤ならば、古山も〝説得〟しようと考えるかもしれない。拉致・監禁の首謀者が鹿報会の幹部や上原であったなら、説得などせずに、警察に届ければすむことだ。いくら上原が腐りきっているとしても、県警全体が同じとは考えられない。

「木藤さんについてもう少し話してくれないか」

マリーは首をふった。

「本当に数えるほどしか会ったことがないもの、頭がよくて神経質そうに見えただけ」

「彼が古山さんと同じ国籍で帰化したことは？」

「さっきいっていたのが木藤さんだったのね。でもそうだからって、あなたは木藤さんも疑うわけ？北朝鮮は目の敵ってこと？」

マリーはあきれたようにいった。

「そうじゃない。だが行方のわからなくなっている麻薬取締官は、北朝鮮から入っているしゃぶの件で、この街にきた。だがこの街では、しゃぶは売られていない。古山さんが関係ないとすれば——」

「待ってよ。北朝鮮出身者は二人だけじゃない筈よ。なぜそんな知っている人間ばかりを疑うの。それが目的でこの街にきたの?」

「ちがう。聞いてくれ」

マリーの目に真剣な怒りが浮かんだので、鮫島はいった。

「いいか、鹿報会は、古山さんを軟禁する前に、俺や寺澤を拉致した。俺が警官で、寺澤が麻薬取締官であることを知っていて、そうしたんだ。確かに俺は管轄外でよそ者だが、寺澤はちがう。いずれにしても、やくざが刑事をさらうというのは、奴らにとっても大変なことだ。下手をうてば、組を根こそぎもっていかれかねない。まして殺すということにでもなれば、よほどの覚悟をしなけりゃならない。いくら古山さんがひと筋縄でいかない人間で、大幹部に仲よしがいるとしても、知られたら放っておくわけにはいかなくなる。ただのしゃぶの取引の秘密を守るためだけでそこまでするとは、俺には思えない。何かがある。そしてそれを解く鍵は、北朝鮮にある」

「あたしを威すつもり?」

「そうじゃない」

鮫島は首をふった。

「それどころか、俺がこの街で何かを相談したり協力を頼める人間は、君か桀さんしかいないんだ。さっきここをでていったあと、すぐに俺は、県警の人間に囲まれた。そいつらは、俺を追っかけていたわけじゃなくて、ここにいた物騒な雰囲気の男を捜していたのだと思う。だが奴はここをでてすぐ姿をくらまし、県警はしかたなく、俺を尾行した」

「県警って? それはつまり警察も知っているっていうこと? あなたが今していた話を——」

「しゃぶとは別だ。たぶん別だと思う。なぜなら俺を尾行しようとしたのは、そういう暴力団や覚せい剤とは別の事案を扱うセクションの連中だからだ」

マリーは短くなった煙草をひと吸いして灰皿に押しつけた。

「それも北朝鮮が関係ある?」

鮫島は頷いた。

「あくまでもこれは俺の勘だが、あの男は、一種の工作員じゃないかと思う。それも危険度の高い、たとえば破壊工作を専門にしている。俺も昔、そういうセクションにいたことがあるから感じるのだが」

「スパイってことね」

「そうだ」

マリーは瞬きした。

「日本のやくざとの、ただのしゃぶの取引だけなら、ああいうタイプがでてくる必要はないんだ。たとえば十知会が警察にあげられたら、取引にかかわった人間はさっさと姿を消して、別の暴力団を捜せばいい。危うくなれば、中国やロシアを経由して本国に帰ればすむ。取引にからむのは、住所も名前もすべてでたらめの、透明人間のような連中だからだ」

「それもスパイね」

鮫島は頷いた。

「スパイはスパイでも、さっきの奴とはまったく別のタイプだ。貿易商を装ったり、他の国の商社マンのふりをする。人を威したり、暴力をふるうような仕事はしない」

「さっきの奴は、それが仕事なの。人を威したり、殴ったりするのが――」

「たぶん」

マリーは小さく頷いた。急に寒気を覚えたように、両腕で胸を抱いた。

「そうね。そうかもしれないわ。いろんな、危ない奴と会ったけど、どれともちがった」

「俺のいいたいことがわかってもらえたろうか」

「つまり、ただのやくざやしゃぶの話だけじゃないっていうことね」

「そうである可能性は非常に高い」

「何なの？」

「わからない」

鮫島は正直にいった。

「わからないことが多すぎる。時間もない」

マリーは鮫島を見直した。

「鹿報会のやくざと俺は、明日の飛行機に乗るという約束をした。そうすれば古山さんを解放する」

「信用できるの？」

低い声だった。

「五分五分《ごぶごぶ》だろう。この先もつれるようなことがあれば、どうなるかわからない」

マリーは一瞬、強く目を閉じ、開くといった。決意した口調だった。

「で、あたしには何ができるの？」

「車をもっているか」

マリーは頷いた。

「近くにある？」

「そこの駐車場に」

「きのう、古山さんが車を止めたところかな」

「いっしょよ」

「その車をだして、どこか別の場所に止めてくれないか」

「あなたが乗るの？」

鮫島は頷いた。

「たぶんここも監視されている。俺がまっすぐ車に乗りこめば、尾行してくれというようなものだ」

「その方が安全じゃない？」

「自分の身だけが心配なら、ホテルをとって部屋に入り、鍵をかけて明日の朝まで待つ。それで古山さんは解放されるかもしれないが、寺澤はどうなるかわからない」

マリーは考えていた。

「あなたに車を貸したせいで、あの人の命が危うくなったら？」

「さっきの俺の話を考えてみてくれ。もし麻薬取締官を殺す羽目になったら、それを知っている古山さんもただではすまない」

「逆のこともいえるわ。その寺澤って人だけじゃなくて、あなたまで殺す羽目になったら、ますますあの人は危うくなる」

「その通りだ。だが俺が明日帰っても、寺澤が解放されるという保証は何もない」

もしかすると、寺澤はすでに殺されているのではないか。だからこそ寺澤の活動を知る鮫島を、鹿報会は東京に追い返そうとしている。鮫島は思った。

そうならば、なおさら自分は放っておけない。

「麻薬取締官はひとりじゃないのでしょう。その人の仲間に知らせたらどうなの」

「知らせるのは簡単だ。だが麻薬取締官の仕事は、殺人や監禁の捜査じゃない。それに寺澤の所属する事務所は福岡にあって、人も大勢いるわけじゃない。結局こちらの県警にゲタを預けることになる」

もし寺澤の死体が発見されたら、県警はどう対応するだろうか。寺澤の身分を暴露したのが県警の刑事かもしれないとなれば、捜査は大きくねじれる可能性があった。

徹底して臭いものに蓋をするか。

刑事と公安が手をたずさえ、身内の告発まで含めて、事件の全容を解明するとはとうてい思えなかった。県警本部長がよほど高潔で、自らの責任を果たす意志がない限りは。

おそらく殺害の実行犯として、チンピラが自首し、そこで事件はうやむやになるだろう。公安は、北朝鮮が関与していたことなど、おくびにもださないにちがいない。連中の仕事は、知ることであって、捕えることではないのだ。

須貝らの動きを考えても、ちがう答がでるとは思えなかった。

「あなたはこっちの警察を信用していないのね」

「こっちだけじゃない。こういう事件が起きたとき、警察という組織がとる態度は、どこでも同じだ」

マリーは不思議そうな顔をした。

「変な人。刑事なの、本当に」

「本当だ。ただし今は、手帳ももっていない。さらわれたときに奪われたんだ」

マリーは眉をひそめた。

「大丈夫なの？　大切なんでしょう、警察手帳って」

「俺がおとなしく東京に帰れば、返すといわれた」

「なのにおとなしくしていないわけ？　返してもらえないと思っているの？」

「いや、返してはくる。もし返さなければ、俺は処分されるし、そうなったら問題を大きくするだけだ」

「だったらどうして――」

鮫島は無言でマリーを見返した。

「クビより他人の命が心配なのね」

「そうじゃない人間がどこにいる？」

マリーは苦笑した。

「あなたの世界にはいないかもしれない。でもあたしの知っている世界は、そんな奴ばかりよ」

「だったらその世界をかえるんだ」

マリーは首をふった。

「あなたって――」

あきれたようにいいかけ、鮫島の前にあるグラスを見やった。

「お酒飲ませてないわよね、あたし……」

「ハイタイ」をマリーがでていくと、鮫島は再び木藤の携帯電話にかけてみた。だが結果は同じだった。留守番電話につながるだけだ。

十分ほどでマリーは帰ってきた。その間、誰も「ハイタイ」を訪れた者はなかった。

「車は大通りにでたところに止めたわ。そこからここに戻ってくるまでは、誰もつけてこなかった。店の周りにも、今は誰もいない」

いって、マリーは、グッチのキィホルダーをさしだした。

「ありがとう。ひとつ忠告させてくれ。今日はもう店を閉めた方がいい。古山さんがくるのを、自宅で待つか、さもなけりゃ、表の看板を消して、扉に鍵をかけておくんだ。俺は木藤の留守番電話に、ここのことを吹きこんだ。もし木藤が、さっきの工作員とつながっていたら、また戻ってくるかもしれない」

マリーは怯えたようすは見せずにいった。

「だったらここにいる。スパイなら、あたしの家だって調べられるかもしれない。ここの方がにぎやかで、何かあったら、外に飛びだして助けを呼べるもの。鍵はかけておくけれど――」

「わかった」

「看板の明りは消さずにおく。戻ってくるなら、電話をちょうだい」

鮫島が頷き、立ちあがると、マリーはいった。

「何だか信じられないわ。この街は、今まで暮らしてきたどこよりも平和だと思っていたのに」

「どんな街にも、平和なときとそうでないときがある。平和が長つづきするか、そうでないかのちがいがあるだけで」

鮫島は答えた。

「だったら次に何かがあるのは、あたしがここをでていってからにして欲しい」

扉に手をかけ、鮫島はふり返った。

「いずれはよその街にいくのか」

「歩いてくる途中、考えたの。あの人がもし帰ってこなかったら、でていくわ」

鮫島は頷いた。

「鍵をかけるのを忘れずに」

マリーは微笑んだ。

「わかったわ、お巡りさん」

11

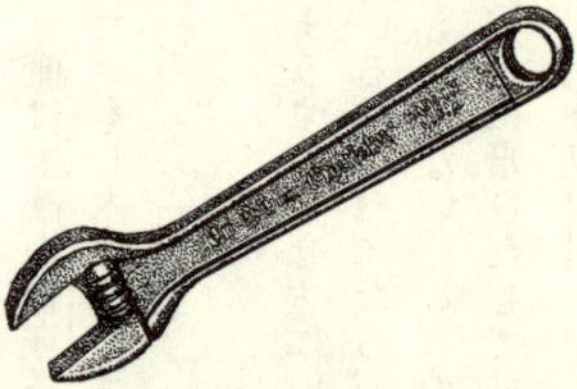

マリーのいった通り、地上では、「ハイタイ」を監視する者の姿は、鮫島の目に入らなかった。とはいえ、「ヘルスキッチン」の内部にまで追ってきた須貝らが、鮫島の尾行を簡単にあきらめるとは思えない。

県警公安は、県内の北朝鮮関連の施設への監視を強めているにちがいない。あの男はおそらく、警視庁公安部や警察庁がリストにのせて警戒を呼びかけている〃危険人物〃であったのだ。偶然か、それとも監視対象者の周辺かで、あの男の出現が確認され、県警公安は色めきたったのだろう。

しかもそこに鮫島が現われたとなれば、須貝でなくとも、県警の公安上層部が動揺するのは理解できた。

その上、鮫島は、宮本の法事の帰りときている。県警の動揺が的外れな疑いによるものとはいえ、警視庁公安部の緊張も想像できなくはなかった。あるいは鮫島を〃処分〃する機会だと考える者がいて、不思議はない。国家公務員法違反を、鮫島に適用できないかと、警視庁公安総務課は画策するかもしれなかった。ただし自分たちの膝もとではない以上、でっちあげの罪を鮫島にかぶせるのは危険が伴う。とにかく目をみはり、鮫島が何か失敗をおかすのを待て、と命じているにちがいない。

それを思うと、苦い笑いがこみあげた。警察手帳を奪われるという、大失態を自分はおかしているのだ。充分それを理由に、鮫島を〝処分〟することができる。

県警公安は、まだそれを知らない。県警内部で、それを知っている可能性があるのは、上原ひとりだ。上原と公安がつながっている筈はなかった。上原がいるのは、公安とは最も離れたセクションだ。

教えられた場所に止められていたのは、マニュアルシフトの赤いGTOだった。この街の美人は、皆スポーツタイプの車が好きらしい、と鮫島は思った。マリーは、ドライブマップがダッシュボードにある、といっていた。もともと地元の人間ではないので、地図は必要なのだろう。

GTOを発進させ、尾行の有無を確認するために鮫島は市街地を少し走った。

尾行はないようだった。

コンビニエンスストアを見つけ、車を止めた。懐中電灯を買うのが目的だ。

車に戻り、わずかに罪悪感を抱きながら、トランクを開けた。マリーのプライバシーを知ろうとしたのではなく、何か〝武器〟になる品を捜したのだ。結局、レンチを見つけただけだった。トランクの中には、ゴルフバッグが入っていたが、高価なゴルフクラブを武器にするのは、ためらいがあった。

地図を開いた。「岩戸牧場」まで途中の道のりとなる国道三二八号は、市街地を起点に、高速道とはV字に分かれている。高速道路を使ったのでは、近道にならない。

高速道路を使わないですむのはよかった、と鮫島は思った。高速道路の料金所には監視カメラが設置され、通過車輛のナンバーをすべて記録している。もし県警公安が鮫島の足どりを追うことに躍起になれば、記録からマリーのGTOの使用が発覚するかもしれない。マリーをこれ以上巻きこむのは避けたかった。

市街地を抜けると、鮫島は再び、上原の役割に頭を巡らせた。

鮫島と同じく、寺澤も鹿報会に拉致されたとすれば、上原の罪は重い。場合によっては、殺人の共犯となる可能性すら、ある。鮫島も悪徳警官を知らないわけではないが、そこまで汚れきった刑事と会ったことはなかった。

上原には確かに注意しなければならない。上原が、県警公安の動きと、鮫島の警視庁における立場を知れば、鮫島潰しにそれを利用しかねなかった。

金銭的な目的以外でも、上原は平気で人をおとしいれるタイプに見えた。鮫島を叩き潰すというその言葉は、ただの威しではないだろう。たとえ鹿報会との関係が多少悪化することになったとしても、上原は鮫島をつけ狙ってくるのではないか。

調査をつづける限り、上原との対決は避けられない、そんな予感があった。

上原にだけは負けたくない。鮫島は腹の底から闘志がわきあがるのを感じた。それはおそらく、上原が自分を嫌うように、自分もまた、上原のような警官を許し難いと考えているからだ。

叩き潰すか、されるかだ。上原の前から尻尾を巻いて逃げ帰ることだけは、絶対にしない——鮫島はGTOを走らせながら、決心した。

栞の話では、ダムのある分かれ道が目印だということだった。そこを右に折れれば、「岩戸牧場」の看板がある。その付近に鮫島は監禁されていたのだ。

栞のポルシェが山肌に刻まれた九十九折《つづらお》りの道をターンしながら登ってきた光景は、はっきりと覚えている。その道にさしかかれば、おおよその位置の見当がつく筈だ。

鮫島は車の時計を見た。じき午前零時になろうとしている。檻の中で目覚めてから、まだ二十時間と経過していないのが、信じられない気持だった。

宮本の法事に出席し、一泊して帰京する筈だったのが、想像もしなかった事態となった。

悪い夢のようだ。しかしこの悪夢からは、戦わない限りは脱出できない。もう一度目を閉じ、横たわってしまったら、さらにひどい悪夢が待ちうけている。

ダッシュボードの灰皿を開いた。使われた形跡があった。鮫島は煙草をくわえた。

三二八号線は起伏の激しい道で、少し走ると人家がまばらになった。車内で点したライターの炎をひどく眩しく感じるほど、あたりの闇は濃い。

対向車の姿もほとんどなく、鮫島はライトをハイビームにして走りつづけた。

やがて登り坂の左手に、黒々とした湖が見えてきた。ダムが近づいてきたのだ。

曲がり角はすぐにわかった。長い登坂路に分かれ道はそこしかなかったからだ。

国道を外れ、さらに暗く、細い山道に進入すると、鮫島はうなじの毛が立つような緊張を感じた。あの小山のような大男を思いだしたからだった。

曇った小さな目、かみ切られた爪、よごれたゴムのエプロンの前で抱えた二連水平の散弾銃。

銃口を向けられたときの戦慄が、掌を湿らせた。威しでありながら、ほんの気まぐれで引き金をひきかねない危うさが、大男にはあった。

もしあの男とこの闇の中で再会し、その手に銃があったら、今度は撃たれる覚悟をしなければならないだろう。できれば会わずにやりすごしたい。もし万一会ってしまったら、何かされるより先に、レンチをふるうことしか思いつかなかった。警告や説得が功を奏する相手とは、とうてい思えない。

不安と緊張に、ただ前方だけに向けていた目は、危うく「岩戸牧場」の看板を見落とすところだった。

道ばたに、何か記された白っぽい長方形の札を見、それを過ぎてから鮫島は急ブレーキを踏んだ。

ギアをバックに入れ、車を後退させた。白く塗られた板に黒ペンキで文字が書かれている。倒れてこそいないが、風雨に晒され、目をこらさなければ判読は難しい。

それは「岩戸牧場」が、とうに閉鎖され放棄された施設であるとうかがわせるには充分のありさまだった。

「牧場」の文字の下に、小さな矢印が埋れていた。下草の陰に隠れ見えにくくなっているが、次の分かれ道を右にいけということらしい。

昼間とはいえ、琛がこれを見落とさなかったのは奇跡だと、鮫島は感じずにはいられなかった。

GTOを前進させた。二十メートルほど先に分かれ道があった。舗装されていて、きた道とさほど幅はかわらない。

曲がって少し走ると、九十九折りの山道にでた。

鮫島は記憶をたぐった。最低でも、五つか六つのヘアピンカーブを、ポルシェはクリアしていた。

高い位置からだとなだらかに見えた山肌も、実際に登るとなると、えんえんとコーナーからコーナーのくり返しだった。三つ目のカーブを曲がりきったとき、鮫島はヘッドライトを消した。

一瞬、濃密な闇に閉ざされた、と感じた視界が、濃淡のコントラストでひらけた。ライトを消したのは、エンジン音はともかく、光で接近を知られたくなかったからだ。

前方には、濃い闇を貫くように、うっすらと明るい道路がのびている。対向車もおらず、スピードをださない限りは、無灯火で登っていけそうだ。

ライトを消したのには、もうひとつ理由があった。ライトの光は、対象物とそれ以外に大きな明暗のギャップを作りだす。それによって、記憶にある風景とまったくちがう姿に地形をとらえてしまう可能性があったからだ。「岩戸牧場」の所在地を示す看板は、この先にもあるかもしれない。だがもしなければ、檻のおかれていた窪地を通りすぎてしまう。

五つ目のカーブをクリアしたときだった。突然、次のカーブの先から光が照射されるのを鮫島は認めた。対向車がいる。

衝突をさけるために、反射的にライトのスイッチを入れていた。ハイビームを通常に戻す。

カーブを曲がって対向車が現われた。黒っぽいセダンだった。セダンのライトはハイビームになっている。強い光をフロントガラスごしに射込まれ、鮫島は目を細めた。ふつうなら、対向車とすれちがうときはライトを下げるのがドライバーのエチケットだ。ハイビームを向けられれば目がくらみ、ハンドル操作をあやまりかねない。

警告の意味で、鮫島はライトをパッシングさせた。運転者が気づいていない可能性を考えたからだった。

だがセダンの運転者はライトを下げなかった。スピードをあげ、まっすぐに近づいてくる。

そのとき鮫島は気づいた。セダンがこの山道のずっと上から降りてきたなら、ライトの放射でもっと早くに存在に気づいていた筈だ。それが不意に現われたということは、側道から合流したか、駐車していた可能性が高い。

セダンとの距離が、十メートルを切っていた。鮫島はライトをハイビームにした。互いに運転者の姿が浮かびあがった。

鮫島は息を呑んだ。あの男だ。「ハイタイ」にいた鋭い目の男。

セダンのナンバーを読みとろうとした瞬間、不意に男は車を右にふってきた。

衝突する。鮫島はとっさにハンドルを切り、ブレーキを踏んだ。

GTOは道路をとびだし、斜面に乗りあげた。岩をかむ嫌な音がフロントグリルの下から響いてきた。横転するかもしれない。

鮫島は歯をくいしばり、車体をたて直そうとした。路肩を外れ、大きく弾んだGTOは横すべりしながら、元の山道に戻ろうと小石を撥ねとばした。左側面が山肌をこする振動が伝わってくる。

GTOは元の道に半ば乗りあげたところで停止した。

荒い息を吐き、鮫島は走り去ったセダンをにらんだ。赤いテールランプは、瞬きをくり返しながら、すでにふたつ下のカーブを曲がろうとしていた。

あの男は対向車の運転者を鮫島と知り、わざと車首を右にふってきたのだ。GTOをはみださせ、うまくすれば事故、最低でもUターン追跡をできなくするのが目的だったにちがいない。

正面からライトを浴びながら、目も細めずこちらを見返してきた険しい視線が頭にこびりついていた。

喉がからからに渇いていた。唾を呑み、鮫島はギアをロウに落として、アクセルを踏みこんだ。

あの男の目的地が「岩戸牧場」であったことはまちがいない。何のために訪れたのか。大男と、話すことがあったのか。それとも、それ以外に会うべき人物がいたのか。

再びライトを消し、次のカーブを曲がったところで、鮫島はGTOを停止させた。ハンドルの表面がすべるほど、掌が汗で濡れている。エンジンを切り、ドアを開けて耳をすませた。

冷たい夜気が流れこみ、鮫島は汗をかいているのが掌だけではなかったことを思い知らされた。冷気は背中やわきの下を凍らせ、さらに肌の下にまで浸透してくる。

何の物音も聞こえなかった。二十時間前とちがって、風も吹いておらず、葉ずれの音すらしない。

助手席から床に落ちていた懐中電灯とレンチを拾い、鮫島は車外に立った。寒さと緊張に肌が粟立つのを覚えた。

見覚えのある斜面が、斜め前方に広がっていた。その斜面の向こうが、檻のおかれていた窪地だった筈だ。

GTOのドアをそっと閉め、足を踏みだした。斜面に近づくまでは、懐中電灯を点すのを避けた。斜面の手前で立ち止まると、再び耳をすませた。何も聞こえなかった。

右手にレンチ、左手に懐中電灯を握っている。金属が冷たく、指を痺れさせた。風はないが、気温は昨夜より確実に下がっている。

もうひと晩あそこに閉じこめられたら、まちがいなく衰弱していたろう。

怒りが寒さと戦うエネルギー源となった。両手の道具を握りなおし、鮫島は斜面を登っていった。

窪地にでた。闇の中に、草に埋もれた廃車が黒々と存在を示している。その少し先に、白くうっすらと光る檻があった。

まるでずっと昔からそこに放置され、使用されていなかったかのようだ。こんな場所に、人間はもちろん、動物を閉じこめておくことすら想像がつかない。

だが実際はここに、自分がいた。

あたりに人の気配がないことを確かめ、鮫島は懐中電灯を点した。檻の周辺を細かく調べるのが目的だった。

昼間は脱出するのに夢中で、見過ごした手がかりがあたりに落ちているかもしれない。

だが徒労だった。檻の周辺には、吸い殻ひとつ残されていなかった。

窪地を調べ終えると、明りを消し、鮫島はその先に向かった。舗装されていない登り坂が窪地の後方にのびている。おそらくは牧場の中心施設へとつづいているにちがいなかった。

坂道は約百メートルほどの長さがあった。登りきると、そこは平坦な空き地で、以前は駐車場であったらしいことが、地面の轍《わだち》から確認できた。

横長のプレハブ建築が一棟、空き地の隅にはあった。ところどころ破れたガラス窓は白く曇っている。

明りを向けると、「ハム・ソーセージ直売」と記された看板が、内部の床に倒されていた。長いこと使用されていないようだ。

プレハブの横に轍がくっきりと刻まれた道があった。なだらかな登りで、その先に波状鉄板の屋根を頂いた建物が見えた。

再び明りを消し、鮫島は道を登った。

木材と波状鉄板を組み合わせた横長の建物が何棟も並んでいた。獣臭と干し草の匂いが強く漂っている。

建物の床はコンクリートで、よごれていて生き物のいるようすはなかった。コンクリートの床には溝が切られ、水が流せるようになっているが、乾ききっている。

畜舎らしいその建物群の向こうに、車の止まった別の建物があった。泥が撥ね、ひどく汚れている国産の四WD車だ。ナンバーは地元のものだった。

建物は木造の、ログキャビンを模した造りだ。窓にはカーテンが降りていて、内部の明りは消えている。

足音を忍ばせ、四WDにとりついた鮫島は、試みにボンネットに掌をのせてみた。冷えきっていた。この外気温なら、十分もすれば冷たくなるだろうから、さほどの参考にはならない。

だが車があるということは、内部に人がいる事実を示している。すれちがった車の内部には、あの男の姿しか確認ができなかった。

鮫島はレンチを握りしめた。大男がカーテンの陰から散弾銃の銃口をこちらに向けているのではないかという恐怖がこみあげた。

四WDのかたわらに立ち、鮫島は息を殺した。内部で大男が眠っているのなら、いびきくらいは聞こえてきていい筈だ、と思った。あの大男が、まるで赤ん坊のように静かに眠っている姿など想像がつかない。

何の物音もしなかった。

寺澤がここに捕えられているとすれば、残る可能性は、このログキャビンの内部だけだ。

鮫島は口を開け、そっと息を吐きだした。やはり中を探る他ないようだ。

「ばあん」という、男の口真似を思いだした。寒気を忘れ、背中を汗が伝わった。

男が眠っているようなら、とにかく銃を奪うことだ。目を覚ましたら、銃口をつきつけるか、レンチを頭に叩きこむ他ない。それについては、容赦はできない。

ログキャビンの戸口に立った。床板がわずかに軋《きし》み、鮫島は息が止まった。ドアノブがある。

鍵がかかっていたらどうするか。

そのときになって鮫島は思いついた。鍵がかかっていたら、不意をつくことなど不可能だ。自分のうかつさを呪いたくなった。

鮫島は床板から足をおろした。扉をノックし、でてきたところを殴りつける他ない。左手の懐中電灯のスイッチを確認した。銃を手にしているものと想定し、目を眩ませておいて殴る――それが最善のように思われた。

扉の横、窓からも見えにくい位置の壁に、ぴったりと体をはりつかせ、レンチで扉を叩いた。

こつこつ、という固い音が、ひどく大きく感じられる。大男は、あの工作員が戻ってきたと、まずは考える筈だ。

返事はなかった。眠りこけているのか。

鮫島はドアノブに手をのばした。鍵がかかっているようなら、もう一度ノックする他ない。恐怖と緊張で、膝が棒のようにつっぱっている。

歯をくいしばり、気合いをいれてノブをつかんだ。ノブを回す。抵抗なく扉が内側に開いていく気配が感じられた。

考えるのをやめ、身を低くして扉の内側にとびこんだ。懐中電灯をつけ、さっと部屋の中を照らしだす。

大男の姿が目に入った。大きな木のロッキングチェアにかけている。エプロンこそ外しているが、それ以外は今朝のいでたちそのままだ。膝の上に青いクッキーの缶がのっていた。

濃い血の匂いが鼻にさしこんだ。目をみひらき口を開けた大男の喉元に、すっぱりと開いた大きな創傷があった。床に広がった大きな血溜りに、鮫島は危うく手をつくところだった。

大男の死体に見入り、鮫島はしばらく身動きができなかった。恐怖が薄れていくのを感じた。暴力によって死を迎えた人間の姿は、鮫島にとっては、一度ならず目にする機会があった。生きて銃口を向けてくる人間の姿より、はるかに多い。

明りを、室内の他の部分に向けた。ひどく散らかっていて、不潔な部屋だった。

大男がここで暮らしていたことは明らかだ。小さなキッチンには、カップ麺やインスタント食品、缶詰などが、使用未使用関係なく積みあげられている。

家具らしい家具は、ロッキングチェアの他には、石油ストーブにテレビとビデオデッキ、奥にあるもうひとつの部屋におかれた簡易ベッドくらいのものだ。あとは段ボール箱や木箱が雑然と散らばり、コミック雑誌やビデオテープ、衣類などが、区別されるようすもなく投げこまれている。

空のペットボトルが床には散乱していた。まさにゴミ溜めのような住居だ。血の匂いを消すほどの悪臭が漂っている。

テレビがあるところを見ると、電気はきているようだ。鮫島は電灯のスイッチを捜した。

戸口にあった。むきだしのコードが天井の笠にまでのびている。指紋に注意しながら、明りを点した。

散弾銃は、扉のすぐ内側にたてかけられていた。赤いプラスチック製の弾丸が、ひとつかみ、床に散らばっている。猟銃の保管状況としては、とうてい許されるありさまではなかった。大男の住居はまるで、西部劇に登場する、荒野の一軒家だった。

鮫島が次にしたのは、大男の喉をかき切った凶器を捜すことだった。鋭利で大型の刃物でなければ、脂肪の詰まったこの喉を一文字に切り裂くことはできない。

だが見つけられなかった。犯人がもち去ったようだ。

手の甲で大男の肌に触れた。ぬくもりがあった。鮫島の体温とさほどかわらず、死後経過時間が短いものであると知れる。

鮫島は奥の部屋に入った。ベッドと段ボール箱だけしかおかれていない。ベッドの周辺にはスナック菓子の袋とペットボトルが散らばっている。

大男は、清涼飲料水を好み、酒と煙草は嗜《たしな》まなかったようだ。灰皿も酒壜も、あたりに見あたらない。

寝室の奥に、さらに扉を見つけ、鮫島は指紋を残さないように開いた。

シャワールームとトイレだった。シャワールームの床にうずくまるようにしてこと切れている寺澤を見つけた。

うしろ手に縛られ、猿グツワがわりにかまされたタオルが、まっ赤な血に染まっている。Tシャツにパンツという下着姿で、眼鏡はなく、顔や体のあちこちに手ひどく殴られたらしいアザが跡となって残されていた。大男と同じく、ざっくりと喉を切り裂かれている。

鮫島は息を吐いた。間に合わなかった、という後悔と怒りがこみあげた。

寺澤はここに監禁され、暴行をうけていたのだ。

鮫島は寺澤の頬にそっと触れた。大男と同じくまだ温もりがあった。それはつまり、ついさっきまでこの麻薬取締官が生きていたことを示している。

自分の責任だ。

古山に対する同情から、警察への通報を怠ったため、二人の人間が死に追いやられた。

もし今朝の段階で、警察に出頭し、起きたことをすべて話していれば、寺澤も大男も命を落とさずにすんだ。

寺澤の、みひらいた目尻には涙がにじんでいた。恐怖と口惜しさに流された涙にちがいなかった。

だがなぜだ。鮫島は思った。

寺澤はここに、この家に、大男とともに閉じこめられ、暴力をふるわれていた。体中のアザは、暴行が死の直前ではなく、その前何時間にもわたっておこなわれていたことを示している。

一方鮫島は、放置に近い形で、野外の檻に閉じこめられていた。

大男と、拉致の実行犯たちは、寺澤からは何かを訊きだそうとしたのだ。それは、捜査の進展状況なのか、それともちがうことだったのか。

いずれにしても、何者かがここに押し入り、まず大男を殺したあと、縛られている寺澤の命をも奪った。その犯人にとっては、寺澤のもつ情報は必要ではなかったのだ。目的はただ、大男と寺澤の口を塞ぐことにあった。

麻薬取締官を殺害すれば、大ごとになる。にもかかわらず、それを平然とやってのけるほど守りたい何かがあったということなのか。

鮫島は一度ログキャビンの外にでることにした。キャビンの内部には、血の匂いの他にも、大男の遺した異臭が漂っていて、吐き気をもよおさせたからだ。

屋外に立ち、煙草に火をつけた。

この家のことを、一刻も早く警察に知らせるべきだった。殺人現場であるとともに、麻薬取締官が監禁され、暴行をうけていた現場なのだ。

だが問題はそうした場合、自分も拘束される、という点だった。

真実を告げれば、古山の身に危険が及び、さらに鮫島自身の身分も危うくなる。何より、これ以上の捜査を進めるのが困難になる。

通報はしても、現場にとどまるべきではない。

鮫島は煙を吐き、ログキャビンをふりかえった。そのとき、黄色い光がキャビンの内部で炸裂した。すぐに光は黄色から赤くかわり、大きくふくれあがると、窓ガラスをつき破った。体が浮く轟音とともに、鮫島は地面に叩きつけられていた。熱風が頭上を走り、青白い火がふわりとキャビンを包んだ。

手をつき、目をみひらいたときには、激しい炎が、戸口や窓から噴きでていた。ガラスの細かな破片が降ってくる。

鮫島は息を呑んだ。何が起こったのだ。

ガス爆発か。ちがう。屋内でガスの臭いはかいでいない。何らかの爆発物がしかけられていたのだ。

パン、パン、という銃声に身を縮めた。銃声は燃えているキャビンの内部からだった。

炎が、散らばった散弾を破裂させたのだ。

鮫島はあとじさりし、呆然と燃える家を見つめた。火のまわりが速すぎる。これほど高温で、これほど一気に周囲を焼きつくす助燃剤など見たことがなかった。ガソリンや灯油とは明らかにちがうものが発火したのだ。

あの男だ。あの男が時限装置とともに、一種の焼夷爆弾をしかけていったのだ。それが爆発し、ログキャビンを犯罪の証拠もろとも、焼きつくそうとしている。

だがそれはどこにあったのか。

鮫島は頭をふった。ガラスや木の細かな破片が髪から落ちた。手を触れるのは我慢した。指を切る可能性がある。触れるのは、鏡のある明るい場所でだ。

缶だ。思いついた。大男の膝の上にあった青いクッキーの缶。衣服やロッキングチェアは血で染まっていたのに、クッキーの缶だけはよごれていなかった。つまり、大男が死んでから、膝の上におかれたのだ。

だが、ほんの数秒の差だった。鮫島は膝が震えだすのを感じた。もうあと少し、屋内にとどまっていたら、自分も炎に呑みこまれていた。

鮫島は爆発の衝撃で落としていた煙草の吸いさしを拾いあげた。家の炎の中に投げこむと、よろめくように四WDに歩みよった。

放っておけば、炎はこの車にも及ぶかもしれない。

ドアロックはされておらず、キィもさしこまれたままだ。乗りこむと、エンジンをかけ、四WDを発進させた。

いくら山中の牧場でも、これほどの火災が起きれば、誰かの注意は惹く。

四WDを炎に呑まれない位置まで移動させると、大急ぎで車内を調べた。

クロロホルムの溶剤の入った薬壜があった。さらに散弾が数発落ちている。

他に何か手がかりはないだろうか。

ダッシュボードを開けた。車検証を調べた。四WDの所有名義は、「諸富貫次《かんじ》」となっている。

諸富という姓に覚えがあった。古山から聞いた名だ。鹿報会の幹部で、上原と同級生だったという男だ。

あの大男がそうなのだろうか。

そうは思えなかった。暴力団の幹部が、廃棄された牧場でひとり暮らしをしているというのは妙だ。

車検証を戻そうとして、ダッシュボードの中に転がっている品に気づいた。「西南荘」と印刷された使い捨てライターだった。電話番号は地元のものだ。どうやら麻雀荘で配っているようだ。

少し考え、鮫島はそれをポケットにしまった。大男は煙草を吸わなかった。ライターがダッシュボードにあったのは、誰かから貰ったか、忘れていった品を、なにげなく入れておいたのだろう。大男の交友関係の手がかりとなる筈だ。

この火災現場を検証する県警にとっては、大男の身許を割りだすのははたやすい作業だ。その交友関係もすぐにつきとめられる。とすれば、ライターを鮫島がもち去っても、さほど捜査の支障にはならない

をおかし、爆弾をしかけていったか、必ずつきとめてみせる。

と判断したのだ。

四WDに残した自分の指紋をぬぐい、鮫島は降り立った。

　ログキャビンを包む炎は、赤々と十メートル近い高さまで燃えあがっている。屋内に残されていたものは、死体も含めて原型をとどめないほど焼けてしまうにちがいなかった。

冷酷で手際のよい仕事ぶりだ。「ハイタイ」で会った男を、破壊工作の専門家と見た自分の判断はまちがっていなかった。

　男は殺人と監禁の現場に残された証拠を消しさるために爆弾をしかけていったのだ。大男と寺澤が殺され、火災が爆発物によるものであったことは、現場検証から発覚するだろうが、それ以上の証拠を見出すのは困難にちがいない。

　鮫島は止めておいたGTOに戻ることにした。激しい怒りと後悔が自分をつき動かすのを感じていた。

　あの男を決して逃さない。何を守ろうとして殺人

12

GTOに乗りこむと、鮫島は「ハイタイ」に電話を入れた。市街地に戻れるのは、午前三時近くになるだろう。

「その後何かかわったことは？」

「何も。何もないわ。お客さんが何人かきて、《ドア》をがたがたやったり、電話をかけてきたけど、臨時休業といったら帰ってくれた」

マリーはいった。

「古山から連絡は？」

「ない」

低い声だった。

「わかった。もう少し車を貸しておいてくれ」

鮫島はいった。工作員の男の車をよけようとして、GTOの車体を傷つけてしまったことを告げようかと迷い、やめておいた。あやまるのは後でもできるし、今のマリーにとっては、それはさほど大きな問題ではないだろう。修理費は払うつもりだ。

栞に電話を入れた。

「――はい」

二度目の呼びだしを待たず、栞は電話にでた。眠ってはいなかったようだ。

「鮫島です。その後何かありましたか」

「いいえ」

不安をにじませた声で栞はいった。

「こんな深夜に申しわけないのですが、木藤さんの住所を調べることはできますか。自宅、会社、できれば両方を」

「わかりました。義姉もたぶん起きていると思いますから、訊いてみます。あの、何か鮫島さんは――？」

寺澤と大男の死体を発見したことはまだ伏せておいたほうがいい、と鮫島は思った。

「まだ、いろいろと調べています。住所がわかったら、携帯に電話を下さい」

「はい」

落胆をのぞかせて、栞はいった。電話を切って、

鮫島はGTOを発進させた。ルームミラーの中で、夜空の一部が赤々と染まっている。だが消防車やパトカーが駆けつける気配はなかった。

大男は鹿報会とつながっていた。諸富名義の四WDを使用していた点からみても、それはまちがいない。だがその大男をも、工作員は殺している。つまり、鹿報会と工作員の目的は必ずしも一致していないのだ。

カーブの連続だった山道を抜けると、鮫島は四WDの車内で見つけたライターをとりだした。途中、一台の車ともいきあわない。

「西南荘」が、鹿報会とつながりのある雀荘である可能性は高い。鹿報会はまだ、大男と寺澤が殺された事実を知らない筈だ。それを利用して情報を得ることはできないだろうか。

ライターに印刷された番号を、携帯電話で呼びだした。

深夜営業を知られるのを嫌ってか、長い呼びだし

のあと、ようやく応答があった。

「はい」

ぶっきら棒な男の声がいった。

「諸富さん、いるかい」

鮫島はわざとぞんざいな口調でいった。男の口調がかわった。

「どちらさんですか」

「『岩戸牧場』にゆかりの者だ。諸富さんと話したいんだがな」

「あんた、どこにかけてんだ。うちは雀荘だ」

「わかってるよ。お宅のライターを、諸富貫次さんからもらったんだ」

「貫ちゃんから？　名前は、あんた？」

「だから名乗るほどの者じゃない。諸富さんと話させてくれ。こっちの番号をいうからな。諸富さんにかけてもらってくれ」

「ふざけんな。うちを何だと思ってるんだ」

「とりつがないと、諸富さんがひどく困ることになるぞ」

「何いってんだ、お前、本当に貫ちゃんの知り合いなのか」

「知り合いとはひと言もいってない」

「何だと――」

「いいから番号をいうぞ」

鮫島は携帯電話の番号を告げた。不承不承メモをとるようすが伝わってきた。

番号を告げ終えると、鮫島は電話を切った。やりとりをした相手の口調から、鹿報会の諸富と、諸富貫次が別人であることは想像できた。諸富貫次は、大男の名なのかもしれない。

十分後、鮫島の携帯電話が鳴った。

「はい」

「俺と話したい、っつってるのは、お宅かい」

鮫島は息を小さく吐きだした。栞のマンションでチンピラからの電話を切ったあと、改めてかけてきて十知会の人間だと自称した男の声だった。

「諸富さんか」

「聞き覚えがある声だな。何うろうろしてるんだ。さっさと荷造りしている筈じゃなかったのか」

「諸富貫次ってのは、あんたの何だ」

「弟だ。貫次がどうしたんだ」

「死んだぞ」

「何」

　短くいって、諸富は絶句した。

「弟だけじゃない。厚生省の麻薬取締官も殺されたぞ。あんたのとこの組は、これで終わりだ」

「ふざけたこというちょっじゃねぞ《いってんじゃねえぞ》」

「嘘じゃない。貫次のログキャビンは今ごろ灰になってる」

「手前《わい》がやったとや」

「俺がやるわけないだろう。海の向こうからきたプロさ」

「何やち《だと》？　何いっちょっとよ《いってるんだ》」

「とにかく、あんたの尻にも火がついた。どういうことになるか見ものだな」

「手前は、約束を反古《ほご》にすっ気か」

「俺のクビだの何だのの問題じゃない。いいか、しゃぶの分け前目当ての博打のつもりだったのだろうが、お宅の組はこれで根こそぎやられることになる」

　諸富は黙った。事態がただならぬ推移を示していることだけは理解したようだ。

「古山は無事なのだろうな」

「ぴんぴんしょっが《してるよ》。今んところはな」

　諸富は吐きだした。

「お前が弟や麻取を殺させたとまでは、俺は思わない。だがどこかの跳ねあがりが、関係者の喉を切り裂いて回ってるんだ。ほっておくと、えらいことになるぞ」

「本当やっとや《なのか》、貫次が死んだっちゅうとは《てのは》」

「貫次ってのは、『岩戸牧場』で暮らしていたでぶだろう」

「じゃっど《そうだ》」

「だったらまちがいない。そこの風呂場で、寺澤も冷たくなってた」

「どこん《の》どいつがやったとや」

「それは俺も知りたいな」

鮫島は冷ややかにいった。

「ふざくんな！　手前《わい》はさっき、海ん向こうがどうしたこうしたっちゅうたろうが」

「十知会に訊けよ。十知会なら知ってるのじゃないか。もしかすると十知会は、ヤバい線は、全部鹿報会におっかぶせる気かもしれないがな」

諸富が荒々しく息を吸いこむ気配が伝わってきた。

やがていった。

「手前は、今、どこにおっとよ」

「そっちへ向かっている最中だ」

「なあ、話、せんか。お互い、わかっちょっ《てる》ことをつき合わせてよ」

「それで俺を海に沈めようってのか」

「冗談じゃねえ。お巡りのタマとるほど、馬鹿じゃなか」

「どうだかな」

「本当やっち《だよ》。あんたの手帳も返す」

「いいだろう。ただしそっちの縄張りはお断わりだ」

「どこよ」

つかのま考え、鮫島は告げた。

「『ヘルスキッチン』だ。ぞろぞろ連れてくるなよ」

看板にあった営業時間は、午前四時までだった。

「わかった」

「一時間後だ」

いって鮫島は電話を切った。すぐに「一〇四」で「ヘルスキッチン」の番号を調べ、今泉を呼びだしてくれるよう、受付に頼んだ。

「お待たせいたしました」

今泉がでた。

「鮫島です。一時間後にそちらで鹿報会の諸富と待ち合わせをしました。ご迷惑でしょうが、立ち会っていただけますか」

「店内のことですから、いたしかたありません」

口調をかえることなく、今泉は答えた。

「中央署の上原もいっしょにくるかもしれません」

「別に驚きはいたしません。上原様以外にも、警察の方は、よくお見えになりますし」

「さっき私を追ってきた連中はどうです？」

「あれからお若い方がしばらく店に残られましたが、先ほどお帰りになったようです」

今泉はいった。

「わかりました。裏口からうかがうことになると思います」

「承知しました」

落ちついた口調でいって、今泉は電話を切った。

市街地に入っても、栞から連絡はなかった。深夜のことなので手間どっているのかもしれない。


さすがに午前三時を過ぎると、繁華街も人の姿がまばらになっていた。鮫島はGTOを駐車場に入れず、「ヘルスキッチン」のビルから少し離れた路上に駐車することにした。夕刻に比べると、三分の二以上の店が閉店している。

諸富が「ヘルスキッチン」の周囲に人を配置している可能性も考え、鮫島はビルの周辺を一周した。それらしい人間の姿はなかった。諸富も事情がはっきりするまでは、騒ぎをさけたいのかもしれない。

今泉は「ヘルスキッチン」の裏口をくぐったところで待ちうけていた。

「つい十分ほど前に、上原様がおひとりで見えました」

営業時間も終わり近いというのに、今泉には疲れも崩れたようすもなかった。上原の来訪にも、特に緊張はしていないようだ。

今泉の案内で鮫島は、オペラボックスのような席に立った。眼下のバーに、上原がひとりで陣どり、グラスを手にしている。他の客はいない。残っていた従業員も帰したようだ。

「奴は入場料を払いましたか」

今泉は首をふり、微笑した。

「あの方はいつも入場料がわりに、手帳をお見せになります」

「クズだな」

鮫島はつぶやいていた。

「どの街にも、ひとりやふたり、そういう方がいらっしゃるのじゃないですか」

鮫島は無言で首をふった。今泉はいった。

「お話し合いの前に、化粧室をお使いになることをお勧めします。お髪《ぐし》がちょっと乱れていらっしゃるようで」

その言葉で我にかえった。二階の従業員用のトイレに入り、鏡をのぞきこんだ。

ひどい姿をしていた。髪の一部が焦げ、縮れている。その上に、白い灰やら細かな破片がこびりついていた。

鮫島は指を切らないように、慎重に汚れを落とした。ガラスの破片は洗面台に落ちると、カチカチと固い音をたてた。

無精ヒゲがのび、目が落ちくぼんでいる。ひどく憔悴した顔をしていた。

二十四時間。檻の中で目覚めてから、丸一日がようやく過ぎようとしている。

化粧室の扉が開いた。ショットグラスを手にした今泉が立っていた。

「バーボンです。気つけにいかがですか」

鮫島は頷いた。

「いただきます」

熱がゆっくり喉を下っていき、わずかに体のこわばりがほぐれるのを感じた。今泉は鮫島のようすを満足げに見守っている。

鮫島は水で顔を洗った。ペーパータオルで顔をふいていると、今泉がいった。

「大昔、新宿にいたことがございます」

鮫島は鏡の中の今泉を見つめた。

「いつ頃ですか」

今泉は微笑んだ。

「大昔です。でも『新宿鮫』と呼ばれていらっしゃる方のお噂は聞いたことがございます」

鮫島は無言だった。

「この街ではもちろん、ご存知の方は少ないと思いますが」

鮫島は今泉をふりかえった。

「すぐに帰るつもりでした。友人の法事にでて、本当なら今日、もうきのうか、きのうのうちに戻るつもりだった」

「旅にトラブルはつきものです」

「人が死ぬほどのトラブルはそうあることじゃない」

今泉の目が鋭くなった。

「どなたか亡くなられた?」

「諸富の弟が。それと厚生労働省の麻薬Gメンが」

今泉はわずかに息を吸いこんだ。

「それは大きなトラブルです」

「古山さんの安全にもかかわってくる」

今泉は瞬きした。

「社長のご友人からも、少し前、お電話をいただきました」

「誰です」

「福岡の方です」

十知会の幹部だ。

「何と?」

「明朝、と申しましても、あと何時間後かですが、こちらにお見えになるそうです」

「なぜそれをあなたに?」

「ご家族が心配されて、警察に届けをだすのを控えさせるように、と」

「了解したのですか」

「ご家族はご家族、仕事は仕事です。任ではない、とお断わりいたしました。そうしましたら、ならば自分がいく、と」

「井辻氏が？」

今泉は頷いた。

十知会にとっても、状況が深刻化していることを示している。あの工作員は、鹿報会の幹部の弟を殺した。もし工作員と十知会のあいだにつながりがあれば、当然ふたつの組の関係は悪化する。さらに寺澤殺害に対する厳しい捜査がおこなわれれば、鹿報会だけでなく十知会にもそれは飛び火する可能性があった。

鮫島は栞からの連絡がないことに気づいた。今泉に断わり、携帯電話をとりだした。

呼びだしに答はなかった。妙だった。マンションの電話の方を呼びだしてみた。結果は同じだ。

鮫島は不安を覚えた。栞のマンションは、県警公安によって監視されている筈だ。だから危険がその身に及ぶ可能性は低いと思っていた。


化粧室をでていった今泉が戻ってきた。

「お客様がお見えです」

「諸富ですか」

今泉は頷いた。

「もうおひと方と二人で」

電話をしまい、今泉のあとに従って化粧室をでた。

上原のすわるカウンターとは離れたボックスに、男が二人かけていた。ひとりはあの大男ほどではないが――でっぷりと太っている。もうひとりは三十そこそこの若さで、ボディガードのようだ。

上原と男たちは、互いを無視しあっていた。そのようすに鮫島は、怒りを通りこして滑稽さすら覚えた。さほど大きくはないこの街で、刑事と暴力団が露骨な癒着を示している。この連中は、縄張りである限りはそれが通ると信じているかのようだ。

鮫島はボックスに近づいた。ボディガード役の男が気づいて立ちあがった。今泉は少し離れたところからようすをうかがっている。

太った男が上目づかいで鮫島を見上げた。プリント地のシャツにスタンドカラーのジャケットを着けている。左右の手首に数珠のような腕輪をはめていた。手元にウイスキーのオンザロックらしきグラスがあった。

男の顔色はひどく悪かった。特に目もとが黒ずんでいて、肝臓病を思わせる。

「諸富さんか」

鮫島はいった。

「口のきき方に気をつけろ、こん野郎《わろ》が」

ボディガードが唸った。鮫島はボディガードに目を移した。

「何や《だ》、文句あっとや《るのか》」

「お前か、最初に電話をしてきたのは」

「何やち《だと》――」

「もういい」

諸富が疲れたようにいった。

「すわっちょれ、村田《むらた》」

「はい」

村田と呼ばれたボディガードは腰をおろした。鮫島は再び諸富を見おろした。諸富は肩が凝っているかのように、ゆっくりと首を回した。

「ついさっき、牧場のようすを見にやらせた者から連絡があった。貫次の小屋は跡形もなく燃えちょったそうじゃ。消防もきてたが、手のつけようがなかったらしい」

「火葬にする手間が省けたな」

冷ややかに鮫島はいった。ガタッと椅子を鳴らして村田が立ちあがった。諸富の表情もかわった。

「おい。いくらできが悪かっ《く》ちゅうたっち《たって》、弟は弟やったっ《なんだ》が。いってよかことと悪かことがあっど《あんだろ》が《が》」

「檻に閉じこめられて逃げ場のない俺に、猟銃をつきつけた。同情しろというのか」

「手前《わい》がっ、殺すっど」

村田がいった。諸富は無言でグラスをつかんだ。

口にあて、まるで流しこむように、一気にウイスキーを呷《あお》った。テーブルに音をたててグラスをおいた。

「代りをもっけ《てこい》！」

怒鳴った。そして右手をジャケットの内側にさし入れた。バン、と黒革の手帳をテーブルに叩きつけた。表紙に「警視庁」という文字が入っている。だがその手帳から掌を外さずにいった。

「誰が殺《や》ったんだ」

「名前は知らない。たぶん北朝鮮の破壊工作員だろう。岩戸牧場にいく途中、車ですれちがった」

「なんでそげん野郎がでっくっとよっ《でてくんだよ》」

諸富は再び怒鳴った。今泉が歩みよってきた。無言でオンザロックのグラスをとりかえた。諸富は見向きもしなかった。

「何か、おもちしますか」

今泉は鮫島に訊ねた。

「ひっこんじょれ」

諸富がいった。目をぎらぎらさせていた。鮫島は小さく頷いた。今泉は立ち去った。

「答えんか、なんでそんな野郎がでっくっとよ」

「しゃぶは北朝鮮から入ってきている。あんたの弟といっしょに殺された麻薬Gメンは、その代金の流れを追っていた。それを知られたくなくて、工作員は麻薬Gメンを殺したのだろう。あんたの弟はたまたまGメンといっしょにいたので殺られたのだろうな」

「ふざくんな。野郎といっしょにおれっち《いろと》貫次にいったとは俺《おい》じゃ」

諸富は手帳を手でおおったまままいった。

「じゃあ、寺澤と俺を誘拐させたのもあんたか」

諸富の目が動いた。鮫島はかたわらに人の立つ気配を感じた。上原だった。

「何かもめごとか」

なにげない口ぶりで上原はいった。

「貫次を殺ったのは、北朝鮮からきた野郎やっちい《だとい》つっちょっと《てやがる》よ」

「貫次ってのは、お前の弟だろう。殺されたのか」

わざとらしく上原は訊ねた。

「だとすりゃ殺人事件じゃないか。大ごとだ」

「もっと大ごとになるぞ。諸富貫次は、麻薬取締官を監禁していた。その人物もいっしょに殺された」

鮫島はいった。

「麻取だ？　なんで麻取がこんなところにいるんだ。諸富、お前んとこの組は何か扱ってるのか」

上原は訊ねた。

「冗談じゃねが」

諸富はいった。見えすいた芝居だった。鮫島は上原に向き直った。

「殺された麻取と俺は会っている。面が割れていない筈のこの街で、なぜか監視されているようだと不安がっていた」

「お前、何なんだ？　何を偉そうな口を叩いてんだ。麻取の事務所がある福岡と、何百キロ離れていると思ってるんだ」

上原はいった。

「強気はあんただろう」

鮫島はその目を見つめた。

「麻取の面を割ったのが自分のところの人間だと知ったら、県警本部は臭いものに蓋をしてくれると信じてるのだろうが、そうはいかないぞ。所属がちがっても、同じ司法警察職員が殺されて、俺は黙ってる気はないからな」

「何が同じだ。諸富、そんな手帳返すことはねえ、捨てちまえ。この野郎を俺に渡せ。二度とでかい口叩けねえようにしてやる」

上原は諸富を見やった。諸富は目を細めた。上原はなおもいった。

「いいか、この野郎の正体を知ってる人間なんか、どこにもいやしねえんだ。俺がとことん痛めつけて、海に沈めてやる。東京じゃ何様か知らねえが、こっちじゃそんな代物、何の意味もないんだよ」

「よく考えろ。あんたの弟はとばっちりをくったんだ。鹿報会がしゃぶを扱ってないとしたら、なぜ麻取を誘拐する必要があったんだ？　おいしい話をもってきたのは誰だ」

鮫島はいった。上原がなぜ突然、話に割って入ってきたかに気づいたからだった。上原は十知会と直接つながっていないかもしれないが、十知会を動かした存在とつながっている。つまりその存在のスポークスマンとして、鹿報会に、覚せい剤取引の報酬をちらつかせたのだ。

その結果、鹿報会は鮫島と寺澤を拉致した。

「何をいってやがる。こい、この野郎」

上原が鮫島の腕をつかんだ。諸富にいった。

「あとは俺に任せとけ。お前らには絶対、ガミがいかねえようにしてやる」

鮫島は上原の腕をふりほどいた。上原は大げさによろめいた。

「おっ。公務執行妨害と傷害未遂の現行犯で逮捕する」

「ふざけるな！」

鮫島は怒鳴りつけた。

「貴様に警察官を名乗る資格なんかない。貴様のせいで寺澤は死んだんだぞ」

上原の顔色がかわった。すばやくあたりを見回すと、ジャケットの内側からニューナンブをひき抜いた。今泉の方角からは見えないように、鮫島のわき腹に押しつけた。

「べらべら喋りやがって。うるせえってんだよ。土手っ腹ぶち抜くぞ」

鮫島は上原をにらみつけた。危険だとはわかっていたが、自分でも制御できないほど血が逆流していた。

「撃てよ。ここで警察拳銃をぶっぱなしたら、貴様も終わりだ。それともここにいる人間全員の口を封じられるとでも思っているのか」

上原の顔色が白っぽくなった。

「てめえ……」

とつぶやいて、手を動かした。ニューナンブの撃鉄が起きる、カチリという音が小さく響いた。

「おい、ウエ……」

諸富がいった。

「いくらなんでも、そいはまずかぞ」

「黙ってろ。こいつの仏にトカレフでも抱かしときゃいいんだ」

鮫島は背筋が冷たくなった。上原は本気で撃とうとしている。凍りついている諸富を見つめていった。

「あんたは寺澤を拷問するように命じたか、弟に」

「黙れ、この野郎！」

銃口が痛いほど肋《あばら》に押しつけられた。諸富は顔をしかめた。

「何の話だ」

「寺澤には拷問の跡があった。誰かが寺澤の捜査内容を知りたがったんだ」

「冗談じゃなか。俺はそんなこと貫次にいうちょらん。第一、奴にそげん頭があるわけないだろう」

「とり合うんじゃない、諸富。この野郎は口からでまかせをいってるんだ」

上原が低い声でいった。諸富がさっと上原を見た。

「ウエ、そいをしまわんか。俺たち全員をどつぼにはめるつもりか」

「こいつを渡せ」

上原は歯をくいしばっていった。

「俺を渡したら、誰が弟を殺したか、永久にわからなくなるぞ」

鮫島はいった。諸富が立ちあがった。

「ウエッ」

叫んだ。

不意にわき腹の圧迫感が消えた。上原は全員に銃口を向けていた。

「何の真似だ」

諸富がいった。

「お前とずっと連れやった俺《おい》に、チャカ向くっとか」

「うるさい。お前ら皆んな、大馬鹿野郎だ」

銃を向けたまま、上原は後退りした。

「後悔するぞ、諸富。そのとき詫びを入れてきても遅いからな」

諸富の目がすわった。

「ウェ、手前《わい》や、弟を殺った野郎を知っちょんな」

上原は息を吐いた。

「いつまで、田舎やくざのままでいるつもりなんだ。俺は、お前らのためを思って——」

「せからしか《うるせえ》!」

諸富がさえぎった。

「手前は俺《おい》を裏切った。許さんど」

「許さねえ? 許さねえだと?」

銃口が諸富の額に向けられた。

「やくざが警官に何抜かしてやがる。この場で頭ぶち抜いてやろうか。え?」

諸富は目をみひらいた。上原はいった。

「いいか、やくざってのはな、ゴミなんだよ。ゴミを掃除すんのが、警官だ。ゴミが偉そうな口叩くんじゃねえ」

次の瞬間、拳銃を上着の内側にしまいこんだ。

「よく覚えとけ。たとえ両方パクられても、罪が重くなんのは、お前らやくざの方だ。より痛い思いをすんのは、自分なんだ。こんな他所者のたわごとに踊らされて、必ず後悔するぞ」

「——うせろ《消えろ》」

諸富はいった。

「頼むってうせっくれ。手前の顔は、もう見たくなか」

上原は首をふった。

「そいつは無理だ。俺はいつでも、お前に会いにいく権利があるんだ。お前はそれを断われねえ。お前はこの街のやくざで、俺はこの街の警官だ。ようく考えろ。この野郎には、何の権利もねえのだからな」

諸富は目を閉じた。

上原はくるりと踵《きびす》を返した。今泉をつきとばし、出口に向かった。と、不意に足を止め、ふり返った。今泉を指さしていった。

「わかってると思うが、よけいなことを喋ったら、この店は即刻、営業停止だ。それどころか、古山の店は全部、潰してやる。忘れんなよ」

出入口のカーテンを荒々しくはぐり、でていった。

鮫島は諸富を見た。歯をくいしばり、険しい表情で、上原の消えた方角をにらんでいる。

やがてゆっくりと鮫島に目を移した。

「――馬鹿は俺《おい》か、そいとも奴《あい》か」

呻《うめ》くようにいって、ウイスキーを呷った。

「十知会との取引の話をもってきたのは上原か」

鮫島は訊ねた。諸富は無言でグラスを床に叩きつけた。破片が鮫島の足もとにとび散った。

「手前《わい》に話すことなんかねど」

「弟は上原と親しかったのか」

諸富の目は血走っていた。

「ほんのガキの頃からのつき合いやっでな。島におったときは、しょっちゅう互いの家に泊まりっこしちょった」

「寺澤を拷問させたのは上原だ」

諸富は無言だった。いきなり警察手帳を投げつけた。黒革の手帳は、鮫島の胸にあたって、床に落ちた。

「度胸だけはほめっ《て》くるっ《やる》で《よ》。それとも東京者は、チャカつきつけられても舌が止まらんほどお喋りや《な》っ《の》とか《か》」

鮫島は手帳を拾いあげた。

「古山はどこにいる」

「調子にのんな。手前がおとなしく東京に帰りさえすりゃ、貫次は死なずにすんだたっが。奴にもきっちり、落とし前つけさせっくるっど」

「鹿報会が潰されてもいいのか」

「せからしか！　あん野郎《わろ》は、貫次を殺した奴《やつ》のことを知っちょっ筈じゃ。吐かせてやる」

「まちがえるな。古山は、鹿報会が俺をさらったことを知って、あんたのところへ乗りこんだんだ。それを教えた人間が、弟を殺した奴のことを知っている。古山じゃない」

「だったら古山にその野郎《わろ》んこつを吐かせるまでじゃ。もともと奴《あい》も同じ穴の狢《むじな》やろが」

鮫島は緊張した。このままでは、古山の身が危ない。諸富は、同じ北朝鮮出身ということで、古山も工作員も同一視し、復讐を考えるかもしれない。

「古山は無関係だ」

「せからしか。手前《わい》にそげんこつ《んなこと》がわかるわけがなかろが。とっとと東京に帰れ」

「俺が東京に帰る条件は、古山の解放だ」

「おとなしくしちょれ《てろ》ちいうたて《といったのに》、手前は勝手に動いた」

「そのおかげで、上原にコケにされずにすんだのだろう」

諸富はかっと目をみひらいた。

「そげん《そんなに》死にたかとや《いのか》」

そのとき村田の懐ろで携帯電話が鳴った。とりだして耳にあてた村田の表情が変化した。

「代行」

と諸富に呼びかけた。

「何よ《だ》」

諸富は鮫島をにらみつけたままいった。村田が耳打ちした。

「わかった」

諸富は吐きだした。そして鮫島に指をつきつけた。

「忘るんな。手前は朝の飛行機で東京に帰るったっど。じゃねかったら《さもなきゃ》、手前も古山も、夕方までに命はなかど《ねぞ》」

村田に合図を送り、歩きだした。二人の姿が見えなくなると、鮫島は息を吐き、腕時計に目を落とした。午前五時になろうとしている。

さすがに疲れ果てていた。諸富がすわっていた椅子に腰をおろした。煙草をとりだし、火をつけた。

「コーヒーでもいれましょうか」

今泉がいった。鮫島は首をふった。

「いろいろと巻きこんでしまって、申しわけない」

今泉は微笑んだ。

「表の戸締まりをしてきましょう。今日はもう閉店です」

今泉が立ち去ると、鮫島は携帯電話をとりだした。栞のマンションを呼びだした。

応答はなかった。携帯電話にかけた。結果は同じだった。

「ハイタイ」に電話をかけた。マリーが応えた。

「はい」

「かわったことはないか」

「ないわ、何も。気持悪いくらい。電話もかかってこないし」

「栞さんと連絡がとれないんだ」

「どういうこと？」

「わからない。これから彼女のマンションにいってみるつもりだ」

「あたしは何をすればいい？」

鮫島は頭を働かせた。

「もし二時間以内に俺から連絡がなかったら、福岡の麻薬取締部に電話をしてほしい。寺澤という麻薬取締官の死体が、岩戸牧場にあると教えるんだ。死体は燃やされているが、身許を確認する方法はある。電話は匿名でいい。犯人については、県警公安の須貝という刑事に心あたりがある筈だ、というんだ」

「——本当なの」

「本当だ。寺澤と鹿報会の諸富の弟が殺された」

「あの人は大丈夫なの」

「と、思う。今のところは」

「わかった」

低い声でマリーはいった。

「電話をしたら、街を離れろ。残っているのは危険だ」

マリーは答えなかった。

「車は、まだしばらく、貸しておいてくれ」

「好きにして。あの人がくれたものよ」

「連絡する」

鮫島は電話を切った。コーヒーカップをトレイにのせた今泉が歩みよってくるところだった。

「濃いコーヒーをいれました」

カップはふたつあった。今泉は鮫島の向かいに腰をおろした。床に散らばったグラスの破片には目もくれなかった。

「ありがとう。いただきます」

鮫島はいって、ブラックのまま口に運んだ。今泉はミルクと砂糖を加えている。

「――井辻さんは、たぶんもうこちらに見えていると思います。お電話は携帯からでしたので」

コーヒーをひと口飲むと、今泉はいった。

「栞さまや、奥さまのことが心配です」

「古山さんの家族には、県警の公安が張りついている筈だ。簡単には手だしができない」

十知会が口封じに古山の家族をおさえようとしても、容易ではない筈だ。

だが十知会ではなく、あの工作員が動いたとしたら。二人を殺し、証拠の残る家を炎上させるほど冷徹な仕事をやってのけたあの男なら、公安の張りこみをかいくぐって栞を拉致するかもしれない。

鮫島は深々と息を吸いこんだ。栞を拉致されては、古山も口をつぐむしかない。鮫島は急いでコーヒーを飲み干した。

「栞さんのマンションにいってみます」

「私もごいっしょさせてください」

今泉はいった。

「社長は、仕事とご家族を分けていらっしゃいますが、こんな状況なら許していただけると思います」

「わかりました」

今泉は店内を見回した。

「あと片づけは、明日やらせましょう」

「車が表通りに止めてあります」

鮫島はいった。

「レンタカーですか」

「平良さんからお借りした車です」

「鍵をください」

今泉はいった。

「平良さんの車は目立ちます。私の車をお使いください。琹さまのマンションまでは、私が運転しますので」

鮫島は頷いて鍵を渡した。

「傷をつけてしまっています。修理代は払います」

今泉は笑った。

「誰がそんなこと。気にする人はいません」

13

今泉の車は四WDのワゴン、レガシーだった。古山が使ったのとは別の月極駐車場におかれていた。裏口から「ヘルスキッチン」をでた二人は、途中誰にもいき会うことなく、車に乗りこんだ。

「いつからこの街にいるのです？」

今泉が車をスタートさせると、鮫島は訊ねた。

「二年ほど前です。その一年前は大阪におりました。東京はですから、ずっと前で。新宿も変わったでしょうね」

今泉は微笑み、穏やかな口調でいった。

「生き物ですからね、盛り場というのは。それも、まだまだ育ち盛りという感じです、新宿は」

鮫島は答えた。

「育ち盛り？　新宿が、ですか」

笑みを口元に残したまま、今泉は訊ねた。目はフロントガラスに向けられている。ハンドルを握る手はしっかりとしていた。

「ええ。人間で喩《たと》えれば、ようやく二十を越えたあたりかもしれない。海外からもさまざまな人間がやってきて、顔がどんどん変わっていく。未来がどうなるか、誰にもわからない」

今泉は小さく頷いた。

「地方の時代なんてひと頃いわれましたが、あれはちがいますね。ことに、こう景気が悪くなれば、何もかもが大都会に集中する。金なんてものは、人が集まる場所に集まるんです。人が集まるから金が集まる。金があるから、さらに人が流れこむ。そんな街は、確かにどうなっていくかわからない」

「もう戻る気はないのですか」

鮫島は今泉を見た。

「ありませんね。私は未練がましい人間なんです。悲しいことがあって、新宿を離れました。戻ればまた、思いだすでしょう」

鮫島は無言だった。夜明けにはまだ間があった。幹線道路を走る車は少なく、あっても大型の長距離トラックばかりだった。空車のランプを点けたタクシーが、ときどき道ばたに止まっている。

「古山さんと知り合ったのは、では比較的最近なのですね」

鮫島はいった。

「お父さまを存じあげていました。もともとこの街の生まれなのです。十六で、福岡にいったのですが」

「なるほど」

「自分で経営もしましたし、何人かの方の下でも働きました。おそらく古山社長は、どの街でも成功されたろうと思います」

「しかし他の街には進出しなかった？」

「この世界では、商売の上手な者は、たいてい人間性に問題があります。古山社長はちがいます。社長の人柄は、ビジネス手腕をさらに越えています」

「福岡といききしていたのは何のためです」

「息抜きです。小さな街では、業界の人間が息抜きをできる場所などありませんから」

「『ハイタイ』はちがうのですか」

　今泉は再び笑った。

「家族がいて、恋人がいても、息抜きはしたくなるものではありませんか。そういう男の気持を知らなけりゃ、水商売の世界では成功できません」

　鮫島は苦笑した。

「そういえば、古山さんは、尻が軽くて口の固い女性を集めるのが、成功の秘訣だといっていた」

「よごれ役を下に押しつけない、希有な人です」

　レガシーは、栞のマンションに近づいていた。駐車場に栞のポルシェが止まっていることに鮫島は気づいた。

「栞さまの車ですね」

　今泉もいった。

　鮫島はあたりに視線を向けた。人の乗っている車を捜したのだ。

　あった。マンションの出入口が監視できる位置に白のセダンが一台止まっていた。助手席のシートが深く倒されていて、人間が二人乗っている。

　だがそれを無視して鮫島はいった。

「部屋までいってみましょう」

　レガシーを空いた場所に止め、二人は車を降りた。ドアをロックした今泉は、鍵を鮫島にさしだした。

「どうぞおもちください。私の住居も、ここからたいして離れていませんから」

「お借りします」

　鮫島は鍵をうけとった。

　マンションに入る前、最上階を見上げた。明りのついている窓はない。

　エレベータに乗りこんだ。九階で降りると、廊下を進んだ。九〇二号室の扉の前で立ち止まった。

　扉の鍵穴周辺を、鮫島は注意深く調べた。

　暴力で破られた形跡はなかった。インターホンを押した。返事はない。

　鮫島は指紋を消さぬよう、注意してドアノブを握った。鍵はかかっていなかった。扉はゆっくりと内側に開いた。

今泉を制し、鮫島は扉を大きく開いたまま、待った。

何も起こらない。誰何《すいか》の声もかけられず、内部から人がとびだしてくるようすもなかった。

「ここで待って」

鮫島は告げ、もっていた懐中電灯を点した。扉をくぐってすぐの場所を照らした。偽装爆弾《ブービートラップ》を警戒したのだった。

「岩戸牧場」と同じ犯罪がおこなわれていたら、時限か、あるいはワイヤー式の爆発物がしかけられている可能性もある。

室内に荒らされたようすはなかった。明りのスイッチを見つけると、鮫島は点灯した。

リビングは、でていったときと、さほど変化がなかった。応接セットのテーブルに、飲みかけのティカップがおかれていて、うっすらと口紅がついていた。栞が使っていたようだ。

「もう、いいですか」

戸口で今泉が訊ねた。鮫島は頷いた。

ハンドバッグもない。栞が自主的にここをでていったのか、何者かに連れだされたのか、判断する材料は何もなかった。

鮫島は急いで他の部屋も調べた。キッチンもバスルームも、暴力の痕跡はない。

「いらっしゃらないようだ」

ひとり言のように今泉がつぶやいた。

「栞さんは、ここでずっと連絡を待つ、といっていた」

リビングに戻った鮫島はいった。今泉は眉をひそめた。

「だとすれば変ですね」

鮫島は灰皿を見た。きれいに洗われて、テーブルにある。

「最後に話したのは、午前二時前だった。栞さんに、木藤氏の自宅と会社の住所を調べるよう、頼んだのです。わかったら連絡をくださいといったが、かかってこなかった」

「三時間以上たってますね」

「井辻から電話がかかってきたのはいつですか」

「三時、少し前でした。たぶん高速道路を飛ばしながらかけていらしたのだと思いますが――」

とすると、栞が十知会に拉致された可能性は低い、と鮫島は思った。単なる呼びだしをうけて外出したのなら、鮫島に連絡する時間はあった筈だ。

「古山さんのご自宅の電話番号を知っていますか」

今泉は頷いた。

「かけてください。栞さんから、木藤氏に関する問い合わせがあったかどうかも含めて――」

鮫島がいったとき、インターホンが鳴った。今泉と顔を見合わせ、鮫島は戸口に歩みよった。

「はい」

インターホンを通さずに答えた。

「こんな早朝に恐れ入ります。警察の者です」

困ったような口調に聞き覚えがあった。公安の須貝だ。監視からの連絡をうけ、急行したにちがいなかった。

鮫島は扉を開いた。

「鮫島さん」

須貝は驚いたような表情でいった。背後に八田を従えている。

「芝居はやめよう。中に入ってくれ。ただし注意してくれ。誘拐の現場かもしれん」

鮫島は一歩退いていった。

「失礼します」

とだけいって、須貝は部屋に入った。今泉を認めても、表情に変化はなかった。

八田が扉を閉めると、鮫島はいった。

「公安はこのマンションを監視していたのじゃないのか。なのに栞さんはいない。どういうことだ」

須貝は癖らしい、困ったような表情になった。

「おいやらん《いらっしゃらない》。そげな筈はありません。報告はうけちょりませんから」

「彼女が自発的にここをでていったとは思えない。監視係はどこを見ていたんだ」

「あなたにそんなことをいわれる筋合はないでしょう」

八田がいきりたった。

「まあまあ」

須貝はなだめるように、手を広げた。

「正直、うちも困っちょっとです。古山氏はずっと行方がわからんし、例の男の足取りもつかめちょらん。それどころか、鮫島さんにまでまかれてしまった。本庁への面目、丸潰れですよ。こいでもし何かあったげな《ら》、本部長から直接叱責をうく《け》っ《る》と《の》は目に見えち《て》ょ《い》っ《ま》で《す》す」

「その何かは、もう起こっているかもしれない。他のマル対の動きに変化はあるのか」

鮫島は冷ややかにいった。

「すぐ、それだ。鮫島さんは、自分のことはちっとも話してくださらんとに、こっちん《の》情報ばっかい欲しがい《ら》や《れ》っ《る》と《の》ですな。少しはバーターさせてくださいよ」

須貝は、今泉にまで救いを求めるような目を向けた。

鮫島は息を吐いた。「岩戸牧場」の話をするかどうかは、賭けだった。もしすれば、即座に身柄を拘束される可能性がある。

「わかった。こっちへきてくれ」

鮫島はいって、須貝に目配せした。須貝を、今泉や八田から少し離れた窓ぎわへと誘った。

「あんたの所属先と正式な身分を」

須貝は瞬きした。名刺をさしだす。

警備部警備総務課副課長・警部という肩書を鮫島は見つめた。

警視庁では、公安は、公安部として独立したセクションになっていて、その下に外事や公安の各課がある。だが他の道府県警では、公安部門は警備部に包括されているのが通例だ。

「自分でいっていた以上の大物だな」

　鮫島の言葉に、須貝は首をふった。

「平和な土地柄でしてね、公安は特に仕事がなかです。じゃっで《だから》人員も少ないし、何かあっと、私らのような事務職までひっぱりださるっちいうわけです」

　鮫島は無言で窓を見やった。カーテンは開かれており、うっすらと青みがかり始めた空と、その下のまだ漆黒の海とのあいだに、水平線が浮かびあがっている。

「本庁からの指示は?」

「指示というほどのものじゃなかです。要請です。故宮本警視の法事の参加者の参考写真を送るように、と。送ったところで、どうせファイルされておしまい、そう私らも思っちょったです。鮫島さんに関しちゃ、前もって情報が入っとりました。本庁公安総務からで、現役警察官の参加も想定される、としてあがったリストの一番てっぺんが、鮫島さんでしたから。ところが、こちらのマル対がいっしょに参加しちょった。正直たまがり《びっくりし》ました。マル対と故宮本警視の接点は、すぐ判明しました。竹馬《ちくば》の友、っちい《て》う奴です。こいはこいでしかたがなか。ところが今度は、マル対と鮫島さんがいっしょに酒を酌み交わしておられる。こいはいけん《どう》解釈すればよかとか。そのまま東京に送ってしまってよかのか。そいとも、こっちの事案として、調べて知らん顔をすっとか」

「ただ、飲んだだけだ。故人を偲ぶために」

「やったとでしょうな。でも一応、マル対周辺にも人を配しました。何があるか、わからん、あってからクビを飛ばされたとじゃ、かなわんですから。するとあろうこっか、警察庁《サッチョウ》手配の工作員が現われた。ひっくり返りましたよ。東京に報告送ろうにも、いったい何が起こっちょっとかを把握もせんでは、送れんじゃなかですか。でも今でくっとは、目ん玉

ひんむいちょるこっ《と》だけですからな。苦しかです
よ」

「法事に参加したマル対はひとりか」

　須貝は息を吐き、首をふった。

「以前はマル対やったとが、外れた者がひとり。マル対と同じ国籍で、その後帰化してからは、まっとうな機器メーカーを経営しちょるちいうことで、対象からは外しました。二年前のことです。総連との交渉もなく、税金もきちんと払い、あるとすりゃせいぜい送金くらいでしょう。税金払ったあとの金を、ど《ど》げん《う》つかおうと、私らが目くじらたてることじゃありません」

　鮫島は息を吸いこんだ。

「で、工作員の名は？」

「勘弁してください。ここまで話したのだから、少しはこっちにもくれないと。若い者への面目も立ちません」

「しゃぶだ」

　鮫島はいった。須貝はぽかんと口を開けた。

「はあ？」

「しゃぶの取引が、からんでいる。しゃぶは北朝鮮産で、代金の還流の実体を探って、福岡の麻薬取締部が動いていた」

　須貝の顔にみるみる落胆の色が浮かんだ。

「しゃぶですか。じゃあ工作員は、しゃぶの運び屋なんですかね」

「ちがう。あの男は破壊工作の専門家の筈だ。警察庁からの手配には、そうなかったか」

「ありました。母国引きあげ団の二世で、特殊部隊所属との情報がある、と」

「氏名は」

「李光中ち《と》いうのが判明しちょる韓国籍パスポートの名ですが、おそらく偽造偽名やっち思われます。この数年、入出国をくり返しちょりますが、神奈川と徳島で、殺人に関係しとる疑いがあります」

「ここでもそうだ」

須貝は目をみひらいた。

「何ですと」

「この事案には暴力団がふたつかかわっている。ひとつは地元の鹿報会、もうひとつが福岡の十知会だ。鹿報会の幹部の弟が、数時間前、この李によって殺害された可能性が高い」

「何とまあ……。刑事部に急いで問いあわせんと——。鮫島さんはどうしてそれを」

「大変なのはそれだけじゃないぞ。金の還流を捜査していた麻取もいっしょに殺された」

須貝の顔がこわばった。

「李が動いているのは、還流の秘密を守るためだ」

「……えらかこってすな」

放心したように須貝はつぶやいた。

「こいはちょっち手に余っ《る》ぞ」

その麻取の面を割ったのが同じ県警に所属する刑事だと告げれば、「手に余る」どころではすまされない。だが、公安、刑事と所属がちがうとはいえ、同じ県警の警察官が殺人にかかわっていると告げるのは、危険があった。ことの重大さに、県警全体が硬直する可能性すらある。

「麻取はもう知っちょっとですか」

「まだだ。だがあと何時間だろうな。連絡がないのに不審を感じて問いあわせてくる」

須貝は天を仰いだ。

「そげん話になっちょ《て》っ《る》とは……」

刑事と公安が両方関係する犯罪だからだ、と鮫島は思った。この二部門に所属する警察官の溝は、どこの自治体警察にあっても深い。

公安警察は、監視中の対象者が刑事犯罪に関係しているとわかっても、それを決して刑事警察には知らせない。知らせて摘発をうけた場合、周辺の関係者が地下に潜って、情報の線が途絶えるのを恐れるからだ。

公安警察にとっての捜査の成果とはあくまでも情報であって、逮捕、摘発ではないのだ。したがって刑事警察が捜査中の事案であっても、情報の提供を平然と拒む。それどころか、捜査、あるいは摘発の情報を事前に対象者に流し、別の情報を入手しようとすることとすらある。

それを知る刑事警察もまた、捜査過程で公安関連の事案を発見しても、決して公安警察には知らせない。だから両部門の警察情報をつきあわせれば容易に真相が解明できる事案が、中途までで闇に埋もれてしまうのだ。

全体像を知るのはたいていの場合、公安部門の上級警察官だが、彼らは決してそれを開示することはない。

この部門間の対立は、現在の警察制度下では決して解消されないだろう。もし対立を越えた協力があるとすれば、それは上原のような悪徳警官の存在を隠蔽《いんぺい》しようとするときだけだ。

隠蔽の指示は、両部門を統括するトップから降りてくる。それが県警全体を守るものだと即座に理解した両部門は、互いへの嫌悪を隠し、何もなかったふりをする、というわけだ。

法にとっての正義と警察官にとっての正義が異なる岐路に、鮫島は立っていた。警察官にとっての正義とは、ときに真実よりも、社会からの警察組織への信頼を優先させる。

「現場はどこですか」

「知ってどうする？　事件そのものは、刑事警察の領域だ」

須貝の目が真剣になった。

「だからこそ先に知らねばならんとです」

「もう遅い。現住建造物火災が生じたので、捜一が動いている筈だ」

「あの牧場ですか」

須貝は呻くようにいって目を閉じた。速報が県警本部には入っているようだ。

須貝は目を開けると、鮫島を見つめた。

「鮫島さんは現場をご覧になったとですね」

「火災発生直後にいた」

「なぜです」

「殺された麻薬取締官と会う約束をしていた。呼びだされたのがその牧場だった」

古山を守るために嘘をついた。「岩戸牧場」に自分が拉致監禁されていた事実をもう告げるわけにはいかない。

「通報は？」

「していない。しても誰も救えなかったろう。ただし向かう途中で李を見た。李の車とすれちがったんだ」

須貝の瞬きが激しくなった。李の身柄を、刑事警察より先におさえる可能性を検討しているにちがいなかった。

「そん情報、こちらにもらえますか」

須貝はいった。刑事警察には教えないでくれ、という意味だった。

「取引か」

須貝は小さく頷いた。困ったような表情は跡形もなく消えていた。

「李はこちらでおさえたかとです。もしくるっと《れる》なら、東京へはお茶を濁しておきます」

「好きにすればいい」

鮫島はいった。

「ただし、麻取への情報提供はあんたの責任だ。職務遂行中の司法警察職員が殺されたんだ。いくら情報保全のためとはいえ、身許不明死体では許されない」

須貝の目を見つめた。須貝は唇を噛んだ。

「時間をください」

「期限は？」

腕時計を見た。午前六時になろうとしている。

「今日いっぱい。今日いっぱいで李をおさえます」

「じゃあ俺も同じ期限をもらおう」

鮫島はいった。須貝は瞬きした。

「今日いっぱい、この街で動き回らせてくれ」

「何のために?」

「友だちの友だちを助ける。それが目的だ」

須貝はわずかに目をみひらいた。が、何もいわなかった。

「あとひとつ訊きたいことがある」

鮫島はいった。

「何です?」

「法事のあった晩、古山への監視はどこまでやった」

「鮫島さんと別れ、例のバーに戻ったところで打ち切りました」

須貝は答えた。

「俺に対しては?」

須貝は首をふった。

「やっちょりません。信じてください」

「やっておけばよかったのにな。俺に対しても、古山に対しても」

鮫島はつぶやいた。須貝は怪訝な表情を浮かべた。


だが鮫島は、もうそれ以上何もいわなかった。

14

須貝と八田がでていき、鮫島は今泉とその場に残された。今泉は古山の自宅に電話を入れた。

十分ほど話し、電話を切った今泉はいった。

「社長からは、都合二度、電話があったそうです。最初が一昨夜遅くで、急な出張が入ったので、二、三日戻らない、と。二度目がきのう、つまり何時間か前の夜ですが、家族にかわったことはないか、という内容だったそうです。ふだんはそんなことがないので、奥さまもかえって心配していらっしゃいました」

「栞さんからの連絡は？」

「二度ほどあったそうです。どちらも木藤さまに関する問い合わせで、最初がきのうの夕方、帰化しているかどうかという内容。ふたつめがかなり遅い時間で、自宅と会社の住所を知りたい、というものです。ふたつめの質問については、調べるのに時間がかかるので、間をおいてもう一度かけ直してほしいといったところ、かかってこなかったそうです。奥さまの方からも栞さんの携帯にかけてみたが、つながらなかった、と」

手帳をとりだした。

「栞さまの問い合わせは、鮫島さんが頼まれたものですね」

鮫島は頷いた。

「答はうかがっておきました」

手帳のページを破りとって、今泉はさしだした。ふたつの住所、電話番号が記されている。ひとつは市内で、ひとつは「南斗《なんと》精器」という福岡の会社の住所だった。

「木藤氏は、県内にも工場をもっていると聞いたが」

「ええ。確か県北かどこかの山の中だったと思います。まあ精密機器のメーカーなので、空気のきれいな場所がいいのでしょう」

覚せい剤の取引と代金の還流に木藤がかかわっているとすれば、李と木藤のあいだには何らかの関係が存在する。十知会ともつながりがあって不思議はない。

だがまっとうな企業経営者である筈の木藤が、覚せい剤の取引にかんでいる理由がわからなかった。マリーの言葉ではないが、それこそ国籍だけで疑うわけにはいかないのだ。

しかも木藤は古山とちがって、帰化すらしている。帰化するためには厳しい条件があり、わざわざ帰化した者が覚せい剤取引に手を染めたのはなぜなのか。会社の資金ぐりが目的とは思えない。そんな理由のために、暴力団が素人の関与を認める筈はなかった。

しかも、ただの覚せい剤取引の秘密を守るためにしては、李は危険を冒しすぎている。李だけではない、十知会も鹿報会を通じて、警察官である鮫島や寺澤を誘拐して、組織全体を壊滅の危機にさらしているのだ。

李の活動と、ふたつの暴力団は別だと見るべきだった。破壊工作員である李にとっては、日本国司法警察職員の殺害は、他の日本人殺害とさして意味にちがいはないだろうが、暴力団にとっては大きなちがいがある。ましてや李は、鹿報会の幹部の身内まで手にかけているのだ。

諸富は、李について何の知識もなかった。鹿報会の側で、もし李に関する何らかの知識をもつ人間がいるとすれば、それは上原だろう。上原は十知会との接点であり、十知会との〝業務提携〟をエサに、鹿報会に寺澤と鮫島を誘拐させた。

だが上原が、覚せい剤取引のすべてを牛耳れる立場でないことは明らかだ。また十知会に対して、上原の発言力がそれほど大きいとは思えない。上原の背後にいる人間が、上原を使って、十知会と鹿報会を接近させた。

図式だけを見れば、その立場にあるのが古山だと考えた寺澤の勘は、当たっていそうに思える。古山は十知会の幹部を友人にもっていて、今なお帰化していない。

しかし現実的には、古山と上原は対立している。二人の対立が芝居で、地元警察の目を欺くためのものだという可能性までは、否定できないが。

ただしもしそうであるのなら、鮫島を古山が助ける理由がない。鮫島は、自分の誘拐は、ある種の「巻き添え」だったのではないか、と思い始めていた。

寺澤が鮫島に接触し、寺澤を監視させていた人物が、鮫島に疑いを抱いた。鮫島が警察官であることで、その疑いは決定的になった。だがそれは、法事の夜の段階で、鮫島が警察官であると知っていた人間にのみ可能な考え方だ。

やはり木藤しかいない。

木藤は、鮫島が法事のあと寺澤と接触したことで、鮫島の狙いが覚せい剤取引にあるのではないかと考えた。しかも、当初古山も誤解していたように、鮫島は宮本の同期だ。鮫島をキャリア＝公安畑の警察官だと考えて不思議はない。

北朝鮮出身者にとって公安は、その主義思想を問わず、不穏な存在である。公安は北朝鮮を目の敵にしている、という印象を、多くの人間がもっている。

結果、鮫島に対しても、寺澤同様の脅威を感じた木藤が、上原を動かして鹿報会に二人を誘拐させた。それを知らされた古山は驚いた。鮫島が、もう公安警察官ではなく、来訪の目的がただの法事への参加であったと知っていたからだ。そこで鮫島を解放させるべく、説得に動いた。

ところがさらに過激な動きをする人間が現われた。工作員の李だ。李は、ふたつの暴力団の立場などおかまいなしに、関係者の口を封じた。

十知会があわてたのは、そのためだ。覚せい剤の取引だけなら、万一警察に踏みこまれても、物をいくらかと売人を何人か渡せば、組織全体にまでは累が及ばない。だが麻薬取締官が誘拐され殺されたとなれば話はかわってくる。

李の動きは、本国の指示をうけたものなのかもしれない、と鮫島は思った。つまりは、覚せい剤取引だけではない、重要な国家利益がこの事件には関係しているのだ。

それがどこまでつきとめられたか、上原は知ろうとして、寺澤を拷問したのではないか。寺澤は覚せい剤代金還流の秘密を追っていた。しかしそこにまでは辿りつけていなかった。だからこそ、鮫島に接触してきたのだ。

木藤に会って、直接その問いをぶつけてみるべきか。しかし、古山だけでなく、栞までその手中におちたと考えられる今、安易な接触は、二人を死に追いやる危険があった。

「十知会の井辻ですが、こちらから連絡をする方法はありますか」

鮫島は今泉に訊ねた。木藤が事件の核心にかかわっているとしても、まずはその外堀を埋めていかなければならない。与えられた時間は決して多くはないが、できるだけのことはしてみようと鮫島は思っていた。

今泉は頷いた。

「携帯電話の番号をうかがっております」

鮫島が何者で、事件とどのようなかかわりをもっているか、井辻は知らされているだろうか。知らなければ、鮫島が会いたいと告げても拒否するかもしれない。

今泉から聞いた番号を、鮫島は押した。何度かの呼びだしのあと、男の声が応えた。

「はい」

「鮫島といいます。井辻さんをお願いしたいのですが」

「お待ちください」

ややあって別の男が応えた。かすれた、年季の入ったやくざの声だった。

「井辻です」

「古山さんという、共通の友人がいる、鮫島といいます。今は旅行中でこちらにきています」

鮫島は告げた。

「それがどうしました」

「古山さんの安全に私は非常に興味をもっています。妹の栞さんの安全に関しても。そのことであなたと話がしたい」

井辻は無言だった。鮫島はつづけた。

「私の身分について何か聞いていますか」

「多少」

言葉少なに井辻は答えた。

「であるならおわかりでしょうが、私はこの土地では、何の職務権限もない。あくまでも個人として話をしたいのです」

「それで何か得られるものがありますか」

「このままだと、おたくも、それから地元の鹿報会も、かなり際どい立場にたたされかねない。古山さんと栞さんの身の安全が保障されるなら、私はそれを避ける方法についての相談にのれる」

危ないもちかけ方だった。悪徳警官だととられても不思議はない。

「それはそっちは専門家だ。聞くに価する知恵もあるかもしれん。ただしもう、うちと鹿報会はつながりがなくなった。鹿報会の組長代行が頭にきていてね。まかりまちがえば戦争になるかもしれん」

「それを望んでいる?」

「まさか。あんたもわかるだろう。今どき戦争なんか起こして喜ぶ人間はひとりもいない。べらぼうな銭がかかる上に、たとえ勝ったとして、何の旨味がある」

「だったら尚さら、話す必要がある。鹿報会の組長代行の諸富さんには誤解がある。彼の弟さんを殺った人間とお宅のあいだには関係があると思っているのじゃないか」

井辻は無言だった。

「まずいことに、お宅と鹿報会とのあいだに、厄介な人間がはさまっている。その人物がものごとを複雑にしているんだ」

「あんたとそいつが仲間じゃないと、こっちが信じられる理由は?」

「私の目的は金じゃない」

「じゃ、点数稼ぎか? 縄張りがちがっても、やることをやれば出世にはつながるのじゃないか」

「私はマル暴じゃないし、点数稼ぎにも興味はない。今回のことで利益を一切得る気はない」

「そんな刑事《でか》がいるか」

鮫島は息を吐いた。

「信じないだろうがここにいる。私はひとりの人間として、かかわっているだけだ」

「駄目だね。信じられん」

「いいか、お宅の地元である福岡の麻取が殺された。まだ麻取の事務所はそのことを知らないが、それもせいぜいあと半日かそこいらだ。知ったとたん、麻取はあんたのところに襲いかかってくるぞ。殺された麻取が追っていたのは、お宅が扱っているしゃぶなんだ」

「おい、どこから電話をしているんだ。なぜそんな話をする」

井辻の声に警戒心がこもった。

「これは罠でも何でもない。私が今いるのは、古山さんのマンションだ。ただしここにこいとはいわない。ここは県警の監視をうけているからな」

「いざとなりゃ、警察はどんな手でも使うだろうが」

「あんたは古山さんの友人なんだろう。個人的に彼を何とかしたいと思わないのか」

鮫島は迫った。

「古山をおさえているのは俺たちじゃない。諸富が頭に血を昇らせてる以上、古山をどうこうなんて俺にはできないんだ。俺がこっちにきたのは、古山の周りに早まった真似をさせないためだ」

「古山さんの家族に接触する気ならやめた方がいい。さっきもいったように、県警が監視を張りつけている。墓穴を掘るだけだ」

「本当か」

「本当だ」

「誰かが被害届けをだしたのか」

「ちがう。監視をしているのは、マル暴じゃなく公安の刑事だ」

「公安の？」

井辻は絶句した。

「私がわかっているということが、これでわかった筈だ」

「あんた公安なのか」

「いいや」

「あんたの所属と名前を聞かせてくれ。嘘か本当か確かめさせてもらう」

「警視庁新宿警察署生活安全課の鮫島だ。階級は警部」

「警部？」

驚いたように井辻はくり返した。

「そうだ」

「わかった。古山のマンションにいるといったな。おり返しこっちから電話する」

電話は切れた。

「大丈夫ですか」

やりとりを見守っていた今泉がいった。

「危ない橋を渡られているように見えますが」

「そうかもしれませんが、このまま古山さんや栞さんに知らぬ顔をして帰るわけにはいかない。事態がこういう方向に動いたことには、私にも責任があります。ただし――」

鮫島はいって、煙草に火をつけた。

「今回は本当に、ひとりの私人としてかかわっています。自分がどこまでできるのか、正直自信はありません」

「覚せい剤が原因なのですか。もしそうなら社長が巻きこまれる理由がわからないのですが」

「覚せい剤はきっかけです。今度の件には、もっと複雑な、もしかすると国家規模の犯罪が関係しているかもしれない。そうでなければ、北朝鮮からきた工作員の行動の説明がつかない」

「工作員?」

今泉は首を傾げた。

「ええ。わかっているパスポートの名は李光中といいます。きのうの夕方、平良さんの店に不意に現われ、そのあと『岩戸牧場』で二人の人間を殺し放火した疑いがあります」

「鮫島さんは会ったのですか、その男に」

頷いた。

「三十の半ばくらいで眼鏡をかけ、剣呑な雰囲気を漂わせています。目つきが異様に鋭い」

部屋の電話が鳴った。鮫島は受話器をとった。

「鮫島さんか」

井辻だった。

「そうだ」

「あんたのこと調べさせてもらった。新宿にいる俺の知り合いは、『絶対にかかわるな』といったよ。極道にとっちゃ疫病神だそうだ」

「そう思っている人間もいるだろうな」

「こっちがかかわりたくないと思っても、一度喰いついたら離れないってんじゃどうしようもねえ。観光ホテルの七〇二号室にきてくれ。ただしひとりで、だ」

「七〇二号室だな」

鮫島はいって電話を切った。問題は監視をどうするかだ。須貝は、鮫島から絶対目を離すな、と部下に命じているにちがいなかった。

それを見越したように今泉がいった。

「私がひとりで降りていき、車を動かします。このマンションは二階に共用バルコニーがあって、そこから裏口にでられます。裏口をでたところで待っていて下さい」

「わかりました」

今泉がでていってから少しして、明りを消さず、部屋をでた。今泉の言葉通り、裏口にでることができた。レガシーがエンジンをかけたまま止まっていた。

「お気をつけて」

運転席から降りたった今泉はいった。

「何かあったら私の携帯に連絡を下さい」

「ありがとうございます」

鮫島は頭を下げ、乗りこんだ。

「社長が無事戻られたら、またぜひ店の方にも。車は、潰しても傷つけても、かまいませんから」

今泉はおどけたようにいって微笑んだ。

「何もかも無傷で返せるよう努力します」

鮫島は答え、アクセルを踏んだ。夜が明けていた。

15

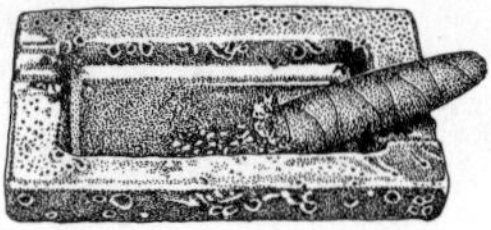

朝の観光ホテルでは、すでに人の出入りが始まっていた。観光客なのだろう、ゴルフバッグを手にした中年の男性グループが、マイクロバスに乗りこんでいる。

七〇二号室は、井辻が鮫島との話し合いのために、あらためて用意した部屋のようだった。ツインのベッドにはカバーがかかり、使用された形跡がない。室内には、ひしめきあうようにして、六人の男たちがいた。

チャイムに応じて扉を開いた男が、鮫島のボディチェックをした。鮫島はされるままになった。無線マイクやテープレコーダーを警戒しているのだろう。チェックが終わると、部屋どうしをつなぐ扉から七〇一号室に案内された。コーヒーのルームサービスのワゴンがおかれ、備えつけの浴衣を着た男が二人、応接セットにすわっていた。

「井辻さんは?」

鮫島は二人の前に立つといった。

「俺だ」

コーヒーカップを手に、膝の上で新聞を広げていた男がいった。五十代の初めくらいで、きれいな銀髪をオールバックにしている。肌のつやがよく、もし銀髪を染めれば、三十代の後半で通るだろう、と鮫島は思った。

「あんたからの電話がなけりゃひと眠りしようと思っていたところだ」

もうひとりの男が立ちあがり、コーヒーを新たなカップに注いだ。自分の座を鮫島に譲ったようだ。こちらは四十の初めくらいで、髪を短く刈り、顎ヒゲを生やしてプラスチックフレームの眼鏡をかけている。やくざというより、デザイナーかカメラマンといった風貌だった。

「どうぞ」

「申しわけない」

鮫島はいって、井辻の向かいにすわった。

「こっちは石崎《いしざき》。九大の法学部出で、俺の相談相手をしてもらっている」

井辻が紹介した。石崎は、どうもと頭を下げ、コーヒーカップを鮫島に手渡した。

「で」

井辻が話を促した。鮫島は井辻の目を見つめた。井辻は落ちついている。

「今度の件ですでに人が死んでいることは知っているな」

井辻は小さく頷いた。

「だからあんたは、大急ぎでこちらにきた。最終的に責任の所在をどこへもっていくか、相談する必要があったからだ」

「別にそんなものはない」

井辻はいって、テーブルの上におかれた革製のケースから太い葉巻をとりだした。石崎がすばやくカッターで吸い口を切り、ライターの火をさしだした。井辻が吹かすと、濃厚な香りをもった煙が、窓からさしこむ朝日の中にたちこめた。

「その件に関しちゃ、うちは一切タッチしていない。地元の人間がやったことで、うちにしてみりゃむしろひどい迷惑なんだ」

「結果としてはそうだろう。ただしまったくの無関係というわけじゃない。鹿報会が麻薬取締官を拉致したのは、お宅のやっている覚せい剤のシノギに一枚かめるというニンジンをぶらさげられたからだ」

井辻の表情はかわらなかった。

「俺はそんな話をもちかけた覚えはない。かりに儲け話を諸富が誰かから聞かされたとしても、それは断じてうちの人間じゃない」

「鹿報会にもちかけたのは、県警の上原だ。ただし上原も自分の一存ではそれができなかった筈だ」

井辻は葉巻の火先を見つめた。

「たまにお巡りにもああいう奴がいる。極道よりも始末が悪い」

「その意見には賛成だ」

井辻は苦笑した。

「俺は東京の連れに、あんたは小遣い稼ぎに興味のある口なのか、と訊いてみた。俺に会いにくるのはそれが目的なのか、とな。『とんでもない、そんなこと匂わせただけでパクりかねない奴だ』、といわれたよ」

とりあわず、鮫島は身をのりだした。

「上原の役目は、鹿報会と十知会の接点だ。奴は刑事だから、所轄がちがっても話をもちこんでくれば、お宅も耳を傾けざるをえない。ただし、今度の件を含め、北朝鮮からの密輸という絵図を、上原ひとりが描けるわけがない」

井辻は唇を鳴らして、葉巻を吹かした。

「俺の口から何をいわせたいんだ？　アドバイスをしにきたのじゃないのか。こいつは取調べと同じだぜ」

「古山さんと栞さんを助けたい」

「だからいったろう。二人をおさえてんのはうちじゃない。助けたいのなら地元の人間のところへいったらどうだ」

井辻は平然といった。

「見殺しにするのか」

井辻の目が鮫島に向けられた。

「おい、気をつけてものをいえよ。俺は温厚な人間だが、隣の部屋にはあまり温厚じゃない人間もいるんだぜ。東京じゃ肩で風を切ってるかもしれんが、こっちじゃあんたのことを恐がる者はいない」

鮫島は賭けにでた。

「あんたの口から木藤に、ことを穏便にすませるよう、いってみたらどうなんだ。上原だって、木藤がいなけりゃ、鹿報会に話をもちかけられなかった」

井辻は首をふった。

「わかってねえな。ことは、俺たちが外から口だしできる問題じゃねえんだ。古山と木藤の関係は、俺らがどうこういえるものじゃない。あの二人の問題は、あの二人の問題なんだよ」

「じゃあ、二人と同じ国からやってきた野郎が、勝手に人を殺し回って、その責任をあんたらに押しつけてもかまわないというのか」

井辻は無言だった。

「公安が動いているんだ」

鮫島はいった。

「公安は、ふだんあんたらが相手にしている刑事とはちがう。ひどく嫌らしい手を使う。北朝鮮からきている殺し屋にはずっと知らんふりをしておいて、そいつが国外にでていったあと、あんたらを殺しの共犯であげるかもしれない。なぜか。麻取が殺されている。麻取は警察じゃない。厚生労働省の役人だ。となればどこかで示しをつけなけりゃならない。だが公安てのは、刑事みたいにすぐガサをかけたり、パクりにくる連中じゃない。とにかく動かないんだ。奴らが欲しいのは殺しのほしじゃなく、工作員や工作員の協力者の情報なんだ。工作員をパクっても、黙秘することはわかっているし、下手をすりゃ自殺だ。だが協力者ならいろいろな情報がとれる。つまり殺しのほしを、そうとわかっていても、連中は泳がせるってことだ。そしてほしがいなくなったあと、厚生労働省やマスコミ向けに、別のほしを用意する。それが暴力団なら、実にわかりやすい。暴力団がしゃぶ欲しさに北の工作員とつるんでいたってことにでもなれば、格好のニュースネタだからな。工作員には逃げられても、あんたらを人身御供にすれば、面目はたつ、というわけだ」

井辻は歯と歯のあいだから煙を吐きだした。わずかに表情が真剣になっていた。

「しゃぶにからむガサなら、物をいくらかと人を何人かだせばすむ。だが公安はそんなに甘くない。やってもない罪をいっしょに背負わされるぞ。まさか裁判でどうにかできるとまでは思ってないだろう。暴力団というだけで、裁判官の心証は決まるんだ」

鮫島はいった。石崎をふりかえる。

「俺のいっていることは的外れだと思うか」

石崎は目を伏せた。井辻はそれを見つめた。

「とばっちりをくうのは御免だ、と木藤にはいったのか」

鮫島は訊ねた。井辻は答えなかった。

「工作員の偽名も公安はつかんでいる。だが木藤にまでは辿りついてない。つまり、鹿報会と十知会止まりなんだ」

「くそ」

井辻がつぶやいた。

「木藤が消されたら、厄ネタは全部、俺らにかぶされるってわけか」

「木藤が消されたら?」

意外な言葉に、鮫島は驚いた。

「工作員は、木藤ですらコントロールできていないってことか」

「あの野郎をコントロールできる人間なんかいないだろう。木藤は本国のいうなりだ」

「じゃあ、しゃぶの話をお宅にもってきたのは誰なんだ」

「――古山だよ」

　井辻がいったので、鮫島は目をみひらいた。

「ただし古山はうちと北朝鮮の業者の仲介をしただけだ。一銭もとっちゃいない。奴は奴なりのしがらみがあって、だが地元の組に話をもっていくのも嫌で、俺に相談をもちかけた。しゃぶを売りたがっている奴がいて、日本人を誰か紹介しなけりゃならん。鹿報会にはそれをしたくない。万一のことを考えると、地元には話をもっていきたくないんだ、といってな」

「なぜ断わらなかった」

「家族が大切だったからさ。カミさんや子供、栞ちゃんが、断わればどんな形で嫌がらせをされるかわからない。しゃぶの輸出ってのは、大切な外貨獲得事業なんだ。奴《やっこ》さんが、ただのサラリーマンや商売人なら、そんな目のつけられ方はしなかったろう。あれだけ手広くやってる、極道ともそれなりにつきあいがあるってんで、見こまれたんだ」

「そこであんたがのったわけか」

「いっておくが、何があっても、これはここだけの話だ」

　葉巻を灰皿に押しつけて、井辻はいった。鮫島は頷いた。

「わかっている」

「うちの組はもともと台湾ネタのしゃぶを扱っていた。だが質が悪くなり、客からのクレームも多かった。別の筋を捜していたんだ。そこで古山の話にのることにした。ただし代金の支払い方法がちっとかわっていた。福岡にダミーの機械卸会社を作って、そこに流しこめっていうんだ」

「その部分にも古山はかんだのか」

　井辻は首をふった。

「いいや。古山の話にのったあとは、下関に住む韓国籍の金というバイヤーが出てきて手続きを進めた。金は一年くらいして、本国に帰った」

「で？」

「からくりが見えたのは、金が帰ったあとだ。そのダミー会社に『南斗精器』が製品を売っていた。ダミー会社は下関《しものせき》の商社を通じて、『南斗精器』の製品を北朝鮮に輸出している」

「つまりしゃぶの代金は、『南斗精器』の製品に化けている、ということか」

　井辻は頷いた。

「それは何なんだ」

「よくは知らん。船とかに積む航法装置の部品だとか聞いた」

「慣性航法装置《INS》か」

「そんなようなものだ」

　鮫島は息を吐いた。石崎が不安げにいった。

「その話、自分も初めて聞きました」

「うちと直接かかわりがあるわけじゃない。それに機械の部品に化けたからといって、警察《サツ》が目くじら立てるもんじゃねえだろう」

　石崎は首をふり、鮫島を見た。

「教えてやったらどうだ。知っているのだろう？」

　鮫島はいった。

「教える？　何をだ」

　井辻が不安げにいった。石崎が口を開いた。

「長ったらしい話ですが、簡単にまとめます。以前、西側諸国には、『ココム』という協定がありました。『ココム』は、『対共産圏輸出統制委員会』の略です。ところが東西構造が崩れて、こうした輸出規制は、ひとつひとつ対象国を区別したものになりました。『ワッセナー協定』というのが新しい名ですが、貿易業界では、『新ココム』で通っています。この『新ココム』で、国外に輸出を禁止されているのは、武器とか弾薬はもちろんですが、相手国によっては、工作機械や高性能のコンピュータ、光学器械、測定機器なども含まれます」

　井辻は瞬きした。鮫島はいった。

「以前、東京の精密機器卸会社が、中国に高精度の測定機器を輸出したとして、警視庁の公安部に摘発されたことがある。この測定器は千分の一ミリ単位の長さを測れる器械で、核兵器に必要なウランの濃縮に使う遠心分離機の製造開発には、どうしても必要な機材だった。そのために輸出規制がかかっていたんだ」

「航法装置というのは、ミサイルに転用が可能です。まずまちがいなく、規制がかかってますよ」

石崎がいい添えた。井辻は深々と息を吸いこんだ。

「だからどうしたってんだ。うちが別にミサイルを売っていたわけじゃないだろう」

荒々しい口調だったが、明らかに強がりだった。

工作員が動いている理由がこれでわかった、と鮫島は思った。「南斗精器」は、北朝鮮の兵器開発に必要な、輸出規制機器を製造する会社なのだ。あるいは当初から、それを目的として設立されたメーカーなのかもしれない。慢性的な外貨不足に苦しむ北朝鮮は、その運営資金を、輸出した覚せい剤の代金でまかなうことを考えた。いわば「南斗精器」は、日本国内に作られた、北朝鮮の国営兵器部品工場なのだ。その秘密を守るために、破壊工作の専門家が動くのは、当然のなりゆきだった。

「こいつはダブルで厄ネタです」

石崎がつぶやいた。

「うちは卸問屋の設立までやってます。名義はトバしてありますが、早めに畳んじまった方がいい」

「上原はそのからくりを知っているのか」

鮫島は井辻に訊ねた。

「奴はもともと諸富の仲間で、鹿報会に抱きこまれていた。だが、うちの売人がこっちでパクられたのをきっかけに、うちとつながりができ、そっからたぐって木藤の会社にいきついたんだ。木藤の会社がうまく食えると踏んだ野郎は、頼まれてもいねえのに、うちと鹿報会の橋渡しを買ってでた。木藤は野郎を切りたいんだが、会社の秘密を握られているので、できなかったのだろう。今の話を聞いてわかった。上原は、木藤の喉笛に食いついてやがったん

「古山さんはどこまで知っている?」

井辻は首をふった。

「何も知らねえよ。俺も教えなかった。奴はまっとうな実業家だ。しゃぶの橋渡しだって、したくてやったわけじゃない。これ以上、奴を巻きこまないって常識くらい、俺にもある。奴とは修業時代に知りあった仲なんだ」

「だが木藤が上原とつながっていることは知っている」

「ああ。だからいろんなことに薄々感づいちゃいるかもしれん。だがああいう男だから、よけいなことは何もいわなかったろう」

鮫島の携帯電話が鳴った。

「失礼」

鮫島はいって液晶画面を見た。古山の携帯電話からだった。

「古山さんだ」

鮫島はいって、耳にあてた。

16

「寝ていたか？　そんな筈ないか」

開口一番、古山はいった。

「よかった。まだ生きていたんだな」

鮫島はいった。

「生きちゃいるが、どんどん悪くなっていくようだ。栞が奴におさえられちまった」

「奴というのは、李光中のことか」

古山は息を吐いた。

「なんでそうなる。おとなしくしていてくれると考えたのは、俺の甘い夢か」

「悪くなっているのはあんただけじゃない。李は麻薬取締官と諸富の弟を殺して、家に火をつけた」

「知ってる」

古山の声が沈んだ。そして早口でいった。

「頼む。もうこれ以上、よけいな真似はしないでくれ。栞まで巻き添えをくうとは思わなかった」

「あんたにそういわせるのが李の狙いだ。俺を遠ざけ、最後にあんたと栞さんを殺してしまえば、秘密が保たれると思っているんだ」

「秘密、何の話だ。いや、そんなことはどうでもい い。とにかく栞を何とかしてやってくれ」

「木藤とは話したのか」

古山は沈黙した。やがていった。

「もうそこまでつかんだのか。ただの事務屋だと思っていたけど、あんた……」

「今、俺の目の前には井辻さんがいる。井辻さんでも、あんたと木藤のあいだには入れないそうだ」

「貸してくれ」

井辻がいった。鮫島は電話を手渡した。

「俺だ。すまない。諸富は頭に血が昇っちまって、説得できなかった。下手すりゃうちに戦争をしかけかねない勢いだ」

井辻はいった。そして古山の言葉に耳を傾けた。

「――わかってる、わかってる。お前の気持は俺が一番よくわかってる。カミさんと子供のことは心配するな。ここにいる鮫島さんの話じゃ、警察が張りついているそうだ」

鮫島に電話を返した。

「聞いた。警察はどこまで知ってるんだ」

鮫島は息を吸いこんだ。

「たぶん俺が話すことはそのまま鹿報会に筒抜けになるのだろうな。警察の動きを知らせていた上原が抜けたんで、諸富は情報を欲しがっているのだろう？」

不意に電話器が奪われる気配があった。

「諸富だ。そこに井辻もおっとなら、話は早か。李とかいうクソ野郎と古山社長を交換せんか《しないか》。李を渡せば、古山社長は解放する」

「早々に消えろと俺にいったのはあんただ」

「事情がかわった。組の周辺は、警察だらけじゃ。そいも見たこともなかような顔ばっかいじゃ。あいつら、李を追いかけちょったろ《てるんだろう》が、先にこっちがもらう」

「李には触らない方がいい」

鮫島はいった。

「ふざけたこと抜かすな。弟を殺られて知らん顔がでくっ《きる》か」

「あんたの組を張っているのは、県警の公安の人間たちだ。李とあんたの組がもつれたら、格好のチャンスとばかりに襲いかかってくるぞ」

「せからし！ いつでん《も》警察にびびるち思ちょっと《ってるの》か。李のタマはこっちがとってで《とるぞ》ね。そんあとでもっていきたいのなら、もっていくがよか。手前《わい》はぐたぐたいわんで、李を捜せ」

諸富は怒鳴った。追いつめられているのだ、と鮫島は思った。鹿報会は地元の暴力団だ。県警には資料がそろっているだろう。諸富を始め、主だった組員の立ち回り先には公安の監視が入ったにちがいない。その結果、諸富は身動きがならず、爆発しそうになっている。

古山が監禁されている場所もまた、監視の対象になっているのだろうか。鮫島はふと思った。もしそうなら、諸富もうかつには古山を殺したり、その身柄を移すことができない。

「もう一度会って話さないか」

鮫島はいった。

「この上何を話すっとよ。そげん《そんな》暇があったら李を捜せ」

「捜すためには、あんたの情報が必要だ」

「今、訊け」

諸富は荒々しくいった。

「身動きがとれないのか」

「何をいうちょっとよ。なめちょっじゃねぞ」

「わかった。じゃあ訊くぞ。あんたたちは李の名を誰から聞いたんだ」

「本人よ。あんクソ野郎からここに電話がかかってきっせえ《きたんだよ》な。古山社長の妹を預かっちょっちな《てるとな》」

「そこはどこだ」

「手前は馬鹿や《か》、そげん《そんな》こっが《こと》いえるわけがなかろが《いえるわけがないだろう》」

「じゃあどうやって、李はそのことを知ったんだ。そこに古山さんがいるのを知ってるのは誰だ」

「上原に決まっちょっが」

「だったらさっさと移動した方がいいぞ」

「奴《あい》が俺《おい》たちをパクっわけねど《ないだろう》が。もしパクったら、俺たちとつるんじょったことを全部ばらしてやる。奴もム所いきじゃ」

上原は李とつながっている。おそらく木藤を介しての関係だろう。

「あんたと決裂した上原はどうすると思う」

「十知会に泣きつくんじゃねかち思っちょ《て》っ《た》たが《ぜ》」

「そのようすはない」

「じゃ《だ》ったら知っか。野郎はしゃぶのあがりが欲しくて俺を裏切りやがった」

　諸富の口から木藤の名はでてこない。古山も口にしなかった。鹿報会には伝わっていなかったのだ。

　鮫島は気づいた。諸富はあくまで、弟の死は、覚せい剤取引の秘密を守るためだったと思いこんでいる。

「李は何といったんだ？　なぜ古山さんの妹をさらった」

「黙らすっとが目的やろ。泣きどころをおさえられりゃ、誰やっち《だって》口をつぐむ」

　木藤を守るためだ。寺澤が古山に目をつけていたことを拷問で知った上原が、木藤に入れ知恵したにちがいない。十知会がここで引けば、木藤の関与を知るのは、古山と上原しかいない。鹿報会に木藤の名が伝わるとすれば、古山の口からしかない。木藤の秘密を握り、金蔓にしたい上原は鹿報会に、「南斗精器」のことを知らせていなかったのだ。そうしておけば木藤の存在を隠せると同時に、十知会と鹿報会の接触をコントロールできる立場に自分をおける。

「李は古山さんと話したのか」

「話さすっわけねどが。じゃっ《だ》どん《が》妹をさらったちいう件は伝えた。いっておくが、俺は古山社長にはまだ指一本触れちょらん。これ以上ややこしくなるようじゃったら別やっがな」

　古山は理解したのだ。だから木藤の話をださなかった。鮫島は諸富に口をすべらせなくてよかった、と思った。もし木藤の名を諸富に告げたら、自分の知らないからくりが存在したことに逆上し、諸富は古山を拷問したかもしれない。

　今この瞬間も、古山は、鮫島の口から木藤の名がでるのではないかと、気が気ではないだろう。

「そのまま古山さんには危害を加えない方が賢明だ」

「じゃったら早く李を連れてこい。あの野郎《わろ》、許さん。なめた真似しっ《しゃがって》せえ――」

「こちらから連絡するにはどうすればいいんだ?」

「古山社長の携帯に電話をしてこい」

「わかった。最後にもう一度古山さんと話させてくれ」

「待ってろ」

「――古山だ」

「返事だけしてくれればいい。李が栞さんを誘拐したのは、木藤の名があんたからでないようにするためだな」

「そうだろうと思ってる」

　古山は答えた。

「わかった。そうなれば李も栞さんをすぐにどうこうはできない筈だ」

「正直にいおう。あいつはあんたを憎んでる」

「あいつというのは、木藤のことか」

「そうだ。宮本の件で、あんたも仲間だったと思いこんでいる」

――何をわけのわからんことをいうちょっとよ、という諸富の声が聞こえた。

「なるほど」

　法事の席で自分に向けられた鋭い視線を、鮫島は思いだしていた。木藤は、古山とちがって、鮫島に話しかけようとしなかった。鮫島に対する憎しみと警戒心があったのだ。そしてそれは、寺澤が鮫島と接触したことによって決定的になった。そのことを木藤に知らせたのは上原だ。鹿報会は、上原の背後に木藤がいることに気づいていない。

「俺は……俺の仲のよかった人間たちがこんなことになっちまって、残念だ」

古山がいった。血を吐くような言葉だった。

「わかる。だが今はとにかく、あんたと栞さんを、俺は助けたいと思っている」

鮫島はいった。古山は無言だった。電話を奪いとる気配があって、諸富がいった。

「もう充分、話したろう。手前《わい》も刑事《でか》なら、さっさと李を見つけてこんか。わかっちょったろが《ているだろうが》、妙な小細工をしたら、古山社長の命はねでね《ないぞ》」

「いわれるまでもない」

鮫島は冷ややかにいった。

「あんたも古山社長は、自分の命綱だと思って大切にすることだ」

「ふざく《ける》んな。俺《おい》はもう、自分《わが》の命なんかどげんで《どうで》んよかたっが《もいいんだよ》」

電話は切られた。

「妙な話だな」

井辻がつぶやいた。

「何がです？」

石崎が訊ねた。

「結局、俺たちは、東京からきた刑事にことを任せちまっている。特に古山は」

鮫島は無言で煙草をくわえた。自分が宮本の法事にさえこなければ、このような事態にはならなかったのだ。

皮肉な気持だった。死んで何年もたったというのに、宮本はまだ鮫島をトラブルに巻きこんでいる。それは腹立たしくても、どうすることもできない。

「俺たちは福岡に戻らせてもらう」

井辻は鮫島に告げた。

「どうやら残っていても、ろくなことはないようだ。

帰って、賽《さい》の目がどう転がるか、見守るさ」

「だったら頼みがある」

鮫島はいった。

「何だ」

「『南斗精器』の工場を教えてくれ」

井辻と石崎は不審げに目を見かわした。

「自分が案内します」

先に石崎がいった。井辻は頷いた。

「わかった。仕度しろ」

石崎は立ちあがった。井辻とふたりきりになると、鮫島はいった。

「李が栞さんをおさえたのは、『南斗精器』を守るためだ。万が一のとき、古山さんさえ口をつぐんでいれば、木藤と『南斗精器』の存在は、警察にばれない。古山さんがすべてを木藤のかわりにかぶることになる。その場合、十知会はどうする？」

井辻の目に怒りが浮かんだ。

「うちも無傷じゃすまん」

「それはしゃぶの売買についてだろう。輸出規制品の密輸に関してはどうなんだ。あくまでもしゃぶで逃げきれば、木藤と『南斗精器』には傷がつかない。そのぶん、お宅にも」

「その場合、あんたの口も塞がなけりゃならん」

井辻はいった。鮫島は井辻と見つめあった。

「古山は黙っているだろうが、あんたはどうかな？」

鮫島は隣室を目で示した。

「そのために彼を俺につけたのか」

「あいつの仕事は頭を使うことで、兵隊じゃない」

「賽の目しだいということか」

井辻は深々と息を吸いこんだ。

「木藤は古山を、上原は諸富を裏切った。この上、誰かが誰かを裏切るなんて話はいらん。俺はそう思ってる」

鮫島は頷いた。不意に井辻はにやりと笑った。

「もっとも、あんたを消したら、新宿の極道という極道から、感謝状がもらえるだろうがな」

「一文にもならんさ」

鮫島はいった。

「どうかな?」

が、井辻の答だった。

17

「少し眠らせてくれ」

レガシーの運転席に石崎をすわらせると、鮫島はいった。石崎は驚いたように鮫島を見た。

「かまいませんが――」

石崎はダークグレイのダブルのスーツにネクタイを結んでいた。上着の前はゆったりとしている。あるいはもっているかもしれない、と鮫島は思った。

「本当は眠れるかどうか、わからない。だが少しでも眠っておかないと、とんでもないドジを踏みそうな気がする」

「シートベルトはしておいて下さい」

石崎の言葉に頷いた。

午前八時を回っていた。快晴の空の下に、くっきりと海が広がっている。ホテルからふもとの市街地に降りる道をレガシーが辿り始めると、鮫島は目を閉じた。

石崎の運転は巧みで、しかも慎重だった。もし武器を携帯しているとすれば、交通警察官の注意を惹きたくない筈だ。慎重なのは、それが理由なのかもしれない。

「どれくらい、時間がかかる？」

目を閉じたまま、鮫島は訊ねた。

「約八十キロですが、高速が使えないので、一時間半というところですか」

「工場を置くにしては不便な場所だな」

「車では」

石崎が答えたので、鮫島は目を開いた。一瞬その意味を考え、訊ねた。

「海が近いのか」

「二十キロってところでしょう。小型の貨物船ならいくらでもつけられる港がいくつもあります。県境も近い」

県境をまたげば、管轄とする警察本部もかわる。非合法品を輸送する人間は、必ず県境を意識している。

「南斗精器」の製品は、日本国内では何ら違法性がない。北朝鮮にもちこまれて初めて、輸出者にその責任が問われる性質のものだ。にもかかわらず、工場が県境に近い位置にあるという事実に、木藤とその背後にいる者たちの周到さを感じた。「南斗精器」は最初から、その製品を北朝鮮へと輸出するために設立されたのだ。摘発をうければ、経済的にも人的にも、大きな損害を、北朝鮮はこうむる。秘密を守るために李が投入されたのは当然だった。

「製品は船で運ばれるのか、福岡まで」

鮫島は石崎を見た。

「そんな話を聞いたことがあります。福岡港で船から船に移しかえるだけで」

「通関用の表向きの荷物内容はどうなってる」

石崎は首をふった。

「自分は知りません。この話知ってたら、やめるようにいってました」

真剣な表情だった。

「もう遅い」

「鮫島さんは、うちをやる気なのですか」

「俺にその職務権限はない。だが李と木藤がつかまれば、当然表沙汰になることだ」

石崎は無言だった。

「いっておくが、今、俺を殺しても、捜査はいくらか遅れるだろうが、摘発を逃れることはできないぞ」

「鮫島さんを殺るのだったら、木藤とその工作員の口も塞がなきゃなりません」

石崎は無表情にいった。李を殺す必要はない、鮫島は思った。破壊工作員である李は、逮捕されても決して口を割らないだろう。もし割れば、祖国への裏切りとなるし、残された家族が厳しい責めを負うことになる。

十知会が生きのびるには、木藤と鮫島の口を塞ぎ、福岡に作ったダミー会社を畳めばこと足りる。覚せい剤に関しては、摘発を免れられなくとも、その累が幹部や組長にまで及ぶことがない。

あるいは石崎の目的はそれなのか。鮫島を「南斗精器」の工場へ連れていき、木藤とともに殺害する。

鮫島は不意に緊張を覚えた。それは石崎の〝目的〟を察したからではなかった。井辻が、木藤の居場所を把握していた可能性があることに気づいたからだった。

李の活動が失敗した場合に、木藤が求められるのは「南斗精器」の業務内容を日本警察にあくまで秘匿することだ。それによって、経済的な損失はともかく、人的な損失を最小限にくいとめるのだ。そのためには、証拠の処分が絶対条件だ。

他人に頼める仕事ではない。

木藤は工場にいる。李からの連絡を待ちながら、場合によっては、輸出規制品の製造、運搬にかかわる資料をすべて廃棄する準備をおこなっているのではないか。

であるからこそ、石崎は鮫島を案内する役目をひきうけた。

黙りこんだ鮫島を、石崎はちらりと見た。

「やはり眠れませんか」

白い歯を見せた。

「いや」

鮫島は首をふった。石崎がもし鮫島の口を塞ぐつもりなら、今この場ではないだろう。少なくとも「南斗精器」の工場まで連れていき、邪魔の入る可能性が低くなるか、木藤の協力が得られる状態になるまでは、待つ筈だ。木藤に鮫島を殺させ、その木藤を殺せば、手間は減る。

「少し話していいですか」

「ああ」

「鮫島さん、上級試験の合格者なんですよね」

石崎は煙草をとりだし、いった。

「誰に聞いた」

「新宿の人です。キャリアって何だって、本部長に訊かれました」

本部長とは井辻のことらしい。石崎は煙草に火をつけ、確かめるように鮫島を見た。

「昔の話だ」

鮫島は答えた。感心したように石崎は首をふった。

「自分も、一瞬、めざそうかと思ったことがありました」

「なぜやめた？」

「わかるでしょう。同じキャリアだって、限界があります。先輩で大蔵省にいった人がいて、やめておけといわれました。東大じゃなけりゃ、意味がないって」

鮫島は無言だった。

「キャリアになれば、確かに何百人て部下を若いうちにもてるけど、同じキャリアの中では差をつけられる。そしてその差は、絶対に縮まらない。ノンキャリアの中には、何万人かにひとり、努力に努力を重ねて、キャリアと同等の地位に達する人間がいる。でも、東大出じゃないキャリアがどんなにがんばっても、東大出のキャリアと並ぶことはできないって」

「かわってきているところもある」

「正直いえば、とうていあんなに勉強はできないって、めげたところもあります。生まれつきめちゃくちゃ頭がいいか、死ぬほど勉強しない限り、上級試験なんか通れっこありません」

「司法試験は？」

「通りました。弁護士事務所で四年、働きました」

「じゃ、なぜ井辻の下に？」

「限界が見えたからです。別にどうしても弁護士になりたいってわけじゃなかった。うちはそれほど裕福な家じゃなくて、大学でるのにも、けっこう親にしんどい思いをさせましてね。正直、東大にいけたとしても、東京に下宿するのは夢のまた夢でした。とりあえず、ただサラリーマンになるのじゃなく、稼げる商売につくのには、司法試験て奴がありました。けれど、イソ弁やってるうちは、まるで儲からない。それに独立、開業したってこの景気じゃたかが知れてる。国際弁護士でもめざしてれば別だったでしょうが。それにもやっぱり頭が要る。結局は中途半端な頭しかもってなかったってことです。この半端な頭で、一番銭になる方法を考えたら、今の仕事があったってわけです。本部長は、自分なんかよりよほど頭が切れますが、とりあえず法学部出ってことで、重宝がってくれますからね」

「つかまったことはないのか」

「まだありません。資格停止か、剝奪されるぞっていいたいのでしょうが、もうたいして未練はありません」

「刑務所に入る覚悟はどうなんだ」

石崎は黙った。鮫島はいった。

「極道でも、入りたくて刑務所に入る奴はいない。だが刑務所嫌さにケツを割ったら、一生浮きあがれない。それはわかっているのだろう」

「でしょうね。それはつくづく思います。その点でいえば、自分は根性なしです。本部長はそれをよくわかって下さっています。たとえば、上原ってのは どうしようもなく嫌な野郎ですが、根性だけはある。いざとなりゃ、人をぶち殺す根性も、長六四《ナガムシ》くらう覚悟もある。お巡りのくせに、あんな野郎は珍しい」

いってから、あわてて鮫島を見た。

「鮫島さんは別です。同じ警官でも、上原とは住む世界がちがう」

「ちがわない」

鮫島は短くいった。

「ちがうのは管轄だけだ」

「どうしてです?」

説明する気はなかった。

「かわり者だからさ」

いって、鮫島は目を閉じた。

切れ切れではあったが、三十分ほど鮫島はうとうとした。大きくハンドルが切られる気配に、鮫島は目を開いた。レガシーはコンビニエンスストアの駐車場に入ったところだった。

「煙草が切れました。鮫島さんのはありますか」

石崎はいった。鮫島は頷き、時計を見た。ホテルをでてから一時間二十分が過ぎていた。

車を止め、石崎はコンビニエンスストアに入っていった。鮫島は車を降り、深呼吸した。人家の少ない地域だった。コンビニエンスストアといっても、食料品が主の、よろず屋に近い。知らないチェーン店名だ。

道路の反対側は崖になっていて、下を川が流れている。ゆるやかな登り坂で、標高もあるようだ。

古びたポスターの貼られたガラス窓のすきまから石崎の姿が見えた。食料品の棚のあいだを歩きながら、携帯電話を耳にあてている。指示を仰いでいるようだ。

やがて缶コーヒーと清涼飲料水のペットボトルが入ったポリ袋を手にでてきた。

「飲みますか」

「いただこう」

助手席に戻って鮫島は缶コーヒーをうけとった。

空腹感はない。

石崎は缶コーヒーの一本をひと息で飲み干した。喉が渇いていたようだ。空き缶を袋に戻し、ペットボトルをとりだした。栓をひねって、さらに四分の一近くを飲んだ。

「あと二十分かそこいらです。これをまっすぐ登ると、山越えで、海にぶつかります。工場は下る途中にあります。それこそ周りは何にもないところで」

「工場の規模は？」

「一度しかいっていないので、あまり覚えちゃいませんが、たいしてでかくはありません。四、五百平米といったところじゃないですかね」

慣性航法装置がそのていどの規模の工場で製造できるものかどうか、鮫島にはわからなかった。が、必要な部品を集め、組み立てるだけなら、充分な大きさだろう。

「従業員はどこから？」

「ほとんどがパートのおばさんですよ。海沿いには市街地がありますから、マイクロバスで拾って、工場に運び、終わったらまた帰す、という具合で。まさかそんな代物を作ってるとは思わなかった」

とすると、やはり組み立て工場と考えるべきだろう。専門の技術者はごく少数ですむ。

「木藤はそこにいるんだな」

鮫島はいって石崎を見つめた。石崎は瞬きした。嘘をつこうかつくまいか迷っているようだ。やがて答えた。

「おそらくいると思います。鮫島さんは木藤と話がしたいのじゃありませんか」

「したい」

鮫島は頷いた。

「一度会ったが、そのときは話ができなかった」

石崎は煙草に火をつけた。

「クールっていうのか、腹の底をなかなか見せない人です。自分からはあまり話をしてきませんね」

「感情的になることはあまりないのかな」

「ないでしょうね。でも上辺が静かだからといって、中身までおとなしいとは限らない。会ったのならわかるでしょう。体を鍛えているんです」

「体を？」

「ええ。それもジム通いだけじゃなくてね、宮古島《みやこじま》でやっているトライアスロンに毎年参加してるって話です。あれは泳いで、走って、自転車に乗って、です。半端な体力じゃできない。古山さんですら、あきれていました。自分をいじめるのが好きなのじゃないかって」

確かに古山とはちがって、すらりとした印象がある。何より、自分に向けてきた鋭い視線を覚えていた。

そのときは、宮本の同期ということで、死に追いやった責任の一端を問われているのかと思った。

「井辻は昨夜、木藤と連絡をとったのか」

石崎は頷いた。

「鮫島さんから電話のある少し前です。諸富と話をつけるつもりだったのに、橋渡しをする上原が断わってきたんです。相当荒れていました。あんな馬鹿と組めるか、と大声をだして」

「ホテルにきたのか」

「ええ。こっちにきたときは、とりあえず上原を通す、というのが約束だったので」

「ヘルスキッチン」から観光ホテルへ向かったのだ。

「上原は、諸富と話したいのなら勝手に話せといって、携帯の番号をいって帰りました。諸富もキレていました。上原がうちに乗りかえると思いこんでいるんです。取引はご破算だ、北朝鮮の野郎を渡さなけりゃ、二度と県境はまたがせないってね。それで本部長は木藤に連絡をとったんです」

「木藤は何といった？」

「誤解があるようだが、上原と李が万事丸くおさめる、と」

「それは関係者の口を全部封じる、ということか」

「さあ。それを確認するほど、本部長も間抜けじゃありません。とりあえずここはいったんひいて、ようすをうかがおうと。ただ本部長は、古山さんのことを心配していました」

「古山は鹿報会がおさえている。上原と鹿報会が切れた今、木藤に諸富をコントロールする力はない」

いってから鮫島は気づいた。もはや古山を沈黙させておくのに、諸富に対する支配力を木藤は必要としない。だからこそ李は栞を拉致したのだ。

木藤——十知会——上原——鹿報会という四者のつながりはばらばらだ。ただし、上原と李は、まだ木藤とつながっている。だからこそ、木藤は、二人がことをおさめる、と告げたのだ。

問題は、木藤には上原をコントロールする力があっても、李をコントロールできない、という点だ。

李のやりかたは荒っぽい。いざとなれば、諸富、上原、古山、さらには木藤の命すら奪おうとするかもしれない。井辻はそれに危険を感じ、地元に戻る決心をしたのではないか。

「諸富がキレる理由もわかりますし、欲かいた上原の動きも想像がつきます。けれどおっかないのは、北朝鮮からきている野郎です。古山さんの妹までさらって、やることがめちゃくちゃだと思ってましたが、さっき本部長と鮫島さんの話を聞いて、ようやく合点がいきました。あの野郎にとっちゃ、日本人も、日本にいる北朝鮮人も皆いっしょなんです。国を守るためなら、きっと何人だって平気で殺す。そんなのとことを構えるわけにはいきません。うちは商売でつきあってきたのであって、北朝鮮には何の義理も借りもない」

「それが一番きたない」

鮫島は吐きだした。石崎の顔がこわばった。

「金のためだけに、しゃぶを買い、代金が兵器に化けているんだ。ただ金のためだけだ。最低の行為だ」

石崎は無言だった。やがていった。

「今のは聞かなかったことにします。自分は根性なしなんです。でなけりゃ黙ってるわけにはいかない。それに鮫島さんは、こっちの警官でもない。うちに手だしはできない筈です」

鮫島は石崎に目を向けた。

「井辻は、なぜ俺を木藤に会わせることにしたのかな」

「鮫島さんなら、丸くおさめてくれるかもしれないと思ったのじゃないですか」

顔をこわばらせたまま、石崎はいった。

「じゃあ俺は、十知会にとっての上原や李なのか」

石崎は答えなかった。無言でサイドブレーキを外し、アクセルを踏んだ。レガシーは坂道に戻ると、前進していった。

ゆるかやかだったカーブがじょじょにきつくなり、鮫島は頂上が近いことを知った。ヘアピン状のカーブをいくつか抜けると、そこが最も標高の高い峠であることを示す道標が立っていた。道は下り坂にかわり、カーブのひとつを回ったとき、前方眼下に、銀色に輝く海面が見えた。

下り坂にそれほどの斜度はなく、雑木林ではさまれた道は、左右にうねりながらも、ほぼまっすぐにつづいている。

峠をこえて五分も走った頃、右手に簡易舗装を施された細い分かれ道が出現した。「㈱南斗精器県北工場」と記された小さな看板がある。石崎はそちらに向け、ハンドルを切った。

道幅は三メートルにも満たず、対向車がくれば、すれちがうのに苦労しそうだ。ゆるやかな登りで、百メートルほどつづいている。

やがて前方左手に、一段低い位置に建つ工場が見えてきた。

「止まれ」

鮫島は告げた。石崎は無言でブレーキを踏んだ。

鮫島は助手席の扉を開き、降り立った。

工場の手前には、砂利をしきつめた駐車場があり、マイクロバスが一台と、軽自動車、それにメルセデスが止まっていた。駐車場に側面を向けるように、横長の建物がのびている。

建物の高さはおよそ六メートルで、長さは五十メートルほどだった。コンクリート製の外壁で、窓はあまりない。明りとりのような天窓がいくつか、外壁の上部にあるだけだ。

出入口は、駐車場に面して、製品の搬出に使うと覚しい大きなシャッターと、駐車場から正面に回ってすぐの位置に、観音開きのガラス扉がある。

建物の周囲に人の姿はない。工場が稼働していることをうかがわせる機械音も聞こえなかった。

オートウインドウがおろされる音にふりかえった。石崎がうかがっている。

「木藤は俺がくるのを知っているのか」

正直な答は得られないかもしれないと思いながらも、鮫島は訊ねた。石崎は首をふった。

鮫島は再び工場をふりかえった。腕時計を見た。十時近い。平日なのだから、工場が操業していてもおかしくはない。かりに機械類を動かすのはもう少しあとだとしても、これほど静まりかえっているのは変だった。

駐車場には車が三台しかない。送迎用のマイクロバスをのぞけば、軽自動車と木藤のメルセデスだ。昨夜、李が乗っていた車は、そのどちらでもなかった。

車がないからといって、李が工場にいないという確証にはならない。だが工場が操業していないことだけは確かだ。

木藤は万一を想定して、工場を臨時休業にしたのだろう。

鮫島は足を踏みだした。

「乗っていかないんですか」

石崎が声をかけた。

「ここで待っていてくれ」

「ここで？　他の車がきたら邪魔になる」

石崎はうしろをふりかえっていった。

「その邪魔をしてほしいのさ。それに今日、工場は休みのようだ」

鮫島はいった。石崎は冷めた目で鮫島を見つめた。

「じゃあ車がきたらクラクションを鳴らします」

「それでいい」

鮫島は答えて背を向けた。

18

石崎を残したのは、自分の安全を考えた上だった。ひとりになった石崎が木藤に、鮫島の到着を知らせる可能性はある。だがうしろからいきなり撃たれるよりはましだ。

李がいなければ、工場で待ちうけているのは、木藤と「南斗精器」の幹部社員だろう。トライアスロンで体を鍛えているとはいえ、工作員ややくざとはちがう。いきなり襲いかかるような真似は難しい筈だ。

五メートルほど歩いてから、鮫島は背後をふりかえった。石崎はフロントガラスごしにこちらを見守っている。

道は駐車場へとつながる傾斜で終わっていた。

「私有地　㈱南斗精器　ここから先の関係者以外の立ち入りを禁ずる」

という看板が駐車場の入口には掲げられている。だがそれを除けば、社名を大きくうたうような表示は何もない。

鮫島は駐車場に入った。トラックと覚しい大型のタイヤの轍がいくつかある。製品を港まで運ぶ車輛の出入りを示すものだ。

駐車場に降りると、レガシーは天井しか見えなくなった。車外に出なければ、石崎からも鮫島の姿は見えない。

鮫島は建物周辺を見回した。監視カメラのような設備がないかを捜したのだ。

シャッターの上部に一基、備えられている。すでに映しだされた可能性はあった。覚悟の上だった。気づかれずに忍びこめるとは思っていない。

マイクロバスの横腹を見た。社名も何も入ってはいない。クリーム色の車体に、青いラインが引かれているだけだ。軽自動車は、隣県ナンバーのプレートをつけていた。

あたりはひどく静かだった。駐車場の一角には、業務用エアコンの、大型室外機が二台すえられている。どちらも停止していた。

鮫島は駐車場をよこぎった。建物の正面にまわる。陽がさしていて、道から一段下がったそのあたりは風もなく、暖かだった。正面にはグリーンベルトが作られ、菊が花を咲かせている。

ガラス扉に「株式会社　南斗精器　県北工場」の文字があった。

正面に立つと、工場全体がひっそりと静まりかえっているのがさらに実感された。車がなければ、人っ子ひとりいないと思えたかもしれない。

ガラス扉の内側は、二メートルほどのカウンターで仕切られた受付だった。そこも無人だが、奥の天井からカメラが出入口を狙っている。

鮫島はガラス扉に手をかけた。施錠はされておらず、扉はあっさりと開いた。中に入ると、冷んやりとした空気に包まれた。

足もとを見た。淡いグリーンのリノリウムで、まるで病院のようだ。内部も外部に劣らないくらい簡素で、ここがどのような類の製品を作る工場であるかをうかがわせるものは何もない。受付の左横に階段があり、右手にはまっすぐのびる通路があった。

通路は幅二メートルほどで、両側を壁にはさまれている。左手の壁には大きなガラス窓がはめこまれ、内側に組み立てラインと覚しいコンベアの工場部分が広がっていた。通路と工場内部をへだてる扉には鍵がかかっていて入れない。

鮫島はまず通路を奥に進むことにした。ガラス窓から内部をうかがっていく。横長の工場部は、三つのスペースに分かれていた。だがその三つをぶち抜くようにコンベアが通されている。さらに工程でいえば、一番手前が最終工程で、奥に向かうほど初期工程のようだった。そう思った理由は、一番手前の部屋には、製品を梱包するのにつかう発泡スチロールや台車がおかれていて、奥にいくほど工作機のような設備が増えているからだ。一番手前の工場部分は、受付の裏側の空間を介して、駐車場側のシャッターとつながっている。搬出の便を考えた設計なのだろう。

鮫島はガラスごしに作りかけの製品やその部品がないか、目をこらした。だがコンベアの上はきれいで、工具類も整頓されていた。目につく範囲に、この工場で作られていると覚しいものは何もなかった。

通路のつきあたりは、窓のない、鍵のかかった部屋だった。おそらく資材室なのだと、鮫島は思った。組み立てられる前の部品や半製品がおかれているにちがいない。工場部分に入る扉とちがって、電子錠が使われている。

工場内部の照明はすべて落とされていた。明りは、高い天井近くに切られた窓からの光だけだ。二階部分があるのは、どうやら受付左手のスペース、搬出口の上にあたる場所だけだった。

鮫島はそこまで戻ることにした。工場部分が無人である以上、人がいるとすれば二階しかない。

通路をまっすぐ進んだ。受付の前にでた。カウンターの内側にいつのまにかスーツを着た男がひとりすわっていた。木藤だった。

鮫島は立ち止まった。木藤は激しい感情を押し殺したような表情を浮かべている。互いに見合ったまま、すぐには口をきかなかった。

木藤は白いワイシャツとネクタイの上に、ファスナーのついた灰色の作業衣を着こんでいた。胸のところに小さく「南斗精器」という縫いとりが入っている。ネクタイの柄に、鮫島は見覚えがあった。法事の席でしめていたものだ。

だが乱れた雰囲気はない。ヒゲもそっているし、髪もきれいになでつけられていた。

木藤は足を組み、左手をすわっている椅子の背に回していた。

「見学は終わりか、鮫島警部」

やがて口を開いた。鮫島は無言だった。

「何かおもしろいものはあったか」

「立派な工場だ。動いているところを見たかった」

鮫島は答えた。

「今日は臨時休業でね。工員の大半は主婦なんだ。連絡網が組んであって、ひとりに休みをいえば、電話で全員に伝わる」

木藤はいった。軽く体を揺すっている。

「なぜ休みに？」

「お客さんがくるからさ」

「栞さんはここか」

木藤は頷くように頭上を見あげた。

「ここにいる」

「李光中もか」

木藤は答えなかった。鮫島はいった。

「奴をほっておくと、大変なことになるぞ」

「もうなっている」

木藤は短くいった。

「すべてはあんたの誤解が原因だ。俺はただ宮本の七回忌にでようと思っただけだ」

「らしいな。古山もそういった。だがもう遅い。いずれにしてもお前がこなけりゃ何も起こらなかった」

鮫島は木藤を見すえた。わずかに青ざめているようにも思える。険しい表情だった。

「栞さんは無事なのだろうな」

「中学生の頃から知っている。指一本触れる気はない」

「だったらなぜ拉致した」

木藤は無言だった。

「李を警察にひき渡せ。このままいけば、もっと多くの血が流れる」

木藤は顎をそらした。

「お前が死ねば丸くおさまる。いうことを聞いて古山を、諸富のところにいかせたのがまちがいだった」

「俺を拉致したと古山さんに知らせたのはあんただな」

「お前がいなくなって騒ぎになれば、真っ先に古山に疑いがかかる。それをさけたかっただけだ。まちがいだった」

「古山さんはどこまで知ってる？　あんたの仕事を」

「俺は機械屋の社長だ」

「北朝鮮の資金援助をうけて、禁輪品の慣性航法装置を作っている。帰化したのも、公安のマークをさけるためだろう」

木藤はわずかに息を吸いこんだ。

「古山さんは逆にあんたを守ろうとしたんだ。あんたの仕事をうすうす勘づいていたのだろう。だからトラブルが拡大して、あんたに飛び火するのをさけたかった。麻薬取締官は、まだ何も気づいちゃいなかった」

木藤は首を傾げた。

「麻取はうちに目をつけていた。しゃぶなどどうでもいいが、製品をおさえられるのが一番痛い」

「そうあんたに教えたのは、上原だろう。それは嘘だ。奴は麻取の誘拐の共犯だという意識をあんたにもたせ、しゃぶの取引に一枚かもうとしたんだ。あんたの首根っこをおさえておけば、おいしい思いができると踏んで」

木藤はぐっと奥歯を嚙みしめた。

「あんたは上原に踊らされ、さらには本国から工作員までやってきた。このままじゃ、古山さんも栞さんも、へたすりゃあんたまで皆殺しだ。本国が欲しいのは製品だ。あんたが死ねば、別の誰かが『南斗精器』の社長になりかわる。守りたいのは工場であって、あんたじゃない」

「それでもかまわない。国籍を捨てたときから、祖国に命を捧げる覚悟はできている」

「親友と親友の妹の命もか」

「二人も同じ民族だ」

鮫島は首をふった。

「あんたの愛国心をけなすつもりはない。だがこれ以上人が死んでいくのを止めたいとは思わないのか」

「命よりも大切な使命があるというのは、日本人のお前にはわからない」

「じゃあ教えてやる。李光中の動きはすでに公安に発覚しているし、この工場の存在が発覚するのも時間の問題だ。それで三人が死んだら、まったくの無駄死にだぞ」

木藤は瞬きした。

「麻取が死んでいるんだ。警察はそう簡単に捜査から手をひかない」

木藤の口もとが歪んだ。笑ったのだった。

「そうかな。日本の警察は腐っている。武史が死んだとき、俺は学習過程にいたから、何があったかだいたいわかった。公安が総連を研究しているように、総連も公安を研究しているからな。こっちにきて、上原と会い、腐っているのは、公安だけじゃないとわかった。この国の警察を支配しているのは、自己保身のかたまりのような奴ばかりだ。そんな連中が、身内の恥をさらしてまで、麻取殺しの犯人を捜すかな。聞いた話じゃ、麻取と警察は仲が悪いそうじゃないか」

「誰があんたにそんなことを吹きこんだ」

「古山だ。大阪にいた頃、知り合いが麻取につかまったことがあったそうだ」

だから古山は、鮫島だけは解放するように諸富に迫ったのだ。麻薬取締官が殺されるのと警視庁警察官が殺されるのでは、県警の対応もかわってくる。しかも鮫島はキャリアであると、古山は知っている。

寺澤は、上原が殺させたのも同然だ。上原は木藤との関係を強化するために、寺澤の拉致監禁、そして拷問を鹿報会に指示したのだ。

「古山さんは何といって諸富を説得したんだ？」

「お前に何かあれば、えらい騒ぎになる。それと鹿報会の息がかかった業者を専門に店に入れてやる」

鮫島は首をふった。

「馬鹿だろう。奴は本当に武史が好きだったのさ。だからお前を武史に見立てていたんだ」

「古山さんはどこにいる」

「俺は知らない。諸富に訊け。奴がまだ生きているのなら」

木藤の目が動いた。鮫島の背後のガラス扉が開かれる気配があった。

石崎だった。右手に拳銃を握っていた。鮫島の知らない形のオートマチックだ。

「動かんで下さい」

石崎はいった。しきりに唇をなめている。銃口は、鮫島と木藤の中間に向けられていた。

「刑務所にいく根性はないのじゃなかったのか」

鮫島はいった。石崎は目を木藤に向けたまま、小さく頷いた。

「確かにその根性はありません。本部長は、代わりに人を立ててるといってくれました。刑務所にいく根性はありませんが、人を撃つ根性はある、と証明しなきゃならないんです」

「やめておけ。それをこっちに渡すんだ」

「誰を殺せといわれた」

木藤が訊ねた。鮫島は気づいた。木藤が前にしているカウンターの内側に、テレビのモニターがあって、石崎がやってくるのも、木藤には見えていた筈だ。

「二人を」

石崎は答えた。

「俺の口を塞いでおけば、少なくとも十知会は安泰だろうからな」

木藤がいった。どこか朗らかに聞こえる口調だった。

鮫島は石崎との間合いをはかりながらいった。

「二人も殺すなんて無茶はできっこない。井辻はなぜそんな無理をいったんだ」

石崎は首をふった。

「自分、射撃には自信があるんです。ハワイやグアムで練習積んでますし」

「紙の的と人間はちがう」

石崎の顔は蒼白だった。銃口が鮫島を向いた。

「今、試します」

不意に木藤が立ちあがった。椅子の背に隠していた左手に拳銃を握っていた。耳を聾する発射音が轟いた。

石崎の体が硬直した。目を丸くしている。ワイシャツの胸に赤い染みがにじんでいた。

「木藤！」

鮫島は叫んで、崩れかけた石崎の体にとびついた。石崎はそのままもたれかかるように倒れこんできた。その重みに鮫島はよろめいた。

「おい、石崎——」

石崎の表情はかわらなかった。床に寝かせるとすばやく脈をとった。停止している。

鮫島は木藤をふりかえった。

「死んだぞ」

息が荒くなっていた。木藤は無表情だった。虚ろな声でいった。

「自己保身を考える奴ばかりだ、この国は」

鮫島は石崎の手から拳銃をとった。銃口を木藤に向けた。

「銃を捨てろ」

木藤は従わなかった。ゆっくりと歩みだし、カウンターの端をはねあげた。手にした銃口が鮫島の方を向き、鮫島はとっさに横に転がった。

轟音が響いた。石崎の死体が小さく揺れた。鮫島は木藤の脚を狙い、ひき金をひいた。

銃弾は発射されなかった。安全装置がかかっているようだ。鮫島は階段に向かって走った。身を丸め、必死だった。

銃声が轟いた。階段の手すりに銃弾が命中し、甲高い音をたてて跳弾となった。壁にあたり漆喰がとび散った。

階段をかけあがり、踊り場にでると身を伏せた。

心臓がせりあがっていた。

手にしている拳銃を見た。トカレフやマカロフ、コルトともちがう。安全装置らしい突起を捜した。スライドの最後部にそれらしいものがあった。階段の下と交互に目を向けながら、それを押した。

カチッという小さな音がした。射撃に長けているといいながら、石崎は安全装置を外すのすら忘れるほど緊張していたのだ。そんな男に殺人を命じた井辻に怒りを感じた。

オートマチック拳銃を支給されたことはないが操作手順は知っていた。まずスライドをひいて、マガジン内の初弾を薬室に送りこまなければ、発砲はできない。

木藤の姿が見えた。左利きなのか、左手の拳銃を鮫島のいる踊り場の方角に向けている。

鮫島はさらに階段を駆けあがった。木藤が撃ち、踊り場の壁に銃弾がめりこんだ。反響する銃声は恐ろしいほど大きい。

階段を登りきった場所には、曇りガラスの扉があった。とうてい遮蔽物にはならない。

「鮫島警部！　降りてこい！」

木藤が叫んだ。

「降りてきて、俺をつかまえてみろ」

鮫島は左手で拳銃のスライドをひいた。スライドに切られた排莢口から未使用の拳銃弾がこぼれた。石崎は初弾の装塡はすませていたのだ。

こぼれた弾丸は階段を転がり落ちた。カチ、カチと固い音をたてて落ちていく。マガジンに入っている弾丸が一発だけということはありえないだろうから、銃はこれで発射準備が整ったことになる。

右手で握ったグリップを左手で包み、鮫島は拳銃を胸にひきつけた。ゆっくりと息を吐きだす。

発射可能な拳銃を手にしたことで、わずかだが落ちつきを取り戻した。

警察の応援を呼ばなければならない。左手で携帯電話を探った。

そのとき、木藤が踊り場に駆けあがってきた。ジャンプするように踊り場に着地する。

「鮫島ぁ」

くるりと向きをかえると撃った。鮫島は身をすくめた。

下方から発射された銃弾は背後のガラス扉の上部に命中した。

「動くなっ」

鮫島は銃口を木藤に向けた。木藤は従わずに撃った。

鮫島はたまらずに、うしろ向きに倒れこんだ。ガラス扉は内側に開き、同時に二発目の着弾で砕け散った。

鮫島は仰向けに倒れこみながらもひき金を引いた。ニューナンブより軽い反動が肩に伝わり、銃弾が発射された。

踊り場の壁が漆喰を散らし、木藤が目を丸くした。反撃を思ってもいなかったようだ。

「銃を捨てろ！　捨てるんだっ」

木藤は一瞬すくんだが、鮫島をにらみつけ、跳んだ。鮫島の視界から木藤の姿が消えた。鮫島はガラスの破片を浴びた状態で身を起こした。怒りがエネルギーとなって体をつき動かしていた。

階段を駆け降りた。木藤が下で待ちうけているとは思わなかった。バタバタという足音が聞こえてくる。

踊り場に立った。出入口のガラス扉を木藤はくぐったところだった。

「木藤！　止まれっ」

撃ってもとうてい当たる位置ではなかった。木藤の姿は一瞬で見えなくなった。

鮫島は残りの階段を駆け降りた。あとを追って、建物をとびだそうとして思いついた。

木藤がすわっていたカウンターの内側に回りこむ。四台のテレビモニターが並び、うち二台に映像が映っていた。ひとつは建物の入口を、もうひとつは駐車場を映しだしている。

駐車場にあるメルセデスの扉を木藤が開き、乗りこむ姿があった。かたわらに石崎が止めたと覚しいレガシーがある。

メルセデスは猛スピードでバックし、レガシーの鼻先と接触した。画面の中で音もなく、メルセデスの尾灯が砕けた。

メルセデスが画面から消えると、今度は砂利をかむタイヤの音と甲高いエンジン音が、出入口の方角から聞こえてきた。

鮫島は息を吐きだした。カウンターをでて、階段を登った。栞が二階にいると、木藤はいっていた。木藤を追うよりも、栞の保護が先だった。

ガラス片の砕け散った階段をあがり、二階の部屋に入った。

そこは応接セットのおかれた六畳ほどの部屋だった。部屋の隅に大型のテレビがあり、音もなく映像を流している。

その映像は駐車場にしかけられたカメラと同じだった。リモコンが楕円形のテーブルの上にある。

応接室のつきあたりにはもう一枚の扉があった。鮫島は拳銃をかまえながら、扉を押した。

コンピュータののったデスクのおかれた、窓のない小さな部屋だった。大きさは四畳あるかどうかだろう。デスクの前の椅子に栞がいた。ガムテープで口と両手首を固定されている。みひらいた目はしっかりとしていて、怪我を負っているようすはなかった。

「栞さん」

鮫島は拳銃をデスクにおき、駆けよった。手首のガムテープをはがした。口もとのガムテープは、栞が震える指先ではがした。

「怪我は？」

蒼白の栞は無言で首をふった。

「あの、き、木藤さんは――」

「逃げた」

「大きな音がしましたけど――」

栞の目が、鮫島のおいた拳銃に向けられた。鮫島はそれをとり、安全装置をかけて、栞の目に見えない、上着の内側にさしこんだ。

「大丈夫だ、もう」

栞は目を閉じた。大きな息を吐き、再び目を開いた。

「兄は？」

「ここにはいない。だが少し前に電話で話した」

栞が救出されたことは、木藤の口から上原や李に伝わるだろう。鮫島は危険を感じた。上原はともかく、李は栞と鮫島を殺しに戻ってくるかもしれない。

「とにかくここをでよう」

鮫島は栞の腕をとった。立ちあがろうとしかけ、栞は両手をデスクについた。

「待って、待って下さい。心臓がどきどきして破裂しそうなの」

鮫島は頷いた。だが木藤の知らせをうけた李が今にも躍りこんでくるのでは、と不安だった。

「大丈夫。もう平気です」

固唾を呑み、栞は立ちあがった。鮫島は銃を手に、先に小部屋を出た。本来なら非合法の銃など携帯すべきではないが、とうていおいていく気にはなれなかった。

栞は別れたときと同じパンツスーツ姿だった。ガラス片を踏まないように応接室を抜け、階段を下った。受付の前にでて、石崎の死体に気づいた。血だまりが広がっている。

鮫島の腕をつかんだ。

「あの人は――」

「十知会のやくざだ。木藤に撃たれた」

「病院へ……。救急車を呼ばないと……」

鮫島は栞の腕を握った。

「もう無駄だ」

栞は喉の奥で泣き声のような音をたてた。栞の体を支え、鮫島は工場をでた。とにかく、栞を安全な場所へ連れていかなければならない。

レガシーにはキィが差さったままだった。鮫島はレガシーの助手席に栞をすわらせ、ハンドルを握った。一刻も早く、この工場を離れたい。通報はそれからだ。

駐車場をでて側道に合流し、走ってきた坂道に出た。石崎が買物をしたコンビニエンスストアまでいけば、少しは安全だろうと判断し、レガシーを走らせた。

「あなたを連れだしたのは、眼鏡をかけたスーツの男だな」

バックミラーに注意しながら、鮫島は話しかけた。栞は何度も頷いた。

「そう。いつのまにか、まるで幽霊みたいに、部屋の中に立ってた。大きなナイフをもってて、声をだしたら刺すっていわれた」

「まっすぐあの工場へ？」

「ええ。車に乗ったらすぐ、ガムテープをはられて、うしろの席で横になってろっていわれたの。毛布を目の下までかけられて、動くなって——」

「木藤は工場にいた？」

「いました。鮫島さんの話から、木藤さんが何か関係しているのかもしれないとは思っていたけれど、実際に会ったら、びっくりして……。『祖国のためだ。一日だけ、俺といてくれ』って。目つきがかわってて、これはいうことを聞くしかないって思いました」

「あなたを連れだした男は？」

「わたしをあの部屋に入れたあと、応接室で木藤さんとしばらく話をしていました。朝鮮語でした。内容まではよく聞こえませんでした。いついなくなったかは……」

鮫島は頷いた。李は栞をおさえたあと、市内に戻ったのだろう。市内にはまだ古山がいる。

コンビニエンスストアが前方に見えてきた。栞が口を開いた。


「あの……お手洗にいきたいんです」

「あそこで止まろう」

鮫島は頷いた。

19

栞がコンビニエンスストアに入っていくと、鮫島は携帯電話で須貝を呼びだした。

「鮫島さん！　今どちらです」

須貝は叫んだ。それには答えず、鮫島はいった。

「李光中の身柄はおさえたか」

「まだです。正午をもって、緊急配備をしく方向で警備部長と検討しています」

「足どりはどうなんだ」

「つかめません。次々と車を乗りかえちょるらしくて、鹿報会の主だった出入先はすべておさえちょっとですが……」

「『南斗精器』という会社を知っているか」

「『南斗精器』――、法事にきていた元マル対の会社じゃなかですか」

「そうだ。その県北工場を調べろ。李が守ろうとしているものの手がかりがある」

「何です？」

「ワッセナー協定で輸出を禁じられている慣性航法IN

装置の組み立て工場だ。北朝鮮産のしゃぶは、その製品の代金だった。経営者の木藤は、本国への製品供給のために帰化し、『南斗精器』を設立した。しゃぶを買い入れている福岡の暴力団、十知会はそのためにダミーの卸会社を作り、しゃぶ代を『南斗精器』に支払っていた。工場には、十知会の組員の死体がある。木藤が射殺したんだ」

「で、木藤は今どこに？」

「逃亡した。木藤は李とつながっている」

「待って下さい。じゃ十知会と鹿報会をつないだのは、木藤やっとですか」

「ちがう。県警の人間だ」

「えっ」

須貝は絶句した。

「その人物が鹿報会にしゃぶ供給を匂わせ、麻薬取締官の寺澤を誘拐させた。俺があんたをずっと信用しなかった理由がこれでわかったろう」

須貝は沈黙していた。

「中央署の警部補、といえばわかる筈だ。素行に問題のある警官を、警備部は把握しているのじゃないか」

須貝は息を吐いた。

「その人物は、『南斗精器』の製品が輸出されておることを知っちょったとですか」

「無論だ。それどころか奴は、燃やされた牧場にいた諸富貫次をたきつけて、麻取に拷問を加えさせていた。木藤を共犯関係にひきずりこみ、鹿報会との関係が悪くなっても、『南斗精器』と十知会のしゃぶ取引から自分が外されなくするためだ」

「参ったな……。ないご《なん》て《で》もっと早くそんことを知らせてくれんかったんです」

「県警がどう動くか、判断ができなかった。だが『南斗精器』の社長が、十知会の組員を射殺した以上、この問題に蓋をすることはできない。刑事部に協力を仰ぐのなら、問題の警官に関してだけは、注意をすることだ。情報が抜ければ、奴は先に木藤の口を塞ぐかもしれん」

「そこまでのタマやっと《なの》ですか、その人物は」

須貝の声に驚きがこもった。

「奴は、諸富の見ている前で俺に拳銃をつきつけ、黙らせてやると凄んだ」

「所在を確認し、見つけしだい、確保します」

「そうしてくれ。ある意味では、李か、それ以上に危険だ」

「で、鮫島さんはこれからどちらへ」

「古山栞さんを保護したので、これから安全な場所へ連れていく。彼女はやはり李に拉致され、『南斗精器』の工場に監禁されていた」

「どこです、安全な場所って」

「上原が確保されたとわかるまでは教えられない」

「鮫島さん！」

鮫島は電話を切った。栞がコンビニエンスストアをでてくる姿が目に入った。電話はすぐに鳴りだした。須貝からだった。鮫島はそれを無視した。

栞を助手席に乗せ、鮫島はレガシーを発進させた。

「これからどこへ？」

落ちつきをとり戻したらしく、栞は訊ねた。

「お兄さんには、あなたと家族の他に、もうひとつ弱みがある。その人とおち合ってもらい、二人を安全な場所へと移動させる」

誰のことか栞にはわかったようだ。だが無言だった。

鮫島は今泉がおいていった名刺を手にとった。携帯電話を呼びだした。

「今泉です」

「鮫島だ。今、栞さんといる。これから市内に戻って、平良さんと会う。二人を安全な場所に連れていきたい。心当たりはありますか」

今泉はわずかに沈黙した。やがていった。

「知人が県南の観光地で民宿をやっています。観光客が多い土地柄なので、女性ふたりでも、そこならばかえって人目につきにくいかと……」

「お願いします」

「では私は、ひと足先に『ハイタイ』の方に参ります」

「平良さんには私から連絡を入れておく」

鮫島はいって切り、「ハイタイ」を呼びだした。

マリーは無事だった。

「――はい」

「鮫島だ。少ししたら、今泉さんがそこに現われる。二人で待っていてくれ」

「あの人は生きているの?」

「二時間前に話した。元気だった」

マリーはほっと息を吐いた。

「待ってるわ」

鮫島が電話を切ると、栞が訊ねた。

「警察では駄目なのですか」

「この件には、県警の警官がからんでいる。それもどうしようもない悪《ワル》の」

鮫島はいった。栞は目をみひらいた。

「警察というところは、外に対する情報管理ができても、内部に対しては甘さがある。あなたをもし、またおさえられたら、すべてを藪の中ですませられる、と考える人間が現われるかもしれない」

「でもわたしは、県警の幹部の方も存じあげています」

「警察官僚の友情は信用できない。保身のために、あなたになど会ったこともないと平然というだろう」

栞はショックをうけたように黙りこんだ。鮫島はつづけた。

「今回の件が、どこまで公になるかは、すべて県警公安の動きにかかっている。事態はどんどん大きくなっていて、蓋のできない状況に変化しつつあるが、一歩まちがえれば、公安、刑事ともに、これらをひとつの事件としては処理せず、別々の案件として片づけようとするかもしれない。その場合、元凶となったひとりの悪徳警官は野放しで、あなたとお兄さんの安全は何ひとつ保障されない」

「そんなことが……」

「警察官も人間だ。自らの出世の道を閉ざすようなパンドラの匣《はこ》を開く者はいない」

　栞は息を吐いた。

「武史さんは、そんな世界にいたのね」

　鮫島は無言で煙草をくわえた。

「東大をでて難しい試験に合格して、エリート中のエリートになったと思ったら、そんなどろどろの世界だったなんて……」

「――彼がその世界に反発を感じていたのは事実だ」

　火をつけ、鮫島は短くいった。栞は哀しげな笑みを浮かべた。

「鮫島さんは、まだ許してないんですね、武史さんを」

　鮫島は答えなかった。

「でもあなたは、兄やわたしのためにひどい危険をおかして下さった」

「宮本との友情のためではない。もし私が友情を感じているとしたら、むしろお兄さんに対してかもしれない」

「でも、兄とは一度しか会っていないわ」

「確かに。じゃあ、こういいかえよう。お兄さんと宮本との間にあった友情に対して、友情を感じている、と」

　栞の笑みが困惑したものにかわった。

「わからない」

　鮫島は頷いた。

「正直いえば、自分でもわからない。今、一番強くある感情は何かといえば、怒りだろう」

「それは、木藤さんや、その悪い警官に対しての怒りですか」

「それだけじゃない。もちろん、しゃぶを売って兵器の部品にかえた奴らや、それにたかってカスリをとろうとした警官にも腹が立つ。だが何よりも腹が立つのは、今この瞬間、誰を本当に信用できるか、誰が一番、法の執行に対して正直なのか、それがわからない現状に対してだ。あなたがいったように、警察が一番安全だ、そう信じられない状況に対して、何よりも怒りを感じる」

　栞は黙った。やがていった。

「鮫島さんには、わたしの知らない、いろいろなものが見えている。武史さんもきっとそれを見たのでしょう。武史さんは絶望した。鮫島さんは怒っている……」

「――宮本には、あんなに早く絶望してほしくなかった」

　鮫島は短くいった。いった瞬間、わずかだが、宮本に対する腹立ちが薄らぐような気がした。たぶんそれが、宮本に対して、最も強く感じている気持なのだ、と鮫島は気づいた。

　鮫島は苦笑した。この状況で、そんなことに気づいた自分が、ある種、滑稽ですらあった。

「何を笑っているの」

　不思議そうに栞が訊ねた。

「今初めて思った」

　鮫島は答えた。

「宮本の法事にでて、よかった」


　レガシーを路上駐車した。「ハイタイ」の周辺に、張りこみがおこなわれているようすはない。公安は、事件の中心人物が古山ではなく木藤だという情報を得て、「ハイタイ」に対する監視を解いたのかもしれない。

　栞を伴って階段を降りた。扉をノックすると、鮫島は名乗った。今泉が扉を開いた。

　今泉は店にいたときとはちがう、ジャケット姿だった。

　二人が「ハイタイ」に入ると、今泉は扉の鍵をかけた。

　カウンターに腰かけていたマリーが身をよじり、

二人を見た。マリーと栞が見つめあった。

「――初めてお目にかかります」

やがてマリーがいった。栞は小さく頷き、「ハイタイ」の店内を見渡した。

「いいお店ですね」

マリーは首をふった。

「『月長石』とは比べものにならない」

「あれは趣味。しょっちゅう、兄には怒られているわ」

栞はいってから、マリーを見直し、頭を下げた。

「兄が本当にお世話になっています。それに今度のことでは、あなたにもご迷惑をかけてしまって――」

「やめて」

マリーがさえぎった。微笑みを浮かべている。

「迷惑だなんて、お互い思ってない。そうでしょう?」

栞は瞬きした。マリーはいった。

「あたしがこの街にいられるのは、古山社長のおかげ。古山社長がいろといってくれる限り、この街でバーをつづけていく。もし社長がいらないといえば、この街をでていく。ただそれだけ」

マリーの目が輝いていた。その目を見つめ、栞は大きく無言で頷いた。

今泉が小さく咳ばらいをした。

「あの、お二人とも、お腹はすいてらっしゃいませんか」

鮫島は息を吐いた。

「そういえば、すいている」

「サンドイッチとコーヒーを用意しました。もし時間がなければ、車の中でも召しあがれるだろうと思って」

「いただきます!」

栞がいった。

鮫島と栞はカウンターに並び、今泉が広げたサンドイッチを食べた。手作りで、きれいに皿に盛られている。マスタードがきいていて、うまかった。

「二人はもう食べたの？」

栞の問いに、今泉とマリーは目を見交わし、頷いた。サンドイッチを鮫島と栞は分けあって、すべて平らげた。

「おいしかった」

鮫島は今泉に告げた。今泉は笑みを含んだ目で黙礼した。

「本当。おいしかった、ごちそうさま」

栞は今泉にではなく、マリーにいった。鮫島は栞を見た。

「本当はマリーさんが作ったのでしょう。でもあなたが作ったのじゃ、わたしが嫌がるかもしれないって、気をつかった。ちがいます？」

マリーは苦笑して頷いた。鮫島は驚いて、マリーを見直した。今泉がいった。

「見抜かれてしまいました。電話をさしあげたら、もしかしたらお二人がお腹をすかしていらっしゃるかもしれない、と平良さんがおっしゃって、材料を私が届けました」

「兄は食べたことある？」

マリーはあいまいに首をふった。

「絶対食べさせてあげて」

栞が力強くいった。うつむいてマリーは頷いた。わずかに涙ぐんでいた。

「出発しよう」

鮫島は告げた。

20

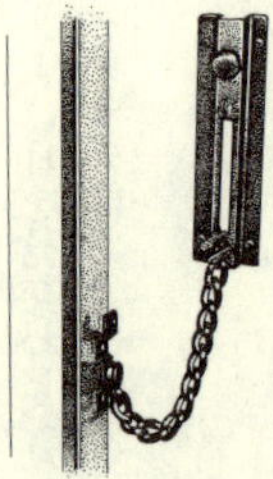

今泉が運転するGTOに従って、鮫島はマリーと栞を乗せたレガシーを走らせた。古山には、早く栞の無事を知らせたかったが、その情報が鹿報会に伝わった場合、諸富がどのような行動をとるか予測がつかない。

鮫島の情報をうけた須貝は、「南斗精器」の県北工場を捜索し、そこで得た証拠をもとに福岡本社にも捜査の手をのばす筈だ。そして約束通り、九州厚生局麻薬取締部への通報がなされれば、北朝鮮との、しゃぶを代金とする慣性航法装置密貿易の仕組みが解明される。

今泉が目的地とする観光地は、市内からおよそ四十キロ、海沿いを南下した場所にあった。風光明媚な温泉地でもあり、かつては新婚旅行のメッカともいわれた土地だ。

後部席に乗ったマリーと栞はときおり言葉を交わしていた。栞の方から話しかけることが多く、マリーは古山と自分の関係をなるべく強く感じさせないように気づかっているようだった。

鮫島は会話に口をはさむことなく、これからの行動に考えを専念させた。

平日とはいえ、大型の観光バスが止まる温泉街は、観光客の姿が多く目についた。今泉の知り合いが経営しているという民宿は、温泉街の中心近くにあった。マリーと栞、今泉が部屋に案内されるのを見届け、鮫島はマリーのGTOに乗りこんだ。今泉は、鮫島から連絡があるまでは、二人の女性と行動を共にすることになっている。

市内に戻る途中、鮫島の携帯電話が鳴った。須貝からだった。

「今、『南斗精器』の県北工場の捜索の最中です。十知会の石崎真也《しんや》の遺体を発見し、工場の監視カメラのVTRを押収しました。古山栞を連行する李の姿も映っちょったですよ」

これまでとはまるでちがう、張りきった声だった。

「お陰さんで、大きなヤマになりそうです」

「警部補の身柄は確保したのか」

「昨夜から、自宅にも署にも戻っちょらんです。木藤と李に関しては、手配をかけたのでじき見つかると思います」

須貝は余裕のある口調でいった。

「本気でこのヤマをやりたいと思っているのか、あんた」

鮫島は厳しい声をだした。

「もちろんですよ」

「だったら考えろ。もし木藤と李がいなくなったら、主犯を逃したも同然だ。あんたの目標は、鹿報会や十知会のやくざどもじゃない筈だ」

「わかってます。そっちは麻取にやってもよか」

「じゃ、警部補をおさえるんだ」

須貝は沈黙した。

「それについては、上との協議がありまして、先に退職させておきたいちいう意向が――」

「何を悠長なことをいっているんだ！」

鮫島は怒鳴った。

「上原を甘く見るな！　もし奴が理由をつけて、木藤と李の口を塞いだら、真相は闇の中だぞ」

須貝はショックをうけたように黙りこんだ。現職の警察官が、自分にかけられる容疑を逃れるため、殺人までおかすという考えが、とうてい容認できないようだ。

「――もう一度、上と協議します。ですが、警部補の関与についての情報は、鮫島さんからしか我々は得ちょらんのです。といって、今鮫島さんに県警本部にきていただいたら、警察庁にも報告がいくことになります。警備部長はそれを恐がっちょるんです」

なんとか事件から鮫島の存在を外し、解決をつけようというのだろう。鮫島の関与が明らかになれば、事態は複雑化する。できるなら、警察庁手配の工作員を逮捕したという「手柄」だけを、県警は望んでいるのだ。

「上が何というか、あんたにもわかっている筈だ。重参が無理なら、ただの事情聴取でもいい。とにかく奴をおさえろ！」

「鮫島さん、どこかでもう一度会ってもらえんですか。私もこのあと市内に戻りますんで」

弱りきった声で須貝はいった。

「古山氏がいったいこのヤマにどうかかわっちょっとか、そいがわからん。木藤の『南斗精器』と福岡の十知会とのあいだに関係があったとは、工場に石崎真也の死体が転がっておったことからも、ウラがとれます。しかし古山氏の立場はどうなのです。古山氏は、今どこにおっとですか？」

「俺もそれを一番知りたい」

鮫島はいった。工場から逃げた木藤は、まずまちがいなく、李に連絡をとり、今後の対策を相談している。古山を黙らせておくための人質を奪い返され、「南斗精器」の県北工場の存在も暴かれたと知った李は、どう動くだろうか。

一方、県警の公安が鹿報会を封じこめている限り、諸富も容易には古山を動かすことができない。古山の監禁場所がすでに監視下におかれている可能性すらあるのだ。

そういう点では、須貝から情報を得るのも悪い手ではないように思えた。

事態はまったく予断を許さない状況にある。最悪の場合、李が木藤を殺すかもしれない。「南斗精器」と覚せい剤取引の関係について、最も多くの情報を握っているのは木藤だ。

「――わかった。どこで会う?」

「県警本部っちわけにはいきません。観光ホテルで、いけん《どう》ですか?」

井辻はもう、とうにチェックアウトしただろう。福岡に戻り、石崎が殺人に失敗したことにも気づいた筈だ。今頃は、警察の捜索に備え、さまざまな証拠の処分にかかっているにちがいない。

「いいだろう」

鮫島は時計を見た。一時を回ったところだった。観光ホテルには、鮫島の方が先に到着する。

「先にチェックインしておく。あんたの名前で部屋をとっておいてくれ」

「了解しました。じゃ、のちほど」

観光ホテルに着くまでは、睡魔との厳しい戦いだった。今ここで居眠り運転で事故を起こすわけにはいかない。

須貝は約束通り、部屋をとっていた。低層階のシングルルームで、栞が予約した部屋とは、大きさもまるでちがう。しかし贅沢をいう気分ではなかった。鮫島は部屋に入ると、チェーンロックをかけ、ベッドに倒れこんだ。須貝がやってくるまでの三十分でも睡眠をとりたかった。このままでは、体はもちろんのこと、頭もろくに動かない。

携帯電話の着信音で目覚めた。はっとして時計を見ると、午後三時二十分だった。

「――はい」

「須貝です。今、本部をでてそちらに向かっています」

「わかった」

鮫島は電話を切って、バスルームに這うようにして入った。シャワーを浴び、頭を洗った。念入りに落としたと思ったガラスの破片や木屑が湯に流されて、足もとの排水口にたまった。

ルームサービスでコーヒーを頼み、ソファに腰をおろした。ドアチャイムが鳴った。ルームサービスにしては早すぎる。

レンズをのぞくと、須貝がひとりでドアの向こうに立っていた。八田の姿はない。

鮫島はドアを開いた。

「遅くなりました」

須貝はいって、部屋に入ってきた。さすがにひどく疲れた顔をしている。スーツのあちこちに皺が寄っていた。

鮫島は無言で椅子を示した。ドアを閉めかけたとき、ルームサービスのボーイが現われた。

「あんたがサインしてくれ」

コーヒーポットののったトレイをうけとり、鮫島はいった。須貝はため息を吐くと、ボーイのさしだした伝票にサインした。

鮫島は、部屋に備えつけのコーヒーカップをだし、須貝のぶんも注いでやった。

熱いコーヒーをすすり、煙草に手を出しかけたが、鮫島は止めた。市内に戻るまで、眠けに勝とうと、たてつづけに煙草を吹かしていた。

「いただきます」

低い声でいって、須貝はカップを手にした。ぼんやりとコーヒーの表面を見つめていたが、まるで毒を飲む覚悟を決めたかのように、口をつけた。

「そちらの奢《おご》りだ。礼には及ばない」

鮫島はいった。須貝は無言だった。

「新しい情報は？」

「まだ何も入りません。『南斗精器』の工場には、慣性航法装置の完成品はありませんでしたが、組み立てに使ったと思われる工具類はでました」

「奥に資材室があった筈だ。電子ロックのかかっている――」

　須貝は頷いた。

「手こずりました。爆弾がしかけてあるかもしれんので。じゃっどん《でも》結局、空っぽでした。木藤はきれいに処分しちょりましたよ。今、従業員のリストを作って、当たらせちょるところです。大半は主婦のパートで、それもほとんど県外の人間です」

「わざと県境の近くに工場を作ったんだ」

「でしょうね」

「上原は確保したか」

　須貝は首をふった。

「叱られる覚悟できました。木藤も李も、まったく足取りがつかめません」

　うなだれていった。

「もしかすると、木藤と李は今頃、日本海のどこかを走っちょる船の中かもしれません」

　鮫島は息を吐いた。

「古山は、鹿報会に拉致されている」

　須貝は無言で目をみひらいた。

「最初に拉致されたのは麻薬取締官の寺澤と、俺だった。やったのは鹿報会で、木藤の意をうけた上原が指示をした。木藤からそれを教えられた古山は、俺を助けようと鹿報会に乗りこみ、自ら身代わりになった」

「なぜそんなことをしたんです？」

「故宮本警視に対する友情からだと思う。親友の木藤の暴走をくい止めたいという気持もあったろう」

「なんてこった。我々はマル対をまちがえちょったちいうことですか」

　須貝は髪の毛をなでた。

「古山は、慣性航法装置の製造や密輸には一切、かかわっていない。しゃぶの取引にもだ」

「でも鹿報会に乗りこむくらいだ。薄々は察しちょったでしょう？」

「木藤と李に逃げられて、古山にすべてを背負わす気なら――」

須貝はあわてたように手をふった。

「そこまでは、いくらなんでも考えてません。ですが、何も知らんかったとは思えんでしょう」

「古山と木藤は親友だ。何かあるとは、思っていただろう」

「そいで鮫島さんは、ひとりで動いちょったとですか。古山さんをかばうために……」

鮫島は須貝の目を見た。

「古山には、俺を利用する気もなかった。ほんの数時間、酒をいっしょに飲んだだけだ。彼は、宮本警視の話を聞きたがった。それだけ、宮本に友情を感じていたんだ」

「亡くなられた警視と鮫島さんは親しくされちょ《てお》い《ら》や《れ》っ《た》のですか」

鮫島は須貝から目をそらした。

「それほど親しかったわけじゃない。だが亡くなる直前、俺に手紙を送ってきた。東京の霞ヶ関《かすみがせき》には、その中身を知りたがっている人間が何人かいる」

須貝は口を開き、何かをいいかけ、いわぬ方が賢明だと気づいたように、口を閉じた。

鮫島は再び須貝を見た。

「古山を助けたい。どこにいるか調べられないか」

須貝は目を伏せた。

「県警にある鹿報会の資料は、大半が中央署の警部補が作成したものでした。問題の人物は、中央署に異動する前は、四課におったです。鮫島さんが古山氏のマンションでいっておられた、鹿報会の幹部というのは、諸富喜一《きいち》ですね。二人が同級生だったことは、警備部もつかんじょりました」

「つまり県警の四課にいたときから、上原は鹿報会とくっついていたわけだな」

「狭か街ですから、いやでも馴染みにはなります。

まして同級生なら……」

あとの言葉を須貝は飲みこんだ。そして思いついたように訊ねた。

「古山氏をおさえちょっとは、諸富ちいうことですか」

「そうだ。今朝電話で話したとき、諸富は、どこもかしこも警察に見張られていると怒っていた。つまり古山の監禁場所も、あんたの部下が張っている可能性がある。監視に入ったときにすでにそこにおいていたため、動かすに動かせないという状況になっているのかもしれん。上原もだから近づけずにいるんだ」

上原が古山の口を塞ぎたいと思っても、公安の監視をうけている建物には近づけない。

「上原は手配したのか」

「福岡の麻取に連絡したら、重参ということにします。それまで時間を下さい」

苦々しい口調で須貝はいった。

「上は腹をくれないでいるのだな」

須貝は天井を見上げた。

「そりゃくくれんでしょう。工作員は逃すわ、麻取殺しの共犯に身内の名が挙がるわ、じゃ」

大きな息を吐いた。鮫島は煙草を吸いたくなり、手をのばした。

「お手柄どころか、腹切りものですからね」

ぼんやりと須貝はいった。木藤と李に逃げられては、公安にとっての収穫は多くない。失望も加わっているのだろう。

「古山の監禁場所について何か心あたりはあるか」

須貝は手帳をとりだした。ページをめくっていたが、一ヵ所を指でおさえた。

「鹿報会のフロントがやっとる鹿友会館ちいうビルがあります。パチスロ屋や自動車金融が入っちょっとですが、上の階がビジネスホテルになっとります」

「場所は？」

「下の繁華街を少し外れたところです。四名配置してありますから、すぐに調べさせられますが――」

携帯電話をとりだした。

「俺がいく」

「待って下さい。そい《それ》はまずか。鮫島さんにそこまでさせたら、私はクビです」

「上原もそこを見張っているかもしれん。警察が古山をまだ保護していないのを、奴は知っている。もし古山が保護されたとわかれば、そのときこそ奴は飛ぶ」

「とっくに飛んでます。木藤も李も飛んだ。残っちょる理由がありません」

「まだ全員飛んだとは決まってない」

驚いたように須貝は口を開けた。

「ないごて《なぜ》そう思うんです?」

「確かに李は本国に帰れば、任務完了だ。だが妻子もいて、帰化までした木藤にとっては、ことはそう簡単じゃない。もちろん刑務所いきは逃れたいだろうが、奴はまだ日本でし残したことがある」

「何です?」

「復讐だ。保身のために自分を殺そうとした十知会、金目あてでくいついた上原、そして俺。許せないと思っている」

　須貝は大きく首をふった。

「十知会に関しては、石崎を殺っています。上原と鮫島さんは警察官だ。復讐なんち馬鹿な考えをもつわけがなかでしょう。工作員の李とはちがうんです」

「石崎の死体を見たろう。木藤は一発で仕止めたんだ」

「でも鮫島さんは殺せんかった。そうでしょう?」

　それは反撃をうけたからだ、といいかけ鮫島は思いとどまった。クローゼットに吊るしたスーツの中に石崎の銃がある。

「それとも何か、鮫島さんを撃てんかった理由があっとですか」

鋭く、須貝は訊ねた。鮫島は深々と息を吸いこんだ。

「俺とあんたは取引をした。タイムリミットは今日いっぱいだったな」

須貝は何かを悟ったようだ。表情が消え、警戒心のこもった目で鮫島を見つめた。

「どうしたんです？」

「とにかく今日いっぱいは、行動の自由は俺にある。県警は、すべてを俺抜きで処理したい、たとえ李と木藤を逃す結果になっても。そのためのゲタをあんたが預かっている。ちがうか」

「そい《それ》はいいかたが少しちがいます。李と木藤を逃したからこそ、上はすべてを鮫島さん抜きでやりたかとです。私は鮫島さんがそげん《そういう》人じゃなかちわかっていますが、会っちょらん上は、鮫島さんが警察《サツ》庁《チョウ》に自分たちの失態を報告すっとじゃなかかち《するのじゃないかと》怯えちょっとです」

須貝は険しい顔になった。鮫島は怒りがこみあげるのを感じた。

「いいか、俺がもし密告《チクリ》をするとすれば、それは木藤や李を逃した失態に対してじゃない。自分らへの責任追及を恐れて、身内の犯罪に目をつぶったことに対してだ。木藤は俺にいった。『この国の警察を支配しているのは、自己保身のかたまりのような奴ばかりだ』と。俺はその言葉がまちがっていると、奴に教えてやりたい」

「逃げた人間に、どう教えるんですか」

「奴が本当に逃げたかどうかは、古山を助けだせばわかる。俺が、だ。県警が助けたのでは、駄目なんだ」

須貝はあきれたように首をふった。

「鮫島さんのいっていることはわかりません。なぜ鮫島さんが助けたら、木藤がでっくっかもしれんち思えるんです？　そげんことやっでしょう？」

「そうだ」

鮫島にも確信があるわけではなかった。だが、逃げるつもりならば木藤は工場で鮫島を待ちうけている必要はなかった。あるいは栞を人質として、より優位に立つ行動をとることもできた。

木藤は確かにすべてを失くしかけている。だからこそ、このまま消え去るのではなく、何か大胆な行動を起こすのではないか。鮫島はそんな気がしていた。

今はその勘にしたがって行動をとるしかない。ここで手を引けば、結局自分はこの街にきて、何もせず帰るのといっしょだ。タイムリミットがくるまで、鮫島は行動しつづけようという気力が再びわくのを感じていた。

21

　鮫島は着替えをバスルームでおこなった。拳銃を身につけていると、須貝に気づかせないためだった。身なりを整え、観光ホテルをでると、午後五時近くになっていた。駐車場には八田の乗った覆面パトカーが止まっている。

　鮫島はGTOに乗りこみ、助手席に須貝が乗った覆面パトカーのあとにしたがって、街へと降りた。途中、「月長石」の前を通りすぎた。駐車場に車はなく、監視をうけているようすもない。

　鹿友会館は、鮫島と古山が酒を飲んだ繁華街とは、路面電車の走る大通りをへだてた反対側にあった。若者向けの洋服店や飲食店が軒を連ねるアーケードが切れた一角だ。すぐ隣には、規模の大きな駐車場がある。

　その駐車場の手前で、須貝は覆面パトカーを降り立った。周囲の目を警戒してか、GTOの助手席に乗りこんできた。

「あれがそうです」

いわれなくても鹿友会館はそうとわかった。一階にパチスロ店があり、明滅するネオン看板が夕闇の訪れとともに輝きを増している。

「監視はまだついているのか」

「ええ」

「外してくれ」

鮫島は鹿友会館を見つめながらいった。パチスロ店は一、二階部分を占めており、三、四階がテナント、五階から八階がビジネスホテルになっている。

須貝は大きなため息を吐いた。何かいうより先に鮫島はいった。

「あんたにまで外れてくれ、とはいわない。俺はこれから古山に連絡をとってみる。もし木藤がでてくるとすれば、警官抜きで古山が自由の身になったときだ」

須貝は小さく頷いた。

「考えてみたんですがね。木藤と李が飛んじょっちすっと、鮫島さんのいう通りにしたところで、どのみち何もかわるわけじゃない。万にひとつ、木藤がのこのこでてくれば儲けもんちしましょう。あとで捜四の方からは、鹿報会を叩くネタを減らしたち文句をいわるっでしょうがね」

「このヤマはまだ公安が仕切っている筈だ。上原の件がある以上、刑事には何も教えられない」

「ですが何か変やち気づいてますよ。公安が丸Bを張るなんてありえないですからね」

答えて須貝はGTOのドアを開いた。

「十分で監視を外します。私と八田は、邪魔にならない場所まで退っておきます。十分たったら、入ってみて下さい。ただし、中に本当に古山氏がおるかどうかはわかりませんが……」

須貝の戻った覆面パトカーが発進するのを確認して、鮫島は有料駐車場にGTOを乗り入れた。

GTOを止め、携帯電話をとりだした。古山の携帯電話を呼びだす。

呼びだし音のあと、留守番電話サービスにつながった。

「鮫島だ。連絡が欲しい。諸富さんでもかまわない」

吹きこんで電話を切り、待った。数分後、電話が鳴った。

「ずいぶん待たせてくれたな。もしかすると東京に帰ったかと思っていた」

古山がいった。

「栞さんは無事だ」

「知っている。留守番電話が入っていた。俺からも連絡したかったが、これ以上巻きこみたくないんでやめておいた。それと、あいつもいっしょにかくまってくれたらしいな。礼をいう。ありがとう」

「あんたの右腕に感謝するといい」

「そうだな。ボーナスでもだすか」

古山は笑い声をたてた。

「諸富にかわってくれないか」

「わかった」


電話が手渡される気配があった。

「野郎を見っけたとや」

荒々しい声で諸富はいった。

「まだだ。見つけるには古山さんの身柄が必要だ」

「馬鹿いうな。今まで何やっちょったとよ。古山社長を放したら、こっちは何もなしになる」

「そこに一生閉じこめておいても、李はでてこない。それどころか、本国に帰ってしまうかもしれないぞ」

「もしそうなったら古山社長でケリつけさせてもろが」

「聞いてくれ。あんたたちが今いる場所のすぐ近くに俺はいる。警察の監視を外させたところだ。これからそっちにいくから、俺を古山さんと会わせてくれ」

「何、ハッタリかましちょっとよ」

諸富はせせら笑った。

「本当だ。外を調べさせてみろ。ずっと張りついていいた刑事がいなくなっている筈だ」

「待て」

掌で送話口をおおう音が聞こえた。やがて、諸富がいった。

「どげんつもりよ。ハメようっちゅうとか、俺《おい》を」

「罠じゃない。あんたの欲しがっている李をひっぱりだすために、古山さんが必要なんだ。あんたと古山さんがいっしょにいる限り、李はでてこない」

諸富は唸り声をたてた。鮫島はつづけた。

「なぜかわかるか。李は上原とつながっている。上原は、そこが警察に監視されていたのを知っている。だから寄りつかない。奴の尻には火がついている。あんたがパクられたら、奴も終わりだ。だが古山さんがそこを無事でてこられたら、あんたがパクられる心配はなくなる」

「だからっち李がでっくる理由にはならんやろが」

「李と上原には、もうひとり仲間がいる。上原があんたらにさせた仕事は、すべてその仲間の指示だった。その仲間と古山さんは連絡がとれるかもしれないんだ。ただし今の状況でそれをやらせようとしても無駄だ。あんたらが古山さんをおさえているというのを、その仲間も上原も、知っているのだからな」

「仲間っちゅうとは誰よ⁉」

「木藤という男だ。十知会のしゃぶ取引の相手だった人物だ。しゃぶの代金を別の形でうけとっていた」

「聞いたこつ《こと》がね《ない》」

「表向きはカタギだったからな。李は、その木藤の会社を守るために派遣されたんだ」

「待て」

古山社長、木藤ち《って》男を知っちょっか《ってるか》、と問いかける諸富の声が聞こえた。しばらく間があき、ああ、とだけ答える古山の声があった。

——どげな関係やっとや
——幼な馴染みだ

やりとりがあって、諸富がいった。

「どうやら木藤っちゅうとは《て奴は》実在しちょるらしいな。上原の動きがどうもおかしかち思っちょったが、そげな《そういう》ことやったとか。貫次を殺させたのも、その木藤っち奴の命令か」

「いや。それは李の判断だろう。上原が李に、寺澤の居場所を教えたんであああなったんだ」

諸富は黙った。しばらく無言で考えているようだったが、いった。

「よかろう。俺たちは八階におる。ひとりであがってこい」

電話が切れた。

鮫島はあたりを見回した。車の周囲に人がいないことを確かめ、拳銃をとりだすと、ダッシュボードにしまった。

GTOを降り、ロックして鹿友会館に徒歩で向かった。須貝が約束を守ったか確かめるために、あたりを一周してから、中に入った。夕刻で人通りが増していたが、張りこみ中の刑事と覚しい姿はなかった。もっともさほど大きな街ではないのだ。少し離れたビルの一室からでも、充分出入りを監視することはできる。須貝が、目につくような張りこみをおこなわせたのは、むしろ鮫島にとって好都合だった。

鹿友会館のエレベータは、五階までだった。ビジネスホテル内での上下には、いったん五階のフロント前でエレベータを乗りかえる必要がある。

フロント前には、ひと目でやくざと知れる人間が数名たむろしていた。鮫島については連絡をうけていたのだろう。上りのエレベータに乗りかえる姿を見ても、何もいってこなかった。

八階でエレベータを降りた。狭い廊下に四人のやくざが待ちかまえていた。中のひとりは「ヘルスキッチン」で諸富といた村田というボディガードだった。

村田は上目づかいで鮫島をにらみ、

「壁に手をつけ」

と命じた。鮫島がいわれた通りにすると、ボディチェックがおこなわれた。それがすむと顎をしゃくった。

「代行は、一番奥の『八〇一』だ。ちょろちょろせんで、まっすぐいけ」

鮫島は無言で廊下を進んだ。八階は、鹿報会の手で貸し切りにされているようだ。

八〇一号室の扉の前に立つと、ノックを待たずに中から開かれた。

戸口をふさぐように大柄のやくざ二人が立っている。二人とも明らかに得物を呑んでいた。それぞれブルゾンとジャケットの前がふくらんでいる。

鮫島の肩をつかみ、中へと押しやった。スイートルームらしく、ベッドはなく応接セットと会議用のテーブルがおかれた部屋だった。カーテンを閉じた窓ぎわに、諸富と古山がすわっている。古山は別れたときのままの身なりで、ヒゲがのびていた。

「よう」

古山は力なく微笑んで、片手をあげた。

「何だかあんたには、世話をかけっぱなしだな」

鮫島は無言で二人の向かいにすわった。

「誰がすわってよかっちゅうたか、こら」

入口にいたやくざのひとりが声を荒らげた。

「よか」

諸富がいなした。身をのりだす。アルコールが匂った。

「古山社長には恩人かもしれんが、俺らにとっちゃ手前《わい》は疫病神じゃ。さらうなんて面倒くせこっはせんで、あっさり息の根を止めときゃよかった。なあ」

「十知会の井辻も同じことを考えた。だが手下をなくす羽目になった」

「手下？　誰よ、それは」

「石崎だ」

いって、古山に鮫島は目を移した。

「木藤に撃ち殺された」

古山は深い息を吐いた。諸富は鼻を鳴らした。

「石崎？　あげなやっせんぼう《なさけない奴》に何がでくっか。井辻もヤキが回っちょんな」

「確かに十知会は、今頃大騒ぎだろう。いずれ警察と麻取が乗りこんでくる」

鮫島は諸富を見やっていった。諸富はゆらゆらと首をふった。

「手前《わい》は、よそ者んくせしっせえ、態度がでかすぎったっが」

そしてはだけた上着の内側から拳銃をひき抜いた。銀色のリボルバーだった。

「ここで今、ぶち殺すっか。え？」

鮫島は銃口から目をそらした。諸富は酔っている。刺激するのは危険だった。

「諸富さん、そいつをひっこめてくれや。鮫島さんを殺しても、あんたの弟は浮かばれない」

古山がおだやかな声でいった。

「誰が浮かばれてん、浮かばれんでん関係なか。手前らがよってたかっせえ、俺をコケにしっくるっどね！」

諸富は銃口を天井に向け、引き金をひいた。轟音が響き、天井に銃弾がくいこんだ。

しばらく誰も何もいわなかった。やがて鮫島はいった。

「あんたの腸《はらわた》が煮えくりかえっているのはわかる。鹿報会は、結局利用されただけで、弟さんまで殺されたのだからな」

「そいを手前は、上原やそん木藤とかいう野郎のせいやちいうとか」

諸富は鮫島の目を見すえた。

「そうだ。一番の悪は上原だ。あの男はあんたとのつきあいを利用して、木藤と十知会とのしゃぶ取引の分け前にありつこうとした。木藤は、北朝鮮のための兵器部品の製造をおこない、密輸出していた。しゃぶの代金はその支払いにあてられていた。李は木藤の工場の秘密を守るために、寺澤やあんたの弟を殺したんだ」

「クソが」

諸富はつぶやいた。

「俺《おい》はそいつらをぶっ殺す。特に上原と李は許さん」

「上原はいざとなれば、罪をあんたたちやくざにすべておっかぶせられると踏んでいたのだろう。あるいはもう、今頃はどこかに飛んでいるかもしれない」

鮫島がいうと、諸富は首をふった。

「野郎《あい》はまだこの街におる。野郎が飼うちょっ女の住所《やさ》をこっちはおさえてあったっが。野郎も気づいちょらんたっがな。昼までそこにおったことはわかっちょる」

「だとしたら奴は、まだ何とかなるとタカをくくっているのだろう。俺を殺せば、奴の悪事の内容は、あんたと木藤が知っているだけだ。あんたは喋らないだろうし、木藤は逃げると思っている。だから太くかまえているのさ」

「確かに俺らはべらべら警察には喋らん。だが奴《あい》を殺す。それより、李と木藤が逃げてないちどうしてわかる」

諸富は鮫島につめよった。

「古山さん」

鮫島はやりとりを見つめていた古山をふりかえった。

「あんたと木藤のあいだには、二人だけのつながりがある。ちがうか」

古山は目を上げた。

「俺もあると思っていた。だがそうならあいつは栞をさらわせなかったろう」

疲れた声だった。

「栞さんを拉致したのは、李の判断かもしれない。彼女は『南斗精器』の県北工場に監禁されていたが、傷ひとつ負わされてなかった。木藤はひとりでその場にいて、俺がやってくるのを待っていた。木藤は、俺を拉致した疑いが、あんたに及ぶのを避けたかった、といったよ」

古山は目を閉じた。

「俺は薄々気づいていた。やめるよう、いうべきだった。だがいえなかった。あいつには愛国心がある。ひきかえ俺は、ただの金儲けのうまい在日にすぎない。あいつにそう責められるのが恐かった。あいつのやっていることはこの国では犯罪だが、祖国には愛国的行動だ。俺には咎める権利はない」

「人殺しは別だ」

鮫島はいった。古山は無言だった。

「古山さん、あんたは木藤と連絡をとる手段をもっている筈だ。彼に自首するよう、いってみてはどうだ。李とちがって家族のいる木藤が亡命しても、決して楽じゃない筈だ」

「もう、あいつは逃げたろう」

古山はいった。

「試してみてくれないか」

諸富が口を開いた。

「古山社長、あんた本当に、そげな手があっとか」

古山は小さく頷いた。

「俺しか知らない、あいつの携帯電話がある」

「かけろ」

諸富がいった。古山は諸富を見た。

「かけてもし、あいつがでてきたとする。俺はあんたがあいつを殺す片棒を担ぐのか」

「あんたが殺さるっよりましやろ」

「諸富さん、あんたの目的は李と上原だろうが」

鮫島はいった。諸富は鮫島をふりかえった。

「三人まとめて都合よくでてくっち限らん、そやろ。李がずらかって、上原が隠れたまま、木藤しかおらんなら、木藤のタマはもろでね《もらうぞ》」

「上原をあんたは捜しだすことができる。ここは今、刑事に見張られていない。あんた自身がでていって片をつければいい」

「俺に指図すっ気や」

「そうじゃない。あんたも古山さんの性格を知っている筈だ。この人は、たった数時間いっしょにいただけの俺のために、身代わりになってここにいる。そんな人が、殺されるとわかっていて友だちをひっぱりだす役をつとめると思うか」

諸富は鮫島をにらんだ。

「偉そうにほざくな。人は誰やっちわががかわいい。手前《わい》だって殺されたくなかやろうが」

「確かに殺されたくない。だが電話で話したとき、自分の命なんかどうでもいいとあんたはいった。同じ覚悟を古山さんが決めているとしたら」

諸富は深々と息を吸いこんだ。

「じゃあ李が逃げちょったらどげんする？　あの野郎はとっくに国に帰っちょっかもしれん。そうしたら落とし前は、木藤につけてもらう他なかろうが」

「もちろんその可能性はある。だがそうなってもあんたは上原を手に入れる」

「ふざくんな。手前は、何様のつもりで話をしよっとよ。手前が仕切れる立場にあっとや、え、おい」

諸富は膝の上においていた拳銃をつかみあげた。

「今この場で手前の頭《びんた》に一発ぶちこんで、おいていったっちよかたっど《ていいんだぞ》。警察がおらんのなら好都合じゃ。別の場所で、古山社長が音《ね》をあぐっ《げる》まで、焼き入れっくるっかい《てやろうか》」

鮫島は銃口を見つめた。

「――わかった、電話する」

古山がいった。

「ただし、もし李がいたときは、木藤を見逃してやってくれ」

諸富はちらりと古山を見やった。

「そいならそいで俺はかまわん。李がおらんときは、木藤の命をもらう。よかや、古山社長」

鮫島は古山を見つめた。古山は大きく深呼吸した。

「――しかたない。こうなったのは、木藤や俺の責任だ。鮫島さんには何の責任もない」

諸富は黙っていたが、銃口をおろした。

「電話せい」

古山は携帯電話をとりだした。記憶させている番号を呼びだし、送信ボタンを押した。耳にあて、待っていた。

やがていった。

「俺だ。いたのか、まだ日本に」

諸富がさっとふりかえった。

「――ああ、わかっている。お前は栞に手をだすつもりはなかった。鮫島さんから聞いたよ」

無言で耳を傾けていた。

「そうか。俺もそうしたいと思っていた。ああ、大丈夫だ」

古山は目を閉じた。

「そうか。わかった。あとで会おう」

電話を切った。鮫島を見やっていった。

「あいつは俺に会って話すまでは、日本をでていく気はなかったそうだ。栞をさらったことをあやまりたいといっていた」

「どこにおっとよ」

諸富が訊ねた。古山は首をふった。

「今は勘弁してくれ。いえばあんたは兵隊を連れて乗りこむだろう。俺はあいつと話したい」

「なめちょっとや」

諸富は銃口を古山に向けた。古山は強い口調になった。

「わかってくれ、諸富さん。俺とあいつはガキの頃からのつきあいがある。その上、あんたらとはちがうつながりも」

「木藤がもし逃げて、李もこんかったら、古山社長、手前《わい》を殺すっど」

古山は頷いた。目だけを動かして鮫島を見た。

「どげ《どう》んすればよかとよ」

鮫島は諸富に告げた。

「とりあえず全員でここをでる。あんたは上原を捜させ、俺と古山さんは木藤に会いにいく。心配なら誰かを我々につければいい」

「俺《おい》がいっしょにいって」

諸富はいった。

「貫次を殺った野郎を人にやらすわけにはいかん」

「兵隊を何人も連れてか」

「村田ひとりだ。そいなら文句はなかやろ」

諸富は顎をあげた。

「ただしこいつらにも待機はさせとく。いざとなりゃ追いこんで蜂の巣よ」

「わかった」

鮫島は頷いた。立ちあがり、古山を見た。

「いこうか、古山さん」

古山は息を吐き立ちあがった。諸富を見つめた。

「木藤や李がどうなろうと、俺は逃げも隠れもしない、諸富さん。国はちがうが、俺はこの街の人間だ」

諸富は無言で頷いた。リボルバーを懐ろにしまう。立ちあがった。

「村田呼べ」

入口の男たちに命じた。すぐに村田が入ってきた。

「西野にいって、上原捜させっ。見つけたらさらってけ《こい》。半殺しにしてもかまわん」

「わかりました」

「それと手前《わい》は俺といっしょに動け。もっちょん《もってる》な」

村田は頷いた。

「よし。下に車、回せ」

村田は部屋をでていった。鮫島は諸富にいった。

「下に俺の車がある。黄色いGTOだ。古山さんと俺はそれに乗る」

「好きにせい」

諸富はいった。

「ただし携帯はつながるようにしちょけよ、古山社長。つながらんご《なく》なったら、逃げたち思うでね」

「わかった」

古山は服の上から胸の携帯電話に触れ、頷いた。

鮫島と古山は並んで部屋をでた。見張りの男たちのあいだをくぐり、エレベータに乗りこんだ。扉が閉まった。

二人きりになり、目が合うと古山は小さく微笑んだ。

「この街を嫌いにならないでくれ。いいところなんだ」

鮫島は頷いた。

22

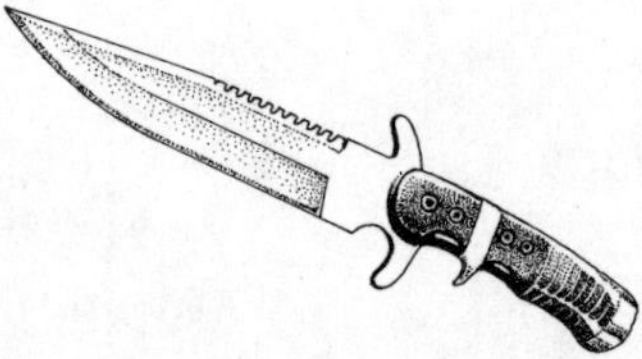

GTOが有料駐車場のゲートをくぐるまで、古山は無言だった。有料駐車場をでた先には、白のメルセデスが待っていた。運転席に村田の姿がある。

鮫島と古山は同時にそれに気づいた。古山がいった。

「あいつは『月長石』で会おう、といった」

鮫島は頷いた。ハンドルを切り、「月長石」の建つ、高台へと向かう道へGTOを走らせた。

「李や上原について何かいっていたか」

「いや。何もいってない」

古山は低い声でいった。

「ただ、俺に会いたい、と。俺と会わなけりゃ日本をでられない、といった」

「自首を勧めろ」

鮫島は古山を見た。古山は暗い目で鮫島を見返した。

「あいつは、本当に石崎を殺したのか」

「殺した。ただし撃たなければ撃たれていたろう。

そのあとで俺も殺そうとした」

古山はぐっと奥歯をかみしめた。

「じゃああんたと俺がいっしょにいったら、またあんたを殺そうとするのか」

「どうかな」

鮫島はルームミラーを見た。メルセデスのヘッドライトがすぐうしろにあった。夜になり、須貝らの乗った覆面パトカーが近くにいるのかどうかはわからなくなっている。二台の車は繁華街を抜け、観光ホテルの建つ高台の方角へと向かっていた。

「――あいつはプライドの高い男だ。刑務所になんていけない」

「だが自首するしか道はない」

「あんたは捕まえようと思っているのか」

「俺はこの街では警察官じゃない。だが逮捕には協力したいと思っている」

鮫島が答えると、古山は鮫島を見つめた。

「お笑いだな。俺はあんたをずっと事務屋だと思ってた。まさかこんなに――」

あとの言葉を呑みこんだ。

鮫島も古山を見かえした。

「俺もまさかここでこんなことになるとは思わなかった。ただ法事にでて帰る、それだけのつもりだったんだ」

「いったいどうなるんだ」

「わからない。李が木藤のそばにいれば、すんなりと俺たちを帰す筈はない」

GTOは坂道に入っていた。古山の懐ろで携帯電話が鳴った。古山は耳にあてた。

「はい。そうだ。……ああ。その通りだ。だが初めは俺に話させてくれ。あんたは外で待っていればいい。どこにも逃げられないんだ、あそこからは。そうだ。すまないな」

電話を切り、いった。

「諸富だ。『月長石』にいくのか、と訊いてきた。奴は待ってくれるといった。どのみち、あの店じゃ逃げられない」

鮫島は「月長石」の構造を思いだした。斜面に張りだすように建てられていて、窓ははめ殺しになっている。坂道に面した駐車場側にしか、出入口はない。

鮫島は携帯電話をとりだした。須貝の番号を呼びだす。

「須貝です」

「鮫島だ。木藤は『月長石』に現われる」

「『月長石』ですね。李は？」

「まだわからない」

「了解しました。李が同行している可能性も含めて対処します」

古山は鮫島を見つめた。

「警察か」

「監視を外させるために取引をした」

古山は無言になった。鮫島はブレーキを踏んだ。

「月長石」までは、ほんの百メートルほどの距離だった。ルームミラーの中で、メルセデスも停止するのが見えた。鮫島がハザードを点すと、メルセデスも点灯した。

「――頼みがある」

古山が口を開いた。

「最初の五分は、俺とあいつだけにしてくれないか」

「李がいっしょにいたらどうする。危険だ」

「それじゃ、俺は罠にはめられたのも同じだ、そんなことをする奴じゃない」

「警察がくれば、あんたが木藤を罠にはめたと思われる」

止まっている二台にクラクションを浴びせ、次々と下方から登ってきた車が追い越していった。

古山は強い口調になった。

「確かにあんたを殺そうとはしたかもしれん。だがあいつは俺は殺さない。俺が裏切ったなんて、絶対に思わない。李にも、手をださせない」

「そんな甘い男じゃないぞ、李は」

「そのときはそのときだ！　話させてくれ」

古山の目は真剣だった。

「わかった」

鮫島が答えたとき、古山の携帯電話が鳴った。液晶画面を見て、

「あいつだ」

古山は低くいった。

「はい――。ああ、もう目の前だ。なに？　いっしょにいる。だがいくのは俺ひとりだ。外で待っててもらう。大丈夫だ、信じろ。――何だって？」

古山は耳から電話を離し、鮫島を見た。

「あんた、ピストルをもっているのか」

鮫島はサイドブレーキを引いた。

「もっている。木藤ももっている」

古山は瞬きした。

「俺に預けてくれないか」

「駄目だ。李が現われたら、誰の身も守れない」

古山は電話に向かった。

「李もそこにいるのか」

返事に耳を傾け、鮫島に告げた。

「李とは別行動だそうだ。工場をでたあとは、電話で話したきりだといってる」

そして、

「奴はもう日本をでたのか」

と電話に訊ねた。古山の表情が険しくなった。

「わかった、待っていてくれ。こちらからもう一度かける」

電話を切り、いった。

「たぶんでただろう、ということだ」

「警察がつかまえない限り、木藤は諸富に殺される」

鮫島はいった。古山は小さく頷き、

「くそ」

とつぶやいた。

「電話して自首を勧めた方がいい。死なせたくない

メルセデスの後部席が開いた。諸富が降り立つのが逆光をすかして見えた。

「ウエッ、貴様《きさん》！」

諸富の怒号につづき、銃声が鳴った。諸富の体が崩れるように地面に転がった。

「なんだ、どうしたんだっ」

古山がいった。鮫島は運転席に急いで戻った。逆光の位置では標的にされる。サイドミラーには、銃を手にした上原が悠然と、倒れている諸富に歩みよる姿が写っていた。

GTOのドアを閉め、サイドブレーキを外すとギアを入れてアクセルを踏みこんだ。背後で銃声が鳴り、GTOのリアウインドウが砕け散った。思わず身がすくんだ。

「上原だ。待ち伏せていたんだ」

急発進させたGTOのハンドルを切りながら鮫島はいった。

「なんだと!?」

のだろう」

古山は目を閉じた。ふり絞るような声でいった。

「それしか道はないのかよ」

「つかのま、木藤はあんたが裏切ったと思うだろう。だがときがたてば、そうする他なかったと思うようになる」

古山は目をみひらき、携帯電話をもちあげた。

鮫島はルームミラーに目をやった。逆光の中でメルセデスのかたわらに人影があった。体をねじり、ふり返った。人影はメルセデスの運転席の窓にかがみこんでいた。

不意にパン、という乾いた銃声が轟いた。

「伏せろ！」

ダッシュボードに手をのばし、鮫島は叫んだ。銃声はさらにもう一発つづき、メルセデスのクラクションが鳴りだした。

鮫島は拳銃をつかみだすと、運転席のドアを開き、転がるように降りた。

「月長石」の駐車場までGTOを駆け登らせた。車は止まっていない。車首をぐるりと回し、ブレーキを踏んで、鮫島は叫んだ。

「降りろっ。車の陰に隠れるんだ！」

坂をふりかえると、諸富のリボルバーに銃をもちかえた上原の姿があった。急ぐようすもなく、ゆっくりと坂道を登ってくる。メルセデスのクラクションは鳴りつづけ、運転席の村田がすでに撃たれたことを表わしていた。

上原が不意に背後をふりかえった。二、三歩戻ると、運転席の開いた窓から上半身をさしいれた。クラクションが止んだ。村田の体がぐったりと仰向けになるのが見えた。

鮫島はGTOの陰に古山をしゃがませた。携帯電話で須貝を呼びだした。

「須貝です」

「鮫島だ、今どこにいるっ」

「緊急配備をおこない、道路封鎖をおこなっているところです。『月長石』の坂道には、今、上からも下からも車が近づけないようになっています」

「上原が現われた。鹿報会の諸富と運転手を撃ち、今こっちに向かってくる」

「何ですって!?」

再び坂を登ってきた上原が駐車場の入口で立ち止まった。GTOのライトに照らしだされても平然としている。右手に銀色のリボルバーをもち、左手を額にかざした。

「鮫島よ、そこにいるんだろう。たった今、不審車を発見、内部にいる暴力団員風の男二名に職務質問をしかけたところ、いきなり所持していた拳銃を向けてきたため、やむなくこれを射殺したところだ。あんたと古山社長はどうするかな。北朝鮮工作員に殺された、ということにするかい」

鮫島はGTOの陰で立ちあがった。

「貴様、それでも警察官か。許さん！」

「許さん？　許さんだと？」

上原は舌を鳴らした。

「わかってねえな。何様のつもりでいやがる」

リボルバーを鮫島に向けた。鮫島は頭を下げ、拳銃を手にした。もし上原が撃ってきたら、そのときは本気で応戦するつもりだった。

「月長石」のドアが開いた。

「木藤！」

古山が叫んだ。鮫島は危険と思いつつも、背後をふり返った。

スーツを着けた木藤が戸口から足を踏みだす姿が見えた。足どりが妙だった。酔っているようにふらついている。

「古、山……」

木藤はいって、うつぶせに倒れこんだ。その背にサバイバルナイフがつき立っていた。

「木藤！」

古山がしゃがんだままにじりよった。

「に、逃げろ」

木藤が小さな声でいうのが聞こえた。

「り、李は、お前を殺す気だ、止めようとしたが、駄目だった……」

古山がはっと目をあげた。無表情に李が「月長石」の戸口に立ちはだかっていた。

「貴様あっ」

古山が叫び声をあげた。李が右手をもたげた。木藤のもっていた拳銃があった。警告する暇はなかった。鮫島は銃をもちあげ、発砲した。

李の右肩に銃弾は命中した。李はもんどりうって、店内に倒れこんだ。あとを追おうとしたとき、上原が撃った。

GTOのサイドミラーがふき飛んだ。鮫島は地面に伏せ、身をかばった。傷ついた李が店の奥へと這っていく姿が見えた。

「おやあっ。鮫島よう、どこでそんな物騒な代物、手に入れたんだ。そいつは警職法違反じゃねえか。かわいそうに、ほっておいてもお前はクビだ。もっともその前に生きちゃいねえがよ」

「ふざけるな。たとえクビになっても、お前を刑務所に叩きこんでやる！」

鮫島は怒鳴り返した。

「そいつを貸してくれ！」

古山が低く叫んだ。目がぎらぎらと光っている。

「何をいってるんだ、古山さん――」

古山が鮫島にむしゃぶりついてきた。のしかかり、鮫島の手から拳銃を奪いとろうとした。

「やめろ、やめろ！　古山さん！」

もみあえば暴発するおそれがあった。それを恐れた鮫島の手から、古山は銃を奪いとった。

「こりゃおもしれえ」

上原が笑い声を響かせた。

「お前ら、そこで殺し合うか？　手間が省けるなあ、おい」

古山は必死の表情で鮫島を見つめた。

「すまん、鮫島さん」

そして「月長石」の店内に走りこんだ。

「古山さん！」

鮫島はあとを追おうとした。上原が再び撃った。明らかに外したとわかる撃ち方だった。だが鮫島は動けなくなった。

「月長石」の内部から怒声が聞こえた。日本語ではなかった。古山は母国語で叫びをあげていた。

銃声がたてつづけに聞こえ、そして途絶えた。

「古山さんっ、無事かあっ」

鮫島はGTOの陰から叫んだ。中からは何の物音もしなくなっていた。

「古山さんっ」

「もしかして相討ちかな。こりゃまた都合がいい」

上原がくっくっと笑いをかみ殺しながらいった。

「だとすりゃ、あとはお前ひとりだな、鮫島よ」

鮫島は恐怖も忘れ、「月長石」の戸口を凝視していた。本当に相討ちになってしまったのか。店の内側からは、呻き声ひとつ聞こえてこない。

サイレンが聞こえた。赤い回転灯がいくつも連なって坂を登ってくるのが見えた。その赤い光の羅列が、暗い「月長石」の横長の窓に写っている。

「――時間切れかい」

上原が吐きだした。そのとき窓の内側で黄色い光が走った。

それが何を意味するか即座に鮫島は悟った。同じ閃光を諸富貫次のログキャビンでも目にしていた。光が黄から赤にかわるまでを見届けず、鮫島はGTOのボンネットにとびあがり、反対側、上原に身をさらす側に転がり降りた。

光が「月長石」の窓を貫いた。あきれたように一瞬鮫島を見おろした上原の顔が、スポットライトを浴びたように輝いた。

次の瞬間、全身が浮きあがる轟音とともに、破片をともなった爆風が叩きつけてきた。リボルバーを鮫島に向けようとした上原の体がまるで紙片のように吹きとばされた。鮫島は懸命にGTOの陰に体を押しつけた。GTOの窓ガラスが砕け、ふり注いだ。

上原は坂の反対側の斜面に体を叩きつけられ、転がった。青白い炎が「月長石」を包んだ。

鮫島は頭を抱え、必死に耐えていた。あらゆる破片が頭上から落ちてくる。爆発の規模はログキャビンのときよりさらに大きく、GTOの車体までもが吹きとばなかったのは奇跡のように思えた。

爆発の衝撃は坂を下り、登っていたパトカーは次々と急停止した。

しばらく身動きできなかった鮫島は、やがて立ちあがると呆然とした。「月長石」はもはや影も形もなくなっていた。ただ炎だけが燃え盛っていて、古山も李も、その存在の痕跡すらとどめていない。

歩きだそうとすると、膝が震えた。一度立ち止まり、下腹部に力をこめ、再び歩きだした。転がっている上原に近づいた。

まるで墜死体だった。ひと目で死亡が確認できた。かすかな声が聞こえた。ふりかえると、坂を登ってくる須貝と機動隊の一団の姿があった。すぐ近くまできて、須貝は大きく口を開け喋っているのだが、その声がはっきりと聞きとれない。爆風で耳をやられたのだと、鮫島は気づいた。鼓膜が破れているのでない限り、聴覚はいずれ戻ってくる。

鮫島は「月長石」のあった場所に目を向けた。マリーと栞の二人のことを思うと、全身から力が抜けるのを感じた。

23

鮫島はただちに覆面パトカーで病院に運ばれた。須貝だけがつき添った。

打撲と耳がよく聞こえないのを除けば、鮫島に大きな怪我はなかった。診察した医師は、一時間もすれば、聴覚は元に戻るだろうと告げ、実際そうなった。

病院で、須貝の事情聴取に鮫島は答えた。

木藤が李に刺されたのは、口封じと古山をかばおうとしたためだ。「月長石」に李はいない、と電話で木藤がいったのは、李に脅されていた可能性が高い。

爆発の原因は、李の所持していた焼夷爆弾であることは明らかだが、それが偶然に点火したのか、逃亡が不可能と覚悟した李の自決なのか、原因はわからない。

須貝はひどく落胆していた。検証中の現場からの報告では、鮫島以外の生存者はいない。木藤と李の逮捕がかなわず、すべての被疑者は死亡、という結果になったのだから当然といえば当然だった。公安警察官が最も欲しがる「情報」という果実が得られないのだ。

事情聴取の過程で、鮫島は、自分が石崎真也の拳銃を〝不法所持〟していたこと、そしてそれを李に対して使い、さらに古山に奪われた事実を告げた。ひとわたりの事情聴取が終わると、鮫島は訊ねた。

「俺は勾留されるのか」

須貝は無言だった。が、やがて口を開いた。

「上の判断です。ここに私ひとりしかきちょらんことから、上の考え方はわかいやつ《おわかりになる》でしょう」

「蓋をするのか」

「他にしようがなかです。『南斗精器』のガサ入れはおこないましたが、決定的な証拠は発見しきれんかった。もし他にそいを求めるなら、福岡の、十知会が設立したダミー会社ですが、連中は当然、製品を処分しちょるでしょう。あとにあっとは、すべて死体です。麻取の寺澤取締官、諸富貫次、十知会の石崎、鹿報会の諸富喜一、村田、『南斗精器』木藤社長、『古山観光』古山社長、県警中央署上原警部補、そして氏名不詳の外国人。九人もの人間が死んで、その理由を説明できる物的資料が何もない。上原警部補の鹿報会との癒着を証言する組員はおらんでしょう。県有数の企業の代表者二名が死んでるにもかかわらず、両名とも法に違反しちょった疑いがある。こんなひどい話がありますか。黒星だの汚点だのというレベルじゃなか。しかも自分でいうのも何ですが、鮫島さんから教えられるまで、我々は何が進行しちょっとか、まったくわからんかった」

「俺が告発したらどうなる？」

「警察庁にですか？　本部長以下、私にまで処分がでるでしょう。ですが逮捕者は県内からはでません。そいはそうだ、逮捕しようにも、被疑者は全員死亡しちょる。あと、誰かを逮捕しようち思ったら、鮫島さん、あなたしかおらん。逮捕しろちおっしゃっとなら、しますがね、公判の維持は不可能ですよ。鮫島さんを有罪にする証拠が県警内からでてくっわけがなか。自ら望んで黒星を公開する人間がおりますか。それに、鮫島さん自身の証言だって、裏づけらるっ証拠は何もなか。そげなもの受け付ける検事はどこにもおりません。どげん《どう》します?」

鮫島は目を閉じた。そこは病院の待合室で、人は誰もいなかった。煙草が吸いたかったが、禁煙だ。

「じゃ、俺はどうなる」

「県警から見た事件に関しては、鮫島さんは存在しちょりません。我々は今後、事件の真相解明のために、地道な捜査をつづけます。その過程で、あらためて『南斗精器』と十知会、それに鹿報会を告発する機会がめぐってくっかもしれん」

「上原はどうなんだ」

「上原警部補に関しては、殺人じゃったとか正当防衛じゃったとか、今夜の行動の判断は難しいち思います。じゃっどん金銭収受や恐喝、強要の疑いがあったちしてん《としても》、処分の下しようがなか、ちがいますか」

鮫島は首をふった。

「じゃあ、あの男は二階級特進して警視になるのか?」

「それは無理でしょう。たぶん人事は、昨夜の時点で上原警部補を解雇したち記録する筈です。服務規定違反を理由に」

「わかった」

県警察本部が、須貝の言葉通り、捜査を続行するかどうかはわからなかった。死者の何人かは暴力団抗争、そして古山や上原に関しては、爆発事故という形でおさめてしまう可能性がある。

しかし事実、鮫島は、これ以上自分にできることはあまり多くないと思っていた。この街では鮫島に捜査権はなく、捜査権を握る県警がひとたびそういう判断を下せば、くつがえすのは容易ではない。そして須貝の言葉通り、たとえ鮫島がくつがえしたとしても、告発されるべき犯罪者のほとんどは、この世にない。すなわち「被疑者死亡」で書類が検察庁に送付され、それで終わりということだ。

何かをしたい、このままではいられない、という気持は強く残っていた。だがそれは論理的な意志ではなく、古山を死なせてしまったことへの感情的な衝動だった。

須貝はメモ帳を閉じた。

「こんメモは、警備部長、県警本部長への口頭による報告の材料にしますが、書類としての記録は残さんち思います。市民から情報開示を求められたとき、記録があっては、まずかですからね」

「だがいつか誰かが事実を探りだすかもしれない。マスコミか、事件で死亡した人間の遺族の誰かが」

須貝の表情はかわらなかった。

「じゃっで《だから》申しあげました。地道な捜査はつづける、と。県警は事実を隠蔽すっとではなく、解明への努力をおこないます。ただしそれには時間がかかるし、発表はさらに先になる、ちいうだけのことです」

「なるほどな」

鮫島は息を吸いこんだ。須貝は表情をやわらげた。

「鮫島さん、県警公安課員としての見解はここまでにします。それとは別に、同じ警察官としては、鮫島さんの行動には、心底、感服しました――」

「もういい。あんたのフォローがあってできたこともある」

鮫島は言葉をさえぎった。須貝は苦笑した。

「このヤマでは、私も少々逸脱した行動をとりました。もっともそれについての責任を追及さるっことは、なかち思いますが……」

「あんたも秘密を握るひとりになったわけだ」

鮫島はいって立ちあがった。爆風の直撃はうけずにすんだが、全身のあちこちがひどく痛んだ。待合室の出口に目を向け、告げた。

「ひとつだけいっておこう。秘密を握ることは、必ずしも本人にとって利益になるとは限らない。重荷、枷《かせ》、最悪の場合は、組織の中で独りぼっちにされてしまうこともある」

　須貝をふりかえった。笑みが消えていた。

「弾は、前から飛んでくるだけじゃなか、ちいうことですか」

「かもしれない。じゃ、失礼する」

「待って下さい。お送りします」

　足をひきずって歩きだした鮫島に須貝が追いすがった。鮫島は首をふった。

「必要ない。存在しない人間は、それらしく消えさせてもらう」

　須貝は立ち止まった。

「もう、監視も不要だろう？」

　鮫島は小さく笑ってみせた。病院をでたら、タクシーを拾い、栞とマリーのいる温泉に向かおうと思っていた。古山の命が失われたいきさつ、その行動と決意を話す義務が自分にはある。

　――いずれはよその街にいくのか
　問いかけたときのマリーの返事を覚えていた。

　――あの人がもし帰ってこなかったら、でていくわ
　いつかまた、どこかの街でマリーに酒場を開いてほしい、と鮫島は願った。だがそこにいたるまでは、悲しみを越える長い道がある。その最初の一歩を踏みださせる、つらい言葉を、これから自分は届けるのだ。

　並んでいる無人の長椅子のすきまを通り抜け、自動扉をくぐって、鮫島は病院をでた。

　空車のランプを点したタクシーが待っている。その一台に手をふり、煙草に火をつけた。

　――この街を嫌いにならないでくれ
　乗りこんだとき、古山の声が聞こえたような気がした。

後記

連載にあたっては、「小説宝石」田中省吾氏、また方言指導およびノベルス化においては渡辺克郎氏に御苦労をかけた。記してお礼を申しあげる。ありがとうございました。

大沢在昌

この作品はフィクションであり、特定の個人、団体等とはいっさい関係がありません。

『灰夜　新宿鮫Ⅶ』は「小説宝石」（光文社）平成十二年七月号から平成十三年二月号まで連載されたものに、著者が加筆した作品です。

編集部

お願い――

この本をお読みになって、どんな感想をもたれたでしょうか。「読後の感想」を左記あてにお送りいただけましたら、ありがたく存じます。

なお、「カッパ・ノベルス」にかぎらず、最近、どんな小説を読まれたでしょうか。また、今後、どんな小説をお読みになりたいでしょうか。読みたい作家の名前もお書きくわえいただけませんか。

どの本にも一字でも誤植がないようにつとめておりますが、もしお気づきの点がありましたら、お教えください。ご職業、ご年齢などもお書きそえくだされば幸せに存じます。

東京都文京区音羽一-一六-六
（〒112-8011）
光文社「カッパ・ノベルス」編集部

長編刑事小説 灰《はい》夜《や》――新宿鮫Ⅶ――

2001年2月25日 初版1刷発行

著者 大《おお》沢《さわ》在《あり》昌《まさ》
発行者 濱井武
印刷所 堀内印刷
製本所 ナショナル製本

発行所 東京都文京区音羽1 振替 00160-3-115347 株式会社 光文社
電話 編集部 03(5395)8169
販売部 03(5395)8112
業務部 03(5395)8125

落丁本・乱丁本は業務部へご連絡くだされば、お取替えいたします。

ISBN4-334-07418-9
Printed in Japan

KAPPA NOVELS

KOBUNSHA

「カッパ・ノベルス」誕生のことば

カッパ・ブックス Kappa Books の姉妹シリーズが生まれた。カッパ・ブックスは書下ろしのノン・フィクション(非小説)を主体としたが、カッパ・ノベルス Kappa Novels は、その名のごとく長編小説を主体として出版される。

もともとノベルとは、ニューとか、ニューズと語源を同じくしている。新しいもの、新奇なもの、はやりもの、つまりは、新しい事実の物語というところから出ている。今日われわれが生活している時代の「詩と真実」を描き出す――そういう長編小説を編集していきたい。これがカッパ・ノベルスの念願である。

したがって、小説のジャンルは、一方に片寄らず、日本的風土の上に生まれた、いろいろの傾向、さまざまな種類を包蔵したものでありたい。かくて、カッパ・ノベルスは、文学を一部の愛好家だけのものから開放して、より広く、より多くの同時代人に愛され、親しまれるものとなるように努力したい。読み終えて、人それぞれに「ああ、おもしろかった」と感じられれば、私どもの喜び、これにすぎるものはない。

昭和三十四年十二月二十五日

光文社

KAPPA NOVELS

KOBUNSHA

長編刑事小説 毒猿《どくざる》 新宿鮫II　大沢在昌

長編刑事小説 屍蘭《しかばねらん》 新宿鮫III　大沢在昌

長編刑事小説 無間《むげん》人形 新宿鮫IV　大沢在昌

長編刑事小説 炎蛹《ほのおさなぎ》 新宿鮫V　大沢在昌

長編刑事小説 氷舞《こおりまい》 新宿鮫VI　大沢在昌

長編サスペンス 天使の牙《きば》（上・下）　大沢在昌

長編ハードボイルド小説 撃つ薔薇《ばら》 AD2023涼子　大沢在昌

連作刑事小説 らんぼう　大沢在昌

長編推理小説 箱根路《はこねじ》、殺し連《づ》れ　太田蘭三

長編推理小説 さつじんぐま

長編推理小説 殺《さっ》・風景《ぷうけい》　太田蘭三

長編推理小説 殺人理想郷 北多摩署純情派シリーズVI　太田蘭三

長編推理小説 虫も殺さぬ 北多摩署純情派シリーズVII　太田蘭三

長編総合小説 三位一体《さんみいったい》の神話（上・下）　大西巨人

長編ハード・アクション小説 野獣は甦《よみが》える　大藪春彦

長編ハード・アクション小説 野獣は、死なず　大藪春彦

長編企業推理ロマン 利権空港　小川竜生《りゅうせい》

長編ハード・ロマン小説 極道《ごくどう》「ソクラテス」　小川竜生

長編ハード・ロマン小説 くたばれ 極道「ソクラテス」II　小川竜生

長編ハードボイルド小説 せいしょうねん　たつお

連作ハード・ロマン小説 「さよなら、ソクラテス」　小川竜生

長編ハードボイルド小説 黒殺《ヘイサ》―殺戮者《さつりくしゃ》の街―　荻《おぎ》 史朗

長編ハードボイルド小説 叛徒《パァントゥ》―復讐者《ふくしゅうしゃ》の街―　荻 史朗

長編ハードボイルド小説 死路《スール》―拉殺《らさつ》の街―　荻 史朗

長編国際情報小説 誇り高き者たちへ〈カッパ・ノベルス ハード〉　落合信彦

長編推理小説 望湖荘《ぼうこそう》の殺人　折原《おりはら》 一《いち》

長編本格推理 哲学者の密室（上・下）　笠井 潔

長編クライム小説 チャイナブルー　加治将一《かじまさかず》

長編サスペンス・ロマン ブラインド・デイト 甘美な凶器　勝目 梓

長編ハード・バイオレンス やいば

長編推理小説 二階堂警視の私刑《リンチ》 イソップの殺人 斎藤 栄

長編推理小説 二階堂警視の呪縛《じゅばく》 シカゴ川の殺人 斎藤 栄

長編推理小説 二階堂警視の火魔《かま》 斎藤 栄

長編推理小説 二階堂警視の暗黒星《ブラックホール》 斎藤 栄

長編推理小説 虐殺《ぎゃくさつ》 二階堂警視の悲劇 斎藤 栄

長編推理小説 取調室《とりしらべしつ》 静かなる死闘 笹沢左保

長編推理小説 死体遺棄《いき》現場《げんじょう》 笹沢左保

長編推理小説 敵は鬼畜 取調室シリーズ 笹沢左保

長編推理小説 水木《みずき》警部補の敗北 取調室シリーズ 笹沢左保

時代推理小説

長編推理小説 情事の事情 佐野 洋

長編推理小説 龍臥亭《りゅうがてい》事件（上・下） 島田荘司

長編推理小説 涙 流れるままに（上・下） 島田荘司

長編推理小説 移植病棟 関口芙沙恵

長編推理小説 風刃迷宮《ふうじんめいきゅう》 竹本健治

長編海戦シミュレーション小説 連合艦隊・新太平洋戦記（1〜11） 田中光二

海戦シミュレーション小説 神風《かみかぜ》の吹くとき 異説・連合艦隊戦記 田中光二

長編シミュレーション小説 レイテ沖・日米開戦 新世界大戦記① 田中光二

長編シミュレーション小説 連合艦隊 東へ 新世界大戦記② 田中光二

長編シミュレーション小説

長編シミュレーション小説 旭日旗《きょくじつき》 インドに 新世界大戦記④ 田中光二

長編シミュレーション小説 秘策！大東亜戦線終結ス 新世界大戦記⑤ 田中光二

長編シミュレーション小説 完結編 ザ・ラスト・バトル 新世界大戦記⑥ 田中光二

長編冒険ロマン カルパチア綺想曲《ラプソディ》 田中芳樹

長編ホラーアクション 巴里《パリ》・妖都変 薬師寺涼子の怪奇事件簿 田中芳樹

長編ホラーミステリー 屍蝶《しかばねちょう》の沼 司《つかさ》 凍季《とき》

長編推理小説 ifの迷宮 柄刀《つかとう》 一《はじめ》

長編海戦史 悲憤《ひふん》の「大和《やまと》」、栄光の「雪風《ゆきかぜ》」 辻 真先《まさき》

長編冒険シミュレーション小説 暗殺列車 辻 真先

長編推理小説

★最新刊シリーズ

大沢在昌　長編刑事小説
灰夜《はいや》　新宿鮫Ⅶ
見知らぬ街、無気味な悪との孤独で激しい鮫島の戦いを描く、超人気シリーズ第七弾。!?

勝目　梓　長編ハード・バイオレンス　書下ろし
犯行《やま》
女の裏切り。凄惨なリンチ。暗躍する国際金融シンジケートに挑む男の孤独な戦い！

梓　林太郎　長編山岳推理小説　書下ろし
殺人山行　八ヶ岳《やつがたけ》
愛人に山での夫殺しを依頼された男。断崖で男を待ち受けていたある罠とは……!?

四六判ハードカバー　書下ろし
黒岩　研　**ロスト・ボーイ**
せまりくる異形の男の正体は!?　篠田節子

菊地秀行　長編超伝奇バイオレンス小説　書下ろし
妖魔王　淫神編《いんしんへん》
邪淫きわまる妖魔の追撃は激しさをます！生贄みづほを護る念法の達人・工藤の逆襲は!?

檜山良昭　長編シミュレーション小説　書下ろし
海底空母　イ-400号③　中部太平洋編
イ-400に新鋭艦・イ-401が合流！予想外の命令をうけ、太平洋に乗り出すが……

本岡《もとおか》　類《るい》　長編推理小説　書下ろし
「不要」の刻印
〝誠実な二流〟の男に仕掛けられた罠とは!?業師・本岡類が贈る極上の本格推理。

司城《つかさき》志朗《しろう》　長編推理小説　書下ろし
存在の果てしなき幻
妻の失踪を機に、正気を取り戻した男。失われた記憶と妻の行方には、驚くべき事実が！

藤木　稟　長編伝奇小説　書下ろし
陰陽師《おんみょうじ》　鬼一法眼《おにいちほうげん》　弐之巻
牛若丸と鬼一法眼との闘いがさらに激しさを増すなか、京でも妖しい動きが始まる!!

溝口　敦　長編暗黒小説
錬金《シノギ》の帝王
銭が正義──恐るべき企業舎弟の生きざま！暴力団ドキュメントの第一人者が放つ問題作！

井上雅彦監修　珠玉アンソロジー　オリジナル&スタンダード
雪女のキス　異形コレクション　綺賓館Ⅱ
古典から最先鋭まで、さまざまな装いで集う美しく、怖ろしい「雪女」のアンソロジー。